Das Buch

Saskia Meerwald ist Anfang Dreißig, Witwe und Mutter von drei Kindern. Ihren Job hat sie gerade verloren. Da kommt ihr eine Stellenanzeige gerade recht, in der ein Junggeselle eine Haushälterin sucht und dazu noch eine Wohnung bietet. Der Junggeselle ist der Maler Simon und die Wohnung das Verwalterhäuschen auf einem Gutshof. Saskia ist begeistert und nimmt die Stelle trotz mangelnder hauswirtschaftlicher Kenntnisse sofort an – man kann schließlich alles lernen. Was Simon nicht weiß, ist, dass Saskia gleich drei Kinder auf das Anwesen mitbringt. Als er dieser unausweichlichen Tatsache gegenübersteht, fürchtet er – nicht zu Unrecht – um seine Ruhe. Doch schon bald haben die drei ihn in ihren Bann geschlagen.

Bis er allerdings begreift, dass er für Saskia erheblich mehr als Freundschaft empfindet, dauert es schon etwas länger ...

Die Autorin

Alix Raabe, geboren 1955, lebt als freie Schriftstellerin in Bayern.

ALIX RAABE

KINDER UND KEGEL

Roman

WILHELM HEYNE VERLAG
MÜNCHEN

HEYNE ALLGEMEINE REIHE
Nr. 01/13266

Umwelthinweis:
Das Buch wurde auf
chlor- und säurefreiem Papier gedruckt.

Redaktion: Werner Bauer

Originalausgabe 4/2001

Printed in Germany 2001
Umschlagillustration: Heiner-Kristian Alfaenger/die KLEINERT
Umschlaggestaltung: Nele Schütz Design, München
Satz: (3531) IBV Satz- und Datentechnik GmbH, Berlin
Druck und Bindung: Elsnerdruck, Berlin

ISBN 3-453-17814-9

http://www.heyne.de

Mit einem keuchenden Aufschrei fuhr Saskia Meerwald hoch, kämpfte verzweifelt gegen die hämische Umklammerung an, die sie im Schwarzdunkel ringsum festhalten wollte und … Moment mal – dunkel, wieso dunkel?, es war doch … es müsste doch …? Ungestüm tastete sie nach rechts, fegte irgendwas scheppernd zu Boden, erwischte endlich das Kabel, dann den Schalter – und tödliche Lichtstrahlen durchbohrten die Bande maskierter Traumverbrecher und lösten sie auf, samt ihren Revolvern. (Geschah ihnen recht!)

Schaudernd stieß Saskia die Luft aus, wischte sich das wirre Haar aus dem Gesicht. Es war nur ein Traum gewesen, nichts als ein Traum und noch dazu einer von den besonders blöden – aber so was von real … Der Schrecken, als diese Typen bei hellem Sonnenschein die Straßenbahn gestürmt hatten, das Entsetzen, mit den anderen Fahrgästen zusammen in einen Keller getrieben und eingesperrt zu werden, saß ihr immer noch in den Knochen. Und diese grausame, dreckige Hand, die sie gepackt hatte, als sie – als Letzte – versucht hatte, durch das kleine Fenster hoch oben zu entkommen, die spürte sie noch fast körperlich um ihre Fessel.

Scheußlich. Ab-so-lut scheußlich.

Und an Schlaf natürlich vorerst nicht mehr zu denken. Missmutig schwang Saskia die Beine aus dem Bett. Ihre Zehen fanden die Puschen nicht, die waren sicher mal wieder unter dem Bett, aber da suchte sie jetzt nicht, auch nicht bei Licht.

Warum träumte man solchen Schrott bloß immer dann, wenn man's so gar nicht brauchen konnte? Sie hatte sowieso schon innerlich rotiert wie ein Grillhuhn, bis sie endlich eingeschlafen war. Schon der ganze Tag hatte Alptraumcharakter gehabt: Morgens Arbeitsgericht-Tiefschlag, mittags Virus mütterlicherseits, abends Tagesmutter-Totalschaden. Und nachts fluchende Räuberbanden. Immer auf die Kleinen! (Wie hieß eigentlich das *Gegenteil* von Alptraum?)

Bloßfüßig tappte sie in Richtung Küche. Im Vorbeigehen warf sie einen Blick in die Vorratskammer – einsachtzig mal dreifünfzehn, rosa gestrichen, mit einem Fries Disney-Häschen rundum. Ein kleines Bett, drei bunt lackierte Obstkisten für Spielzeug, eine Reihe Kleiderhaken an der Wand. Und an der Stirnseite, mit Rüschengardinen besteckt, das Fenster aus ihrem Traum – es war gekippt.

Saskia zögerte. Es war natürlich Blödsinn, aber dennoch quetschte sie sich ganz leise am Bett vorbei und schloss das Fenster. Wegen der kühlen Nachtluft.

Sissa, die süße Viereinhalbjährige, murmelte im Schlaf. Ein Daumen rutschte in den Mund, weichgelocktes, blondes Haar klebte an ihrer schlafheißen Wange. Sie sah unglaublich sanft und lieblich aus, ein Engelchen, Mutterglück reinsten Wassers, aber Saskia wusste natürlich Bescheid. Auf Zehenspitzen ging sie zurück zur Tür.

Das Küchenlicht weckte eine schlaftrunkene Fliege zu brummigem Leben. (Fliegen Anfang März, wo geriet die Welt bloß hin? Was taten die da oben eigentlich für ihr Geld – mit all der heißen Luft, die sie so von sich gaben – die globale Erwärmung vorantreiben?) Der Mineralwasserkasten war leer, typisch!, also riss sie eine Tüte Apfelsaft auf, goss ein Glas voll und setzte sich damit an den Küchentisch. Auf der Eckbank quoll der Korb mit Bügelwäsche über, aber die musste warten. Die Jungs waren auf die glorreiche Idee verfallen, Holzfurnier von Saskias altem Schreibtisch abzublättern, mit Leim zu bestreichen und mittels Bügeleisen auf ihr Modellschiff zu pressen. Und jetzt war das Eisen im Eimer.

Kein Bügeleisen, kein Job, keine Tagesmutter (die war ab übermorgen ›zu beschäftigt‹, weil sie per Ehemann-Beförderung die soziale Leiter hochkrabbelte. Hoffentlich brach sie sich alle tausend Beine dabei!). Das Bankkonto hatte die Schwindsucht, und ausgerechnet jetzt legte sich Mama mit einem Virusinfekt ins Bett. Sonst noch was? Ach ja: kein Ehemann – leider –, kein Kindsvater – Gott sei Dank! –, kein Freund. (Kein Wunder, dass sie das Gegenteil von Alptraum nicht kannte. Wäre ja auch nur unnützer Wissensballast – und was immer es war, es kam in ihrem Leben sowieso nicht vor.)

Der Apfelsaft schmeckte klebrig-süß. Saskia spülte mit Leitungswasser nach, aber davon ging der eklige Geschmack im Mund nicht weg, bloß die Süße. Gegen Weltschmerz kam Wasser eben nicht an.

Ellbogen aufgestützt, Kopf in die Hände. Was jetzt? O Gott, was sollte sie jetzt tun?!

Als Erstes musste ein neuer Job her, und zwar schnellstens. Aber das konnte haarig werden. Das Arbeitsamt hatte schon beim letzten Mal gesagt, allein erziehende Mutter mit drei Kindern und ohne viel Berufserfahrung, ts, ts, ts, sie täten natürlich, was sie könnten, aber ...

Berufserfahrung! Woher nehmen und nicht stehlen?

Mit siebzehn hatte sie die Wirtschaftsschule hinter sich, mit zwanzig die Ausbildung zur Bürokauffrau. Dann kam Jürgen auf den Schwingen der Liebe angerauscht, und ein knappes Jahr später war's erst mal aus mit dem Sammeln von Berufserfahrungen. Genau am ersten Hochzeitstag lag Saskia im Kreißsaal und brachte Zwillinge zur Welt, Philipp, genannt Fips, und Julian, genannt Julian. Jürgen war blass, aber begeistert gewesen, hatte ihr ein goldenes Armband und sich das Studium geschenkt, von dem er schon so lange träumte: Architektur. *Richtige* Architektur, nicht ›solche deprimierenden Würfel mit Dach, wo die Wände durchsichtiger sind als die Heizkostenabrechnung!‹

Die nächsten drei Jahre lebten sie von BAFöG, Erziehungsgeld und elterlichem Wohlwollen. Das Wohnzimmer des Appartements wurde zum Kinderzimmer umfunktioniert – wer braucht schon ein Wohnzimmer, der Fernseher stand in der Küche genauso gut. Null problemo, wir schaffen das schon, in ein paar Jahren sitzen wir in der selbst geplanten Villa mit Swimmingpool im Garten und lachen darüber.

Dann machte Jürgen ein Praktikum am Bau, *hoch oben* am Bau, wurde von der Last eines schwenkenden Krans erfasst und ... und ...

Mama zwang ihren Chef unerwartet energisch zur sofortigen Herausgabe ihres Jahresurlaubs und übernahm die ersten vier Wochen lang die Kinder. Papa – Eisenbahner a. D., früh pensioniert wegen seiner Lendenwirbel – steckte Saskia dreitausend Mark in die Jackentasche und war ›sowieso nie für diesen Mallorca-Urlaub gewesen, auch so 'ne Idee von deiner Mutter, nichts als Discokrach die ganze Nacht und der Strand voller Halbnackter‹. Und wann immer Saskia gerade nicht heulte, dankte sie Gott auf Knien dafür, dass sie wenige Tage zuvor diesen Klassejob gelandet hatte, Direktionssekretärin in einem großen Warenhaus, mit Aufstiegschancen und allem Pipapo.

Kaum zu glauben, wie naiv sie damals gewesen war. Aufstiegschancen für allein Erziehende, drei Mal kurz gelacht! Das Pipapo war auch von Pappe gewesen: Schon mal doppelten Keuchhusten in den gesetzlichen acht Tagen weggepflegt? Und der Kindergarten schloss jedes Jahr geschlagene zwölf Wochen seine Pforten!

Trotzdem hielt sie die Stelle fast drei Jahre lang, und es war gar nicht mal so schlecht gewesen. Sie und Ev und Suse lernten sich kennen und mögen und wurden zu einem verschworenen Dreiergespann. Unglaublich, wie viel Sicherheit einem solche Freundschaften geben konnten. Sie hatte wirklich das Gefühl gehabt, ihr könne gar nichts mehr passieren, rein gar nichts.

Dann kamen die Zwillinge in die Schule. Hortplätze gab es nicht, Halbtagsstellungen für Direktionspersonal auch nicht, also Gnadenversetzung ins Lager, natürlich mit gewissen finanziellen Abstrichen, aber immerhin – und vielen lieben Dank für Ihr unendliches Verständnis, Herr Direktor!

Ein Jahr darauf ging der Lagerleiter in Rente. Auftritt Thomas Bechel – jung, dynamisch, erfolgreich. Besonders bei ihr. Schon in der ersten, völlig ungeplanten, libido-überrumpelten Nacht wurde ihr ausgehungerter Körper schwanger. Nicht von ihm, verwahrte sich Thomas, nicht von ihm! Die Erinnerung ließ Saskia jetzt noch mit den Zähnen knirschen. Den Vaterschaftstest nach Sissas – eigentlich Priscas – Geburt verzieh sie ihm nie. (Und das peinliche Gespräch mit den Jungen, denen sie eine vom Himmel gefallene Schwester präsentieren musste, auch nicht.)

Wieder drei Jahre Erziehungsurlaub. Die Kinder blühten auf, der Geldbeutel schrumpfte. Dann zurück ins Lager, zu Thomas, der dort inzwischen zum Alleinherrscher aufgestiegen war. Er brauchte genau sechs Wochen, um einen Kündigungsgrund zu finden: Einsparungen. Er eliminierte einfach ihre Stelle.

Das Arbeitsamt zeigte sich moralisch entrüstet, Saskia rannte sich die Hacken ab und fand schließlich auch einen Job in einem Familienbetrieb, einer Fliesenlegerei. Fast achtzehn Monate lang ging alles gut. Dann erkrankte die Ehefrau, und der Chef bekam Wanderfinger. Saskia haute drauf und fühlte sich sicher. Sie hatte keine *Ahnung* gehabt, dass der Kündigungsschutz nur für Betriebe galt, in denen mehr als fünf Angestellte beschäftigt waren …! Der Mistkerl brauchte also noch nicht mal einen Grund für den Rausschmiss anzugeben. Das war seit heute amtlich. Scheiß-Spiel.

Aber irgendwie geht's ja immer weiter. Sagte Mama. Und sie hatte schließlich auch Recht: Was immer geschah, es *musste* weitergehen, schon der Kinder wegen. Es gab ja leider keine Ritter mehr, die gestolperten Schönheiten galant wieder auf die Beine halfen. Heutzutage musste man schon selbst aufstehen, ein Stehaufmädchen sein können. Und das war sie inzwischen längst. Also würde sie es auch diesmal wieder schaffen.

Die Frage war bloß: wie?!

Immer schön der Reihe nach. Als Erstes ein neuer Job. Heute war Freitag, morgen gab's den Stellenmarkt in der Zeitung, das hieß ... Saskia drehte sich um und sah auf die Küchenuhr: fast vier – es war schon ›morgen‹, und die Samstag-Ausgabe bereits auf ihrer Runde durch die Nachtlokale.

Sie spitzte abwägend die Lippen. Zehn Minuten mit dem Auto ... Warum nicht, der *frühe* Vogel kriegt den Wurm, sagte Mama immer. Und schlafen konnte sie jetzt sowieso nicht mehr. Draußen war es nass und kalt. Nieselregen netzte unangenehm Saskias Gesicht. Sie fröstelte, zog die Kapuze ihres Anoraks über den Kopf. Dann hörte sie drüben an der Ecke den Deckel des Zeitungsstands klappern; gleich darauf schlug eine Autotür zu, und ein Wagen fuhr an. Sah ganz danach aus, als wäre in den Zeitungsständern auch schon Samstag!

Eilig überquerte Saskia die Straße und lief auf den Stand zu. Die nächtliche Stille ließ die Münzen überlaut klimpernd in das Kästchen fallen; sie nahm eine druckfrische Zeitung und benutzte diesmal artig den Zebrastreifen.

Nach wenigen Schritten blieb sie erschreckt stehen. In der Toreinfahrt neben ihr raschelte es. *Ratten*? Karton schubberte an Karton, lose Zeitungsblätter wurden umgeschichtet, ein Kopf mit dickem, strähnigen Haar tauchte auf. Nicht der einer Ratte – der eines Menschen. Einer Frau, erkannte Saskia schockiert. Sie starrten sich an, sie und die Frau, deren Augen nicht viel mehr als ein Funkeln in der Dunkelheit waren. Saskia fühlte Scham und Schuldbewusstsein in sich aufsteigen, obwohl sie keine Ahnung hatte, warum. (Wirklich, was *taten* diese Brüder da oben eigentlich für ihr Geld?!) Sie schluckte, fieselte nervös einen Zehner aus dem Portemonnaie und streckte ihn der Frau hin. Mehr konnte sie sich echt nicht leisten, eigentlich schon das nicht. Was kosteten wohl Übernachtungen im Obdachlosenheim? Kosteten die überhaupt was?

Die andere nahm das Geld, zog es unter die Zeitungen, ohne ein Wort, und Saskia hastete weiter. Sie war froh, als sie ihre Wohnungstür erreicht hatte.

Wärme und gedämpfte Helligkeit empfingen sie. Und Stille. Trotzdem sah sie kurz in die Kinderzimmer: alles okay. Sie hängte den Anorak weg, legte die Zeitung auf den Küchentisch und atmete tief durch.

Eigentlich war alles halb so wild.

Bevor sie zu lesen anfing, füllte sie Wasser und Kaffeemehl in die Maschine. Besser, sie begann frühzeitig mit dem Koffeinpush, zwei Zimmer und drei Kinder, da konnte man sich das Ausschlafen höchstens malen. Also dann – was war denn so geboten? *Schlau am Bau – Maurergehilfen gesucht.* (Brauchten die jetzt schon Abitur zum Mörtelschleppen?) *Taxifahrer/in* – keine Chance, da brauchte man 'nen Schein, und den hatte sie nicht. *Reinigungspersonal für nachts*, auch nix, Nachtmütter gab's noch weniger als solche für den Tag. *Fremdsprachen-Sekretärin* – au ja, ihr Englisch ... ach, doch nicht: *mehrjährige Berufserfahrung Voraussetzung.* Eine Zeitschriftenkolonne suchte Drücker, zwei Ärzte Putzfrauen auf Geringverdiener-Basis (da sparte man die Krankenkassen-Beiträge, gell, Herr Doktor?), die Direktion der Müllverbrennung zwei tüchtige Verbrenner. (Mit Erfahrung.) Und sonst? *Suche liebe Tagesmutti* – sie auch, oh, sie auch! *Haushälterin für Junggesellenhaushalt auf dem Land gesucht* – tsss! Spätere Heirat nicht ausgeschlossen, was? ›*Werden Sie selbstständig und scheffeln Sie Geld*‹ Klar doch, nichts wahrscheinlicher als das.

Aus die Maus. Jetzt kam Gemischtes.

Verdrossen starrte Saskia auf die unergiebige Zeitung. Nichts dabei für sie. Hatte sie natürlich gewusst, erster Versuch und so, aber trotzdem. Wäre schön gewesen, wenn mal was problemlos gelaufen wäre. (Wohnung wird gestellt.) Aber mit ›problemlos‹ hatte sie sowieso keine Erfahrung, wahrscheinlich wüsste sie … Wohnung wird gestellt – wie kam sie denn darauf? Stirnrunzelnd überflog Saskia nochmals die Anzeigen und blieb an der des Junggesellen hängen. Da stand es – *Große Wohnung wird gestellt*.

Eine große Wohnung, o Mann, Krönung aller Träume! Die Bude hier platzte schon seit Jahren aus allen Nähten, aber eine größere war schlicht nicht erschwinglich. Und diese wurde gestellt – das hieß doch wohl mietfrei, oder? Sie las die Anzeige zum dritten Mal, gründlich diesmal, ohne ein Wort auszulassen:

Haushälterin für Junggesellenhaushalt auf dem Land gesucht. Geregelte Urlaubszeiten, Pauschalgehalt. Große Wohnung wird gestellt. Bewerbungen erbeten an Simon Kröger, Hellenstein, Am Bachsteig 1.

Hmmmm …

Haushälterin war natürlich so eine Sache, sie und Haushälterin, Mama kriegte 'nen Krampf. Und auf dem Land … Aber dafür hätte sie einen Job *und* bräuchte keine Tagesmutter mehr – Haushälterinnen arbeiteten zu Hause, wie der Name schon sagt, nicht? Andererseits … Wie konnte ein ländlicher Junggeselle eine große Wohnung stellen? Wer war das überhaupt, ein Bauer? (Ach was. Seit wann suchen Bauern Haushälterinnen? Oder ist das ein neuer Trick zur Gewinnung von Bäuerinnen? Die sollen nicht ganz leicht zu finden sein, hatte sie erst neulich irgendwo gelesen.)

Saskia knautschte die Lippen und starrte die Zeitung an wie eine Kristallkugel.

Pauschalgehalt – hieß das, Überstunden wurden nicht vergütet? Wie viele Stunden arbeitete man eigentlich als Haushälterin? (Sissas Bronchien täte Landluft bestimmt gut. Und für die Jungen wär's auch nicht schlecht, die waren jetzt zwölf, und was an deren Schule so abging ...) Und wieso Junggeselle, wozu um alles in der Welt brauchte ein Junggeselle eine Haushälterin?

Irgendwas reimte sich da nicht.

Große Wohnung wird gestellt.

Ein leises Quietschen riss sie aus ihrem Gegrübel. Die Tür zum Zimmer der Jungen öffnete sich, Julian erschien und schlurfte schlafwandlerisch Richtung Klo. Erst auf dem Rückweg schien ihm aufzufallen, dass in der Küche Licht brannte und seine Mutter sich nicht da aufhielt, wo sie um diese Zeit von Rechts wegen hingehörte. Er blinzelte.

»Is'n los?«

»Nichts, gar nichts, geh wieder schlafen. Ich hatte bloß Durst.«

»Gute Idee«, murmelte der Vize-Älteste und steuerte auf den Kühlschrank zu. Saskia beobachtete, wie er nacheinander zwei Gläser Apfelsaft in sich hineingoss. Dann kam er zurück an den Tisch. Sein Blick flog über die offene Zeitung, das Glas, den Kaffee. Und dann zu Saskias Gesicht und ihre nicht zur Nachtzeit passende Kleidung.

Julian war der Familien-Seismograf.

»Ist' wirklich nichts los?«

»Nein, wirklich nichts.« Saskia seufzte und lächelte gleichzeitig. »Geh du ruhig schlafen.«

»Und du?«

»Ich bleibe noch 'n bisschen auf. Ich … hatte einen Alptraum, und jetzt trau' ich mich nicht in mein Zimmer.«

Er grinste. »Soll ich unterm Bett nachschauen?«

Um mir damit zu beweisen, dass Jungen viel tapferer waren als Mädchen?

»Nein, danke, meine Monster bringe ich vorläufig noch selber um.«

»Wie denn, wenn du dich nicht ins Zimmer traust?«

Typisch Julian: logisch bis in die Knochen.

»Ach, geh schlafen.«

»Okay. Nacht, Mutsch.«

Ein flüchtiger Kuss auf die Wange, ein Kopfreiben, nachts waren sie gelegentlich noch schmusig. (Oder er hatte die Story nicht geschluckt und glaubte, sie brauche ein bisschen Mitgefühl.)

»Nacht, Großer.«

Sie sah ihm nach, bis sich die Tür wieder hinter ihm geschlossen hatte. Julian würde sich bestimmt schnell auf dem Land eingewöhnen, der war verrückt nach allem, was da kreuchte und fleuchte. Besonders kreuchte! Mit acht Jahren hatte er Kellerasseln gezüchtet, und dieses grässliche Aquarium für Insektenlarven stand auch noch irgendwo herum – wenn es auch inzwischen Gott sei Dank leer war. Fips hielt es mehr mit den Vierbeinern, der hatte um einen Hund gebettelt, seit er alt genug gewesen war, ›wauwau‹ zu sagen. (Große Wohnung wird gestellt. Groß genug für einen Hund?)

Hmmmmm …

Wieder studierte Saskia die Anzeige. Hellenstein – wo lag das eigentlich? Sie stand auf und ging in ihr Schlafzimmer, wo die Nachttischlampe noch immer brannte. Sie schnappte sich den Straßenatlas vom

Schreibtisch und setzte sich aufs Bett. Hellenstein, Hell ... ah ja, da war es, 38F4, das Erste musste die Seitenzahl sein. Tatsächlich, Hellenstein. Gar nicht mal so weit weg, achtzig, neunzig Kilometer vielleicht. Dem Minipunkt nach zu urteilen ein echtes Nest.

Hmmmmmmm ...

Na, los, Meerwald – Entscheid dich, bitte!

Sie selbst hätte auch nichts gegen einen Hund. Ganz davon abgesehen, dass dieser Job mit einem Schlag jede Menge Probleme lösen würde.

Und wenn der Typ ein Spinner war? Wenn die Anzeige einen Haken hatte?

Saskia legte den Atlas weg und stand auf. Ich schau' ihn mir an, den Typ und den Job. Anschauen kostet nichts, außer Benzin. Am besten fahre ich gleich morgen früh (*heute* früh!), dann werden wir ja sehen.

Auf dem Weg zurück zur Küche blieb sie vor dem großen Flurspiegel stehen und versuchte, sich mit den Augen eines Fremden zu sehen. Tannenzapfenbraunes, halblanges Haar, grüne Augen, eine leichte Stupsnase mit Sommersprossen (24 Stück bei der letzten Zählung, momentan allerdings noch im Winterschlaf). Ihre zierliche Figur löste bei Suse und Ev befriedigendes Neidgestöhn aus, und sie musste selbst zugeben, dass man ihr die drei Kinder weder ansah noch zutraute. Im Augenblick wäre sie allerdings lieber ein bisschen breiter um die Hüften gewesen, ein bisschen älter, mit ein paar Fältchen hier und da und rauen Händen. Sah so eine Haushälterin aus?

Pah!

Wer bestimmte, wie Haushälterinnen auszusehen hatten? Wenn sie beschloss, eine zu werden, sahen Haushälterinnen eben so aus wie sie, basta. (Sie würde dieses unsägliche blaue Kostüm anziehen und sich die Haare aufstecken. Schade, dass sie keine Hornbrille hatte.)

Resolut stellte sie in der Küche Tasse und Glas in den Ausguss und ging zurück ins Schlafzimmer. Inzwischen war es fast fünf, aber Koffeinpush hin oder her, sie versuchte besser, noch ein, zwei Stunden zu schlafen. Auch Make-up hatte seine Grenzen.

Am Bachsteig 1 – das war es.

Das war es?!

Saskia stellte den Motor ihres Autos ab, blieb aber sitzen und starrte erschüttert quer über die Straße. Durch ein breites, schmiedeeisernes Eingangstor konnte man auf einen großen, quadratischen Hofplatz sehen, um den herum ein ziegelrot gedecktes, behäbiges Gutshaus und mehrere Nebengebäude in der Aprilsonne dösten. *Das* war der Junggesellenhaushalt auf dem Land? Mannomann! Ganz plötzlich hatte sie Herzklopfen. Es war sehr still, kein Mensch zu sehen, das ganze Gut wirkte wie ausgestorben; aber rechts, in einer Art Schuppen, blitzte das Heck eines dunkelblauen Autos. Also war dieser Simon Kröger vermutlich zu Hause.

Nervös befeuchtete Saskia die Lippen.

Okay. Okay, dann los.

Sie klappte die Blende herunter, hinter der ein Spiegel klebte. In Windeseile bürstete sie das Haar straff um ihre linke Hand, schlang es hoch und steckte es mit Klammern zu einer Art Dutt auf. Sah bescheuert aus, aber das war ja der Zweck der Übung. Etwas rosa (*alt*rosa!) Lippenstift, der wie gefärbte Babycreme wirkte; dann das Generalprobelächeln, Marke mütterlich-kompetent.

Na ja. Also ran an den Feind.

Die Zeitung lag mit der Anzeige nach oben auf dem Beifahrersitz. Sie hätte doch das blaue Kostüm aus dem Ausverkauf nehmen sollen, ärgerte sich Saskia, während sie Straße und Hof überquerte, im Energiegang, passend zum Lächeln. Der beige Zweiteiler war zwar auch recht zahm, sah aber leider nach Geschmack aus. Na, nun war es zu spät. Musste sie eben Mamas schlimmste Handtasche ins rechte Licht rücken – wenn die nicht nach Haushälterin aussah!

Das Namensschild beseitigte den letzten Zweifel: Die Adresse stimmte. Mutig drückte Saskia den Daumen auf den Knopf und hörte es drinnen schrillen. Trotzdem dauerte es eine ganze Weile, bis auch Schritte ertönten.

Lieber Gott, lass es gut gehen, bitte, lass es klappen – du bist mir langsam echt was schuldig!

Schluss mit Beten; die Tür schwang auf, Saskias Blick prallte auf jede Menge Männerbrust in buntverschmiertem Russenkittel – und trat ungläubig den langen Weg nach oben an.

Simon Kröger verzog keine Miene; an Verblüffung beim Anblick seiner einsachtundneunzig Lebendgröße war er gewöhnt. Wenn überhaupt, reagierte er eher amüsiert. Aber danach war ihm im Moment wahrhaftig nicht. Es war fast zwölf und der Tag bis jetzt ein einziges Desaster gewesen. Er hatte vorgehabt, in aller Frühe anzufangen und bis zum Dunkelwerden durchzumalen, um Georg das neue Ölbild präsentieren zu können, wenn er, wie versprochen, am Wochenende vorbeikam. Stattdessen war er noch vor dem ersten Pinselstrich auf eine Tube Zinnoberrot getreten, die – Gott allein wusste, warum – heimtückisch auf dem Boden vor der Staffelei gelauert und ihren Inhalt explosionsartig quer durchs Atelier verschossen hatte. Noch während er dabei war, die Schweinerei mit Terpentin zu entfernen, hatte Mutter angerufen: Ob er nicht endlich mal wieder in die Stadt kommen wolle, er versauere ja noch ganz und gar da draußen! Na gut, na gut, sie verstehe ja, die Scheidung, so etwas dauere natürlich seine Zeit, aber trotzdem. (Sie verstand *nicht*. Keiner von der Verwandtschaft hatte je verstanden, warum er sich nach

Vaters Tod bereitwillig mit dem Gutshaus und einem monatlichen Scheck abfinden und von der Familienfirma fern halten ließ. Und was die Scheidung betraf, die verstand noch nicht mal er so recht. Aber Mutter auf jeden Fall *noch* weniger.) Eine geschlagene halbe Stunde lang hatte sie unerbittlich das Neueste aus Geschäft und Familie in sein unwilliges Ohr geträufelt und ihm schließlich das Versprechen abgeknöpft, sie nächste Woche zu besuchen.

Inzwischen hatte die Ölfarbe natürlich Zeit gehabt, gut in den Holzboden einzudringen. Er hatte ganz schön schrubben müssen, bis endlich alles weg war, zumindest beinahe. Danach hatte er sich eine Tasse Kaffee gemacht, mühselig Mutters Nachrichten aus seinem Kopf verdrängt, sich auf das Bild konzentriert – das Grün vorne zwischen den Narzissen, da stimmte was nicht. Zu gleichmäßig, keine Spannung; irgendwas …

Und dann klingelte es, die Konzentration war prompt beim Teufel, und er musste wieder nach unten laufen. Nein, er war definitiv *not amused* von der Verblüffung dieser streng gescheitelten Frau da auf seiner Treppe.

»Ja?«

Inzwischen waren ihre Augen bei seinen Augen angelangt, und er stellte fest, dass ihre grün waren, groß und grün, von einem dichten Kranz langer, dunkler Wimpern umrandet, die in der einfallenden Sonne zarte Schatten auf die Iris warfen. (Waldteiche. Kleine, seichte Teiche in einer Lichtung im Wald, grün mit einem Hauch Goldbraun. Schön.)

»Äh …«, stotterte sie, von seiner Größe offenbar aus dem Konzept gebracht. Dann riss sie sich merklich zusammen. »Guten Tag.«

Er war immer noch irritiert, trotz der Teiche. »Wünsche ich Ihnen auch. Sonst noch was?«

»Ja, äh, danke …«

Den Bruchteil einer Sekunde presste sie die rosa bestrichenen Lippen zusammen, dann zuckten die Mundwinkel nach oben, und Simon wusste sofort: Die kommt sammeln. (Wo hatte er sein Portemonnaie zuletzt gesehen?)

»Saskia Meerwald. Ich komme auf Grund Ihrer Anzeige. Sie suchen eine Haushälterin?«

Uh – das war noch schlimmer als Sammeln, viel schlimmer. »Ja-a, das ist an sich richtig, aber ... Ich dachte, die Bewerbungen würden schriftlich erfolgen ...?«

(Hatte jedenfalls Marcus gesagt; der meinte, du brauchst nichts weiter zu tun, als mir die Bewerbungen zu geben, unser Personalchef sucht dir dann schon die Passende raus.)

Offenbar sah die Frau das anders. Die Waldteiche kriegten Gletscherzufluss, das Kinn schob sich ein Stückchen vor, und sie hielt ihm die gefaltete Zeitung unter die Nase.

»Davon steht hier aber nichts. Hier steht nur ›Bewerbungen erbeten an ...‹«

Simon schluckte und streifte die Zeitung mit einem nervösen Blick. Das lief nicht so, wie Marcus gesagt hatte, und er selbst hatte natürlich nicht daran gedacht, zu fragen, was man tat, wenn eine Bewerberin persönlich auftauchte.

»Ja, na ja, aber ...«

Diese Saskia Meerwald (interessante Verbindung übrigens, der Name und diese Augen) sah nicht beeindruckt aus. Trotz ihrer Winzigkeit wirkte sie unangenehm entschlossen, überhaupt nicht der Typ, der sich ohne Gegenwehr von der Türschwelle scheuchen ließ. Außerdem, wenn Marcus tatsächlich bloß ›Bewerbungen erbeten an‹ geschrieben hatte ...

»Na gut, das lässt sich wohl jetzt nicht mehr ändern ... Bitte.«

Das gegnerische Kinn senkte sich befriedigt. Er trat einen Schritt zurück und ließ die Frau an sich vorbei in die Halle treten. In seinem Kopf ging es rund: Und jetzt? Wie stellte man Haushälterinnen ein? Referenzen prüfen, dachte er, als Erstes sieht man sich irgendwelche Papiere an, auf denen irgendwelche codierten Sätze standen, die gut klangen und das Gegenteil ausdrückten. Er hätte besser aufpassen sollen, als Gruber letztes Jahr beim jährlichen Firmen-Meeting darüber redete; aber damals war ihm das bloß widerlich vorgekommen, Arbeitgeber an Arbeitgeber, über den Kopf der Betroffenen hinweg. Er hätte nie gedacht, dass er selbst so was jemals brauchen würde.

»Hier entlang, bitte.«

Die Gescheitelte marschierte folgsam mit ins Bücherzimmer und sah sich dort ohne Scheu um. Simon bemerkte am Rande, dass sich ihr Ausdruck sekundenlang änderte, als sie die große Vitrine zwischen den beiden Fenstern entdeckte. Darin war die Sammlung schöner, mundgeblasener Flaschen untergebracht, die sein Onkel begonnen und er selbst fortgeführt hatte. (War sie kunstinteressiert?) Er deutete auf die lederne Sitzgarnitur. Vielleicht konnte er sie kurz warten lassen und Marcus anrufen.

»Bitte ...«

Sie nickte, verstand aber offenbar falsch; jedenfalls machte sie keine Anstalten, sich zu setzen.

»Sehr schön«, befand sie streng und sah ihn schon wieder an. »Wie viele Räume hat das Haus?«

Wie viele Räume? Keine Ahnung, hatte er noch nie gezählt.

»Zwölf«, schätzte Simon nach kurzem Geistesflug.

»Ah ja. Und die Küche, ist die modern oder ...?«

»Ja, ich denke schon. Meine Frau hat sie vor einem Jahr ...«

»Ihre *Frau*!?«

Prompt wurde Simon heiß. Wirklich, er musste sich langsam daran gewöhnen, dass Malva nicht mehr seine Frau *war*!

»Meine geschiedene Frau«, verbesserte er sich hastig, obwohl das in seinen Ohren falsch klang. »Sie hat die Küche neu einrichten lassen.«

»Ach so. Kann ich sie dann mal sehen?«

»Die Küche?«, fragte Simon unbehaglich.

»Ja, natürlich die Küche.« Sie sah aus, als würde sie gleich ungeduldig auf den Zehenspitzen wippen. Vermutlich war es normal, dass zukünftige Haushälterinnen erst einmal die Küche sehen wollten, und er wusste das nur nicht.

»Na ja, da sieht es im Moment nicht ganz ... Mein Geschirrspüler ist kaputt.«

Ihr Lächeln wurde eine Spur wärmer. Das Rosa auf ihren Lippen war scheußlich, und wirkte stechend süß wie eine Paste.

»Kein Problem. Sie würden wohl kaum eine Haushälterin brauchen, wenn Sie selbst alles in Ordnung hielten, nicht?«

Die Logik war zwingend. Ihr Blick auch.

»Bitte«, wiederholte Simon ergeben und ging voraus.

Die Küche sah leider noch genauso aus wie vor zwei Stunden, peinlich, peinlich. Im Grunde hatte sein Bruder natürlich Recht, er brauchte wirklich eine Haushälterin, aber verdammt, *diese* Situation war Marcus' Schuld, schließlich hatte er gesagt ...

Saskia Meerwalds Blick umfasste kühl und kompetent die Spülmaschine.

»Was ist denn daran kaputt?«

»Ich weiß nicht – sie spült nicht richtig«, gab Simon mit verlegenem Achselzucken Auskunft. »Und unten steht das Wasser drin. Ich habe schon den Kundendienst angerufen, aber der kann vor nächster Woche nicht kommen.«

Wortlos öffnete die Frau mit den rosa Lippen das Gerät, ging in die Hocke, betrachtete das stehende Schmutzgewässer unten – Spiegelbild seiner absoluten Unfähigkeit, auch nur das Geringste richtig zu tun. Simon wand sich innerlich.

»Nein, bitte – lassen Sie doch ...«

Saskia Meerwald beachtete seine Einwände nicht mehr als das Summen einer Fliege. Scharfäugig inspizierte sie weiter. »Haben Sie einen Eimer?«

Einen Eimer, einen Eimer ... Simon raste gedanklich schon wieder durchs Haus, nochmals ›ich weiß nicht‹ ging wirklich nicht. (In der Besenkammer vielleicht?)

»Einen Augenblick.«

In der Besenkammer war kein Eimer, aber nach minutenlanger, hektischer Suche fand er einen am Fuß der Kellertreppe, samt Lappen. Erleichtert apportierte er ihn in die Küche. Dort stand inzwischen der untere Geschirrkorb auf dem Boden, und Saskia Meerwald schöpfte eben mit einer gebrauchten Tasse die letzten Wasserreste in eine schmutzige Schüssel. Ihr Dutt wippte rhythmisch mit, da stimmte was nicht mit der Verankerung. Überhaupt stimmte mit dem ganzen Dutt was nicht, dachte Simon und musterte ihn mit nachdenklichen Maleraugen.

Die Frau stellte die Tasse weg, griff in das Innere der Maschine und zeigte ihm ein weißes Plastikteil. Ein verdrecktes, *ehemals* weißes Plastikteil. Ekelhaft.

»Kein Wunder, dass die nicht mehr abpumpt. Das Sieb ist ja völlig verstopft! Das muss nach jedem Spülgang gereinigt werden. Haben Sie eine Bürste?«

Simon – mit Eimer – spürte, wie ihm das Blut zu Kopf stieg und stammelte etwas Unzusammenhängendes. Die Waldteiche glitzerten auf, dann wandte sich die Frau um und öffnete mit sicherem Griff das Schränkchen unter dem Abwaschbecken.

»Ja, Sie haben.«

Sie nahm eine runde Bürste mit Stiel heraus und schrubbte das Plastikteil unter fließendem Wasser sauber. Anschließend baute sie es wieder ein.

»Jetzt sollte sie eigentlich wieder funktionieren.«

Flink räumte sie beide Geschirrkörbe ein, füllte den Behälter für das Pulver und drückte auf einen Knopf. Die Maschine legte so eifrig los, als hätte sie Angst, widrigenfalls mit einem Schraubenzieher bearbeitet zu werden. Saskia Meerwald drehte sich um, kontrollierten Triumph in den Augen, und Simon hatte das starke Gefühl, dass jetzt kein guter Moment für die Frage nach den Referenzen war.

»Vielleicht zeigen Sie mir jetzt den Rest des Hauses. Es wird ja eine Weile dauern, bis die Maschine abpumpt.«

Eine halbe Stunde lang gingen sie durch das Haus. Simon beschränkte sich darauf, Türen zu öffnen und Zimmer zu erklären, und Frau Meerwald sagte abwechselnd ›mhm‹ und ›aha‹ und ließ alle paar Meter ein bisschen Selbstinformation einfließen: Offenbar war sie seit langem verwitwet, in diversen Firmen tätig gewesen, hatte sich aber ›immer schon‹ nach dem Landleben gesehnt, weil ihr der Trubel in der Stadt nicht ›behagte‹. Simon hörte zu und nickte und überlegte, wie er sie nach ihren Kochkünsten fragen könnte. Ein wichtiger Punkt; er selbst konnte nur Spiegeleier und Kartoffelpüree, und beides hing ihm inzwischen meterweit zum Hals heraus.

Aber Frauen, die angstfrei Geschirrspüler reparierten, konnten sicher auch kochen. Und der Spüler *war* repariert: Saskia Meerwald bestand darauf, das zu überprüfen. (Nicht, dass er versucht hätte, sie davon abzuhalten.)

»Na bitte«, meinte sie beim Anblick des dampfenden, aber sauberen Geschirrs befriedigt. »Es war nichts weiter als ein verstopftes Sieb.«

»Ja, wirklich wunderbar, vielen Dank.«

Simon kam sich idiotisch vor.

»Keine Ursache, war nur eine Kleinigkeit«, sagte die Frau mit ihrem Ich-kann-alles-Lächeln. Sie fingerte am Riemen ihrer klobigen Handtasche herum und fragte: »Waren das nun alle Räume?«

»Ja – das heißt, bis auf das Atelier im dritten Stock«, antwortete Simon und ergänzte hastig: »Aber damit haben … hätten Sie nichts zu tun, das mache ich selbst, aufräumen und so.«

Sie hob die Braue. (Sie glaubte ihm nicht!)

»Ein Atelier? Sind Sie Maler?«

»Ja, ich male. Ich meine, ich bin Maler.«

Himmel, was war denn nur los mit ihm? Bloß weil sie Spülmaschinen reparieren konnte und ihn irgendwie an seine Erstklasslehrerin erinnerte mit ihrem Dutt? Aber er war nicht mehr sechs und an sein Atelier kam sie nicht ran, auf gar keinen Fall.

»Interessant«, sagte die Frau ruhig. »Ich habe nur gefragt, weil ich die große Wohnung nicht gesehen habe, die ›gestellt‹ wird …«

»Die Wohnung, ja, also, Wohnung ist eigentlich … Es ist mehr ein Haus«, erklärte Simon gewissenhaft. »Ich …«

Das Kompetenzlächeln erlosch wie ausgeknipst.

»Ein Haus – wo?«, unterbrach sie ihn scharf.

»Hier auf dem Grundstück«, sagte Simon verdutzt und deutete mit dem Daumen hinter sich. »Das frühere Verwalterhaus. Es steht seit langem leer, deshalb dachte ich …«

Ein, zwei Sekunden starrte sie ihn stumm an; dann schoss sie an ihm vorbei aus der Küchentür und eilte den Gang entlang zur Treppe. Simon folgte ihr unsicher. Was war denn nun kaputt? Ging sie jetzt? Wegen dem Haus?

»Es ist wirklich sehr geräumig«, erklärte er, während

sie hintereinander die Treppe hinunter liefen. »Und es hat natürlich längst Zentralheizung ...«

Sie schien ihn kaum zu hören. Ohne ein Wort stürmte sie zu den drei großen Glastüren im rückwärtigen Teil der Eingangshalle, versuchte die mittlere Tür zu öffnen, rüttelte ungeduldig daran. Ihre einschüchternde Tüchtigkeit war verflogen, dafür wirkte sie jetzt jung und aufgeregt und sehr lebendig, trotz Hängedutt und rosa Mund. Wie ausgewechselt ...

Ein leiser Verdacht begann in Simon zu keimen, verstärkte sich mit einem zweiten, nachprüfenden Blick – und nun begann er doch noch, sich zu amüsieren. Genüsslich streckte er die Hand aus und drehte den Schlüssel um. Saskia warf ihm einen unverblümt dankbaren Blick zu und eilte auf die Terrasse. Schräg hinter den ehemaligen Wirtschaftsgebäuden stand das Häuschen des Verwalters. Sie starrte es sprachlos an – und fuhr herum.

»Ich nehme die Stellung«, sagte sie fest und bemühte sich wieder um einen duttgerechten Blick. Aber der wirkte nicht mehr; Simon hatte endlich kapiert.

Jetzt war er am Drücker.

»Da wäre noch die Frage der Bezahlung«, sagte er und hatte die Genugtuung, zu sehen, wie sich eine feine Röte auf ihren Wangen ausbreitete.

»Äh – ja, natürlich, danach wollte ich gerade fragen«, murmelte sie lahm.

»Mein Br ... Ich dachte an tausend Mark.« (Probier's mit achthundert, hatte Marcus gesagt, achthundert plus Verwalterhaus reichen dicke. Aber das brachte er nicht; achthundert war einfach nicht fair.)

»*Eintausend Mark*!«

Hatte sie mehr erwartet?

»Ja. Und das Haus. Es ist ja eigentlich nur eine Halbtagsstelle.«

»Halbtagsstelle – wieso?«

»Na ja, ich bin ja allein[...]stehend, und so viel Unordnung ... Ich meine, ich bin die meiste Zeit sowieso im Atelier, und damit haben Sie ... hätten Sie ...«

»... nichts zu tun, ich weiß«, nickte sie. »Trotzdem – eine Halbtagsstelle ...« Sie brach ab, nagte einen Augenblick unschlüssig an ihrer Unterlippe, was dem Rosa nicht gut bekam.

»Was genau hätte ich denn zu tun?«

Simon machte eine unbestimmte Handbewegung. »Na ... den Haushalt führen. Was man da eben so macht, Wäsche waschen, kochen, sauber machen, so was ...«

Genauer wusste er es auch nicht, wieso auch, die Haushälterinnen, die er kannte, hatten das immer selbst gewusst – erst Lena, daheim bei seiner Mutter, und nach seiner Heirat Malvas Perle, Frau Limsteiner. Die hatte sie nach der Scheidung wieder mitgenommen, Perlen wurden nicht geteilt wie Hausrat oder lebendes Inventar. An die drei Monate seither wollte er lieber nicht denken ...

Die Waldteiche schimmerten. Widersinnigerweise war Simon gespannt. Nahm sie an? Irgendwie wäre es schön, wenn sie zustimmte. Die Frau mit den zwei Gesichtern, so etwas reizte ihn. Marcus würde sich maßlos aufregen, wenn er wüsste, nach welchen Kriterien sein Bruder Haushälterinnen aussuchte, aber das ging ihn *gar nichts* an. Und ganz im Geheimen würde er es richtig genießen, Marcus zu sagen, er brauche seinen fischmäuligen Personalchef nicht zu bemühen. Saskia Meerwald drehte den Kopf und sah nochmals zu dem Verwalterhaus hinüber.

»Also gut – einverstanden«, sagte sie entschlossen und lächelte wieder kompetenzlos. »Ich glaube, wir werden uns hier sehr wohl fühlen.«

Simon runzelte die Stirn.

»Wir? Wieso ›wir‹? Ich denke, Sie sind verwitwet?«

Ein erschreckender Gedanke durchzuckte sein Hirn. »Oder ... haben Sie etwa Kinder?!«

Sekundenlang herrschte Schweigen. Die Meerwald verengte die Augen, und Simon wusste sofort, dass er ins Schwarze getroffen hatte. *Verflixt*!

»Mögen Sie Kinder nicht?«, fragte sie gedehnt und sah ihn an wie ein Stück faulendes Fleisch.

»Doch, doch, natürlich, eigentlich schon. Das heißt – nicht hier«, stammelte Simon und verdrehte innerlich die Augen. Wie schaffte er es bloß immer wieder, sich in solche Situationen zu bringen?! »Ich ... ich arbeite sehr viel – und zu ganz unterschiedlichen Zeiten, wissen Sie, und ... und Kinder machen eben Lärm, und wenn ich dann nicht schlafen kann ... Es tut mir Leid, und wie gesagt, eigentlich schon – nur eben nicht hier!«

Er brach ab und sah sie flehentlich an. Spülmaschine hin oder her – mit Kindern, das ging wirklich nicht. Nicht, dass er viel Erfahrung mit Kindern hatte; genau genommen beschränkte sich die auf ein gelegentliches ›Na, du?‹ zu Kindern von anderen, aber so viel wusste er, dass sie ständig Krach machten, neugierig waren und unberechenbar. Und sie stellten mit unheimlicher Treffsicherheit immer genau die Fragen, die man nicht beantworten konnte oder wollte. Kinder in seiner stillen Malerklause? Auf keinen Fall, ganz ausgeschlossen. *Nein*!

Saskia Meerwald (die Tüchtige) schwieg. Nervtötend langsam zog sie ihren Blick aus seinen Augen zurück, öffnete umständlich ihre monströse Handtasche und kramte darin herum. Simon sah ihr zu und fühlte sich wie kurz vor einem Schweißausbruch. Er erlitt eine scheußliche Vorahnung – und er behielt Recht damit: Sie holte ein Foto heraus und hielt es ihm hin.

Unwillkürlich trat er einen halben Schritt zurück. Er wollte das Foto nicht nehmen, er *wollte* es einfach nicht – aber er kam natürlich nicht drumrum.

Klare, graue Augen lächelten ihn aus einem pausbäckigen Engelsgesicht an. Weizenhelle Ringellocken leuchteten wie ein Heiligenschein um den kleinen Kopf (die Lichtquelle lag hinten, vermutlich schräg unten), der Mund ein zartes, klar umrissenes Rot, das sich wie ein Wispern auf den Wagen wiederholte.

»Denken sie wirklich, dass mein Töchterchen Sie *sehr* stören würde?«, fragte die junge Frau, die Stimme sehr weich und sanft, mit einem Hauch wehmütigen Verzichts darin. (Von wegen zwei Gesichter – drei! *Hunderte*!)

Simon wand sich.

»Entzückend«, stammelte er und gab das Foto zurück, »wirklich ausgesprochen niedlich, aber ...«

»Priska ... ist krank«, fuhr Saskia Meerwald fort. Ihr Blick flackerte, senkte sich. Den Bruchteil einer Sekunde presste sie die Lippen zusammen, die inzwischen einiges von ihrer Kunstfarbe verloren hatten. »Sie hat Schwierigkeiten mit den Bronchien. Der Arzt sagt, ihr tue die Stadtluft nicht gut, all die Abgase und ... der Smog. Ich hatte gehofft, hier, in dieser guten Luft«, eine kleine, hilflose Geste umfasste alles, was an guter Luft über dem hinteren Teil des Gutshofs schwebte, »würde es ihr bald besser gehen. Das war mit ein Grund dafür, dass ich mich um diese Stelle beworben habe.« Sie betrachtete zärtlich das Bild ihrer Tochter und steckte es dann sorgfältig zurück. Dann sah sie auf, unterdrückte ein Seufzen und lächelte entsagungsvoll. »Aber natürlich, wenn Sie Kinder nicht mögen ...«

Simon schluckte krampfhaft. Vor seinem inneren Auge entfaltete sich eine schaurige Vision: Eine kleine, ausgemergelte Gestalt, von einer tapfer lächelnden jungen Witwe (mit Dutt) eng in graue Wolldecken gewickelt, lag in einem abgenutzten Lehnstuhl am offenen Fenster, wandte das durchscheinend blasse Gesichtchen ein, zwei smoggefilterten Sonnenstrahlen zu und hauchte mit fadendünnem Stimmchen: ›Danke, Mami!‹

Jetzt schwitzte er wirklich.

»Nein, nein, ich sagte doch, eigentlich … Verstehen Sie, es ist doch nur … Oh, also gut«, kapitulierte Simon und verfluchte wieder einmal das Schicksal, das ihn um seine Portion Krögerscher Skrupellosigkeit betrogen hatte. »Wenn sie … wenn es helfen würde …«

Die Waldteiche strömten schier über vor Dankbarkeit und ungeweinten Tränen.

»Oh, das würde es, ganz bestimmt!«, sagte sie mit Gefühl.

»Aber … Sind Sie wirklich sicher?«

»Ja, ja – bin ich.«

Simon nickte und beschwichtigte sein Unbehagen mit dem Gedanken, dass ein krankes kleines Mädchen wirklich nicht allzu lästig werden konnte.

Saskia lächelte ihn belohnend an. Dann ließ sie ihren Blick wieder über die erwachende, noch märzschlappe Wiese streifen, die sich bis an den Terrassenrand erstreckte.

(War es jetzt nicht langsam Zeit, dass sie ging? Wie beendete man Vorstellungsgespräche?)

»Wer macht hier eigentlich die Gartenarbeit?«, erkundigte sie sich.

»Gartenarbeit? Der wurde doch schon vor Jahren aufgelassen, der Garten!«

»Nein, ich meine – die Wiese da, zum Beispiel; die muss doch mal gemäht werden, nicht?«

»Ja, ach so – das macht ein Mann aus dem Dorf.«

Ein erstaunter Blick, randvoll mit Verwunderung.

»Soll das heißen, Sie zahlen dafür extra? Da hätte ich aber …«

Schrilles Klingeln unterbrach ihren Satz.

»Telefon!«, sagte Simon fast freudig. »Entschuldigen Sie bitte.«

Er eilte ins Bücherzimmer. Vielleicht war es Marcus. Oder dessen fischmäuliger Personalchef – mit einem Tipp, wie man Vorstellungsgespräche elegant abwürgte. Er brauchte Zeit, Zeit und Ruhe, um über den Schock hinwegzukommen!

Es war Mutter. Schon wieder. Simons Geschiedene, Malva, hätte sie angerufen; Ende der Woche flöge sie nach London, und dazu bräuchte sie ein ganz bestimmtes Kofferset, das noch hier im Keller stand.

»Warum ruft sie da dich an und nicht mich?«

Eine sinnlose Frage. Er kannte die Antwort: Topmodel Malva schätzte Simons elegante, mondäne Mutter sehr – und die hatte allen Widrigkeiten zum Trotz die Hoffnung noch nicht ganz begraben, Simon und seine so erstrebenswerte Frau wieder zusammenzubringen.

»Da musst du sie schon selbst fragen, mein Sohn, *ich* mische mich da nicht ein. Bringst du die Koffer bitte mit, wenn du kommst? Sie sagt, es sind vier Stück, beige-bordeaux. Wann kommst du denn nun genau?«

»Jetzt sofort«, knurrte Simon. Dieser verflixte Tag schien wild entschlossen zu sein, ihn nicht zum Malen kommen zu lassen. Aber wenigstens hatte er nun einen Grund, seine zukünftige Haushälterin loszuwerden. Halleluja!

Sie stand immer noch vor der Glastür und betrachtete das Verwalterhäuschen. Bei Simons Eintritt wandte sie sich um. »Wegen der Wiese hätte ich …«

Nein, danke. Für einen Tag reichte es. Dicke.

»Entschuldigen Sie, aber ich muss leider sofort nach München«, fiel er ihr ins Wort. »Meine Mutter … braucht mich.«

Sie sah ihn an, schien zu überlegen. (Bloß nicht! Frauen, die überlegten, waren gefährlich!)

»Im Bücherzimmer liegt ein Arbeitsvertrag; wenn Sie möchten …«

Gottes Segen auf Marcus' Haupt. Der hatte einen

ganzen Stapel Vertrags-Vordrucke vergessen, als er das letzte Mal hier ein Management-Treffen veranstaltet hatte. War zwar schon ein paar Jahre her, aber Verträge hatten schließlich kein Verfallsdatum.

Sie zögerte immer noch. Jetzt war er es, der gleich ungeduldig auf den Zehenspitzen wippen würde.

»Oder haben Sie noch Fragen?«

»N-nein, eigentlich nicht ... Oder doch: Wann soll ich anfangen?«

»Wann Sie wollen. Je eher, desto besser«, lächelte er, »Sie haben meine Küche ja gesehen ...«

Sie lächelte auch. (Erstaunlich, was eine kaum merkliche Neuverteilung von Licht und Schatten bewirkte ...)

»Sagen wir – in zehn Tagen? Das wäre der Fünfzehnte.«

»Einverstanden.«

Danach ging alles ziemlich schnell. Er legte zwei identische Vordrucke auf den Tisch im Bücherzimmer, gemeinsam trugen sie die nötigen Angaben ein, strichen ein paar unzutreffende Absätze aus; er unterschrieb, sie unterschrieb – und damit hatte Simon Kröger höchstselbst eine Haushälterin eingestellt. (Und für so etwas brauchte Marcus einen Personalchef?)

Anschließend tauschten sie noch die Telefonnummern aus, ›falls noch irgendwas wäre‹. Simon kramte die Schlüssel zum Verwalterhaus aus dem wuchtigen Schreibtisch. Saskia erkundigte sich, wann sie ›ihr‹ Haus von innen ansehen könne und ob es Simon recht sei, wenn sie ein, zwei Tage vor Arbeitsbeginn einzöge. War es. Ob das Kind nun ein, zwei Tage früher oder später drüben am Fenster liegen würde, spielte wirklich keine Rolle.

Beim Abschied auf der Treppe reichte sie ihm die Hand, eine schmale, schlanke Hand, die unvermutet kräftig zudrücken konnte.

»Also dann ...«

»Ja – bis demnächst!«

Die Tür schloss sich. Einen Moment lang stand Simon unbeweglich da, mit gerunzelter Stirn und der Hand auf dem Türgriff. Dann machte er kehrt und ging in den Keller, Malvas Koffer suchen.

Saskia hatte Mühe, nicht zu hüpfen, als sie den sonnigen Hofplatz überquerte. Sie hatte ein Haus! Sie, Saskia Meerwald, Mutter einer Vorratskammer-Tochter, hatte ein richtiges, echtes, frei stehendes Haus mit jeder Menge Wiese drum herum! *Und* einen Job, mit dem zahmsten Arbeitgeber aller Zeiten als Kirsche obenauf! Gestern noch total erschossen, heute schon auf stolzen Rossen – hach, das Leben war *herrlich*!

Allerdings gab's nur tausend Mäuse pro Monat, und da waren auch noch die zwei ungebeichteten Kinder ... Aber das würde sie schon schaukeln, keine Frage. (Zu schade, dass sie unterbrochen worden waren, als sie dem blauäugigen Hünen gerade Fips und Julian als kostenlose Rasen-Mäher unterjubeln wollte!) Immerhin hatte sie es schon geschafft, den Probezeit-Absatz im Vertrag ersatzlos zu streichen, weil der ›für Haushälterinnen sowieso unzutreffend ist‹. Hatte er anstandslos geschluckt. Schien überhaupt ein süßes Waisenkind zu sein, der gute Kröger – vielleicht hatte sie aber auch wirklich einen Spitzenauftritt hingelegt. Der hatte glatt einen Dutt als Referenz gelten lassen, und bei der traurigen Mär von Sissas Bronchien wäre er um ein Haar in Tränen ausgebrochen. Eigentlich schon fast unfair, wie leicht dieser Naivling auszumanövrieren war. Aber der Zweck heiligte die Mittel, es ging schließlich um ein *Haus*, dafür konnte man gut ein paar Gewissensbisse aushalten.

Im Auto kam als Erstes der Dutt runter – *ganz* runter, wobei nicht mehr viel Nachhelfen nötig war. Eine der

Klammern rutschte ihr dabei hinten in den Kragen und blieb im BH-Verschluss stecken. Sie musste sich ganz schön verrenken, um an sie heranzukommen.

Und genau als sie mit der einen Hand von oben und mit der anderen von unten nach der blöden Haarnadel tastete, bog ein schicker blauer Sportwagen aus der Hofeinfahrt in die Straße ein. Saskia erstarrte in ihrer unmöglichen Pose. Der Wagen bremste neben ihr ab, Saskia erhaschte einen Blick auf ihren zahmen Arbeitgeber, sah ihn freundlich winken; dann beschleunigte der blaue Wagen wieder, wurde rasch schneller und verschwand.

Knallrot im Gesicht und wütend auf sich selbst ließ Saskia die Klammer Klammer sein, startete ihr Auto und legte den Gang ein. Von wegen Spitzenauftritt – der Dutt war ab: Das ironische Grinsen war eindeutig gewesen. Sie würde sich vorsehen müssen. Was immer Simon Kröger war – dumm war er jedenfalls nicht.

»Haushälterin – *du*?!«, kiekste Mama, so laut, dass Saskia unwillkürlich zusammenzuckte. Papa zuckte nicht; der interessierte sich mehr für den zweiten Teil von Saskias Eröffnung.

»Was denn für'n Junggeselle?«

»Aber du kannst doch noch nicht mal kochen! Wie um alles in der Welt ...«

Saskia schwieg. Sie war nicht umsonst fast zwei Jahrzehnte hier Kind im Hause gewesen, sie wusste, bis zu ihrem Einsatz dauerte es noch.

Fips dagegen war bloß Enkel. Außerdem nahm er Kritik an seiner Mutsch sofort persönlich, egal von wem sie kam und egal, wie berechtigt sie sein mochte. Auch dann, wenn er wie jetzt bäuchlings neben Julian vor dem Fernseher lag, Comics guckte und nach menschlichem Ermessen blind und taub für den Rest der Welt war.

»Doch sie kann kochen«, sagte er. Seine Großmutter schnaubte verächtlich.

»Spiegeleier vielleicht!«

»Und Kartoffelbrei«, trumpfte Fips auf. »Und Schnitzel mit Pommes und Gemüse und … überhaupt alles.«

»… was aus der Tüte kommt!« Mama schüttelte den Kopf und warf Saskia ihren besten Was-hast-du-da-bloß-wieder-angestellt-Blick an den Kopf. »Als Haushälterin muss man schon ein bisschen mehr zu bieten haben. Und schon gar bei *so einem*! Leute, die sich Hausangestellte leisten können, essen keine Spiegeleier mit Kartoffelbrei.«

Jetzt.

»Oh, da irrst du dich aber gewaltig, Mama!« Saskia schob Sissa vom Schoß und setzte sich gerader hin. Es kämpfte sich besser mit durchbluteten Beinen. »Als ich mich dort vorstellte, war die Spülmaschine kaputt, und auf all den benutzten Tellern klebten Reste von Spiegeleiern mit Kartoffelpüree. Er muss ganz verrückt danach sein!«

Mama brauchte gerade mal zwei Sekunden, um den Karren herumzureißen.

»Und zu so einem Schlamper willst du in Stellung gehen? Na, ich danke! Wenn der nicht mal seinen eigenen Teller nach dem Essen mit der Hand spülen kann …«

Dünne Lippen, bolzengerader Rücken, Hände missbilligend im Schoß verschränkt. Dafür hatte man sich nun jahrelang abgemüht und aufgeopfert, hatte sein Kind unter Schmerzen zur Welt gebracht, es gefüttert und gepflegt, an seinem Bett gesessen, wenn es krank war, die Knie verpflastert, die Schularbeiten überwacht … damit es nun verrückt spielte?!

Irgendwo unter Saskias Lächeln regte sich leichte Gereiztheit.

»Was macht er denn überhaupt beruflich, dein Junggeselle?«

»Er ist Maler«, gab Saskia zu, griff nach einer Serviette und wischte die Kuchenfinger ab, die Sissa ihr demonstrativ hinstreckte. Sie brauchte gar nicht aufzusehen, um zu wissen, dass Mama heftig nickte: natüüürlich! Hatte sie ja gleich gewusst, dass der auch noch Künstler war! Bevor sie den Mund aufbekam, setzte Saskia trotzig hinzu: »Und offenbar ein sehr erfolgreicher, sonst könnte er nicht auf so 'nem Landsitz wohnen und sich auch noch Hausangestellte leisten.«

Sie überlegte kurz, ob sie den Wiesen mähenden Mann erwähnen sollte, als Sittenwächter oder weiteren Beweis für Krögers reichliche Einkünfte, entschied sich dann aber dagegen. Den sparte sie erst mal auf. Besser, sie packte jetzt alle vier Hörner.

»Jetzt hört schon auf, ihr zwei. Ihr seid ja bloß dagegen, weil wir umziehen.«

Entrüstetes Dementi im Duett, aber Saskia wusste, dass sie Recht hatte. Derselbe Aufstand war losgebrochen, als Jürgen sich um einen Studienplatz in Hamburg bemüht hatte, daran erinnerte sie sich noch gut. Mama wusste hundertprozentig, dass Hamburg *die* deutsche Hochburg des Verbrechens war, wo junge Frauen damit rechnen mussten, zu jeder Tages- und Nachtzeit auf offener Straße hingemetzelt zu werden – falls sie nicht vorher von einer dieser unberechenbaren Springfluten ins Meer gerissen worden waren, natürlich. Papa schwieg dazu, musterte Jürgen aber bei jeder Begegnung misstrauisch, als überlege er, ob er den Kerl nicht doch schon mal bei ›Aktenzeichen XY‹ gesehen haben könnte. Damals war aus dem Umzug nichts geworden, Jürgen hatte dann doch einen Platz an der Münchner Uni ergattert. Aber diesmal wurde was daraus, diesmal zog sie um. Aufs Land. In ein *Haus*!

Sie warf einen Blick auf die beiden Gesichter ihr gegenüber und bedauerte mal wieder, ein Einzelkind zu sein. Augensterne haben es nicht leicht im Leben.

»Ihr tut gerade so, als wollte ich eure Enkel ins wilde Kurdistan verschleppen. Hellenstein ist knapp achtzig Kilometer von hier entfernt, dass ist doch nicht aus der Welt! Wir werden uns bestimmt genauso oft sehen wie bisher. Und im Urlaub macht ihr Ferien auf dem Land, ohne einen Pfennig dafür zu zahlen!«

Mama schnaubte nur. Und Papa bewies – wie üblich zur Unzeit –, von wem Julian seine seismografische Ader hatte.

»Apropos Pfennig – wie viel zahlt er dir denn, der Herr Junggeselle?«

Saskia überlegte kurz, entschied sich dann für die Wahrheit. Und einen taktischen Rückzug.

»Und davon willst du leben? Mit drei Kindern?«

»Ach, es wird schon gehen. Kommen ja noch Kindergeld und Unterhalt dazu. Außerdem fällt die Miete weg. Und es lebt sich auf dem Lande ja auch viel billiger.«

»Was du schon davon weißt …«

Während die Jungen in die Jacken schlüpften, verlegte Mama sich aufs Betteln.

»Sei doch vernünftig, Saskia, überleg dir das noch mal! Du musst doch auch an die Kinder denken. Aufs Land ziehen, bloß weil du momentan keinen Job hast, das ist doch verrückt.«

Saskia unterdrückte eine scharfe Antwort. Mit Logik war offensichtlich nichts zu machen, also umarmte sie ihre Eltern, murmelte ein paar beruhigende Worte und trieb ihre Schäfchen zum Gatter hinaus. Zu Hause wartete jede Menge Arbeit. Gestern Abend waren Suse und Ev angetrabt, mit Faltschachteln als Gastgeschenk.

Die beiden waren auch nicht begeistert, dass Saskia ›unter die Bauern ging‹, wie Ev das nannte. Aber als sie von dem Junggesellen gehört hatten, ging ein Funkelblick auf Reisen: Ah-ha! Saskias Dementis nützten gar nichts, die machten das Grinsen bloß breiter. Und als sie schwor, die Faxen mit Männern längst dicke zu haben, ihnen die Fiaskos mit Pit und Uli vorhielt und zu erklären versuchte, dass sie nichts weiter wollte, als ihre Kinder in Ruhe und Frieden aufzuziehen, hatte sogar die sanfte Suse geradezu vulgär gewiehert.

Also hatte Saskia das Thema fallen lassen und die zwei zur Mithilfe verpflichtet. Ev hatte versprochen, ihren Derzeit-Lover auf die Suche nach einem billigen Kleinlaster zu schicken und Samstag früh – *sehr* früh – mit Suse und mindestens drei billigen, gut genährten Männern zum Ein- und Ausladen anzutreten.

Blieb nur zu hoffen, dass bis dahin alles verpackt war.

»Ihr legt am besten gleich los«, sagte Saskia beim Aufsperren der Wohnungstür zu den Zwillingen. »Spielzeug und Bücher zuerst, dann die Winterklamotten.«

»Und ich? Ich will auch packen!«

Sissa zupfte Saskia drängend am Ärmel.

»Wir beide packen zusammen«, versprach Saskia schnell. »Wir Frauen müssen zusammenhalten.«

»Klar, weil ihr einzeln nichts zu Stande bringt«, flachste Julian – und brüllte prompt los. Sissa, die noch nicht wusste, dass sie jetzt ein pausbäckiger Engel und außerdem leidend war, hatte blitzschnell den Fuß gehoben und zugetreten.

»Doch bringen wir was zu Stande!«, triumphierte sie.

»Seid doch leise!«, zischte Saskia entnervt. »Denkt an die Nachbarn!«

»Warum denn? Wir ziehen doch sowieso um«, meinte Fips, immer praktisch veranlagt. »Wann gibt's denn was zu essen?«

»Zu *essen*? Vergiss es – ihr habt gerade erst ein ganzes Blech Streuselkuchen verdrückt, den arbeitet ihr jetzt erst mal ab. Zum Kochen habe ich vorerst wirklich keine Zeit! Und jetzt nichts wie los, meine Herren!«

Drei Sekunden später dämpfte die geschlossene Kinderzimmertür das Maulen des Fußvolks, Sissa kämmte eine Puppe, weil man ungekämmt nicht umziehen kann, und Saskia atmete tief durch. Also dann …

Für einen zweiten Atemzug fehlte die Zeit. Das Telefon klingelte Sturm. Es war Mama. Sie wollte ganz bestimmt nicht stören, und sie wollte sich auch keinesfalls einmischen, schließlich war Saskia alt genug, ihr Leben selbst zu gestalten – oder sollte es zumindest sein, wenn es auch manchmal beim besten Willen nicht danach aussah.

»Also, Mama …«

Aber darüber wollte Mama kein Wort verlieren, das ging sie ja nichts an. Sie wollte nur fragen, ob Saskia bei diesem Wahn … bei ihrem Entschluss auch bedacht hätte, dass auf dem Land praktisch an jedem Grashalm die Eier des Fuchsbandwurms lauerten. Und der war tödlich für Menschen, der Fuchsbandwurm, wusste Saskia das? Wenn diese Würmer erst mal im Körper waren, gab es kein Halten mehr!

»Aber Mama, das ist doch …«

Und die Tollwut sei auch wieder im Vormarsch. Hatte sie gelesen. Ganz besonders im Gebiet um Hellenstein; hatte sie, glaubte sie, auch gelesen.

»Mama, bitte! Ich …«

In diesem Moment ging die Tür auf, und Julian erschien mit der ersten Schachtel. Er starrte Saskia mit großen Augen an, drehte sich um und schrie: »Ach nee! Schau dir das an, Fips! Zum Kochen hat sie keine Zeit, aber zum Quatschen schon!«

»Was, du kochst nicht?!« Saskia war schon immer der Meinung gewesen, dass Mama für ihr Alter viel zu gut hörte. »Das geht aber nicht, Saskia, die Jungen brauchen ihr Essen! Die sind noch im Wachstum, die kannst du doch nicht einfach hungern lassen.«

»Werde ich nicht, keine Bange«, versicherte Saskia ihr hitzig. »In fünf Minuten haben die ihr Fuchsbandwurm-Omelett, verlass dich drauf!«

Sie legte auf, packte Julian am Arm und zog ihn mit ins Bubenzimmer.

»Sonst noch was zu meckern?«, schrie sie. »Nur immer raus mit der Sprache, dann geht's in einem Aufwasch!«

Sissa lugte vorsichtig ums Eck. Julian entzog seinen Arm ihrem Griff. Fips sah sie vorwurfsvoll an und legte den Finger auf die Lippen.

»Schschsch! Sei doch leise! Denk an die Nachbarn!«

Und dann fing die ganze miserablige Bande zu kichern an.

Samstag früh gegen halb zehn kam Simon Krögers geliebte ländliche Ruhe plötzlich und unerwartet unter die Räder. Er war eben dabei, seinem Wallach Sundance den Sattel aufzulegen, als ein Kleinlaster, ein VW-Bus und zwei Privatautos – eines davon ein roter Fiat – Kies knirschend auf den Gutshof fuhren und mit laufenden Motoren anhielten. So viel Krach war Sundance nicht gewohnt. Erschreckt warf er den Kopf hoch, drängte sich rückwärts tänzelnd an Simon und setzte dabei einen Vorderhuf genau auf dessen linken Fuß. Simon biss die Zähne zusammen und ruderte mit sattelbewehrten Armen um Balance. Im Stall wieherte Melisande, Malvas Schimmelstute, durchdringend auf. »Ruhig, Sundance, ruhig. Geh – runter – von – meinem – Fuß!«, keuchte Simon und stemmte sich gegen den glatten, lackschwarzen Pferdebauch. Sundance grunzte und antwortete mit Gegendruck, weil nun die Tür des roten Fiats aufgerissen wurde. Saskia Meerwald – duttlos, ohne Lippenstift und in Jeans – eilte auf Ross und Reiter zu. Das Sonnenlicht setzte sprühende Reflexe in ihrem Haar frei, Rot und Gold und ein intensives Braun – ein Feuerwerk. (Aber das war wirklich nicht der Moment, um ...)

Jetzt endlich hob sich Huf von Fuß. Simon sprang hastig einen Schritt zurück, um nicht doch noch umgeworfen zu werden.

»Morgen! Haben wir Ihr Pferd erschreckt?« Die Waldteiche glitzerten. »Er sieht aus, als wolle er auf den Schoß genommen werden! Es ist doch ein ›er‹?«

»Ja«, bestätigte Simon und widerstand mannhaft dem Drang, seinen malträtierten Fuß zu reiben. Im selben Moment platzten die Türen des zweiten Autos auf. Zwei Jungen sprangen heraus und stürmten über den Hofplatz, gefolgt von einer haselnussblonden jungen Frau. Alarmiert warf Simon den hinderlichen Sattel auf Sundances Rücken und schnappte sich die Zügel. Keine Sekunde zu früh: Schon hatte der Schnellere der beiden Jungen das Pferd erreicht. Sundance schnaubte und rollte die Augen. Simon teilte seine Gefühle voll und ganz.

»Oh, wow, ist der schön! Wie heißt der denn?«

Jetzt war auch der zweite da.

»Ist das ein ›er‹ oder eine ›sie‹?«

Es waren Zwillinge, sah Simon, genaue Kopien voneinander. Nein, doch nicht, nicht ganz: der Schopf des Zweiten war eine Schattierung dunkler, und auch der Ausdruck …

»Das is'n Hengst, du Ross!«, schnaubte der Erste verächtlich. »Hast du Tomaten auf den Augen?«

»Schluss jetzt, ihr macht das Pferd nervös.«

Saskia Meerwald packte energisch je eine Schulter. Gleichzeitig traf die Haselnussblonde – vermutlich die Mutter der beiden – ein. Sie lächelte Simon entschuldigend zu.

»Tut mir Leid, sie waren echt nicht zu halten bei dem Anblick!«

Bevor noch jemand antworten konnte, wurde ein Fenster des roten Fiats heruntergekurbelt. Ein ringellockiges Engelchen hängte sich gefährlich weit heraus und brüllte: »Ich will auch raus! Mama!«

»O Gott.« Die Meerwald verzog abbittend das Gesicht. »Das sind ... Freunde von mir, die beim Umzug helfen«, erklärte sie mit einer raschen Handbewegung ringsum. »Darf ich vorstellen: Eva Petrini. Und das sind Philipp und Julian.«

Simon murmelte seinen Namen und war sich unbehaglich bewusst, dass Frau Meerwalds Freundin ihn mit interessierten Blicken taxierte.

»Auf diese Weise werden wir hoffentlich schon heute fertig«, setzte Saskia hinzu. »Dann bleibt der Trubel wenigstens auf einen Tag beschränkt!«

Mit anderen Worten: Abends war der ganze, lautstarke Spuk vorbei? Sie mochte ja eine halbe Portion sein, die Meerwald, aber ihre Tüchtigkeit war offenbar echter als ihr Dutt. Simon war so erleichtert, dass er glatt ein Lächeln zu Stande brachte.

»Kein Problem.« Er hatte sowieso vorgehabt, den Tag draußen mit Landschaftsskizzen zu verbringen. Ein schneller Blick zu den Autos: In den beiden geräumigeren saß je ein Mann. »Wenn ich helfen kann ...«

Die Rechnung ging auf: Saskia lehnte ab. Eilig verfrachtete sie ihre Freundin samt den Jungen wieder ins Auto, wies den anderen den Weg nach hinten zum Verwalterhaus und setzte ihren Fiat samt zurückgestopftem Engelchen in Bewegung.

Simon klopfte Sundance beruhigend den Hals, bis die ganze Kavalkade hinterm Gutshaus verschwunden war. Dann beeilte er sich, Sattel und Packtasche festzuzurren, aufzusitzen und in flottem Gang vom Hof zu reiten.

Mit einem träumerischen Ausdruck in den Augen beobachtete Ev – dekorativ an die Ladefläche des einen Kleinlasters gelehnt – Saskias Boss durch die schmale Gasse zwischen den Gebäuden.

»Mann auf Pferd – Goldes wert ... Ich glaube, ich werde dich *sehr* oft besuchen kommen!«

Saskia zerrte einen Karton aus dem Laster.

»Bitte ja. Aber lass deinen Schmalzblick zu Hause; der da«, sie deutete mit dem Kinn hinter dem Reiter her, der eben durch die Einfahrt verschwand, »ist *off limits* für dich, *my dear*!«

»Wieso denn – ich denke, du willst bloß noch deine Ruhe?«

»Richtig. Und er auch.«

Ein ironisches Lächeln kräuselte Evs Lippen.

»Wirklich? Da wäre er aber der Erste ...«

»Irgendwer muss das ja sein.« Saskia knurrte vor Anstrengung. »Also benimm dich.«

Unbeeindruckt löste Ev die Hüfte vom Laster und drehte sich um. »Tu ich doch immer!«

»Ich meine *anständig*!«

»Ach, so ...«

»Genau. Und jetzt komm endlich und hilf mir.«

»Kartons schleppen? Nein, danke, das gibt Muskeln an den falschen Stellen. Lass das mal die Männer machen. Ich pack' lieber aus und räume ein. Darin bin ich richtig gut!«

War sie wirklich. Olympiareif. Binnen fünf Stunden räumte sie alle drei Kinderzimmer komplett ein, stellte den Inhalt der Bücherkisten in die Regalwand im Wohnzimmer, hängte die Vorhänge auf, bezog die Betten und schichtete Saskias Pullis und Wäsche so ordentlich aufeinander, dass der Schrank ganz fremd aussah.

Suse übernahm Sissa, die Küche und die Zubereitung des großen Fressens zum Abschluss. Saskia dirigierte die Kofferkulis, pfiff Fips und Julian alle fünf Minuten vom Stallgebäude zurück und zwang sie zu niederen Arbeiten. Beim Möbel-Zusammenbauen gab sie so viele gute Ratschläge, dass Suses Mann Rolf sie schließlich rauswarf und zum Getränke holen schickte.

Gegen sechs waren alle und alles so ziemlich geschafft. Sogar die Schachteln lagen schon wieder gefaltet im Laster. Nach dem Abendessen – Gulasch aus Suses begnadeten Händen – musste nur noch die Waschmaschine angeschlossen werden. Das übernahm Rolf, der dazu einen Eimer verlangte.

Saskia zögerte kurz. Ihr eigener stand noch in der alten Wohnung, wegen des Auszugsputzes, aber im Gutshaus stand einer – und wie sie die Männer kannte, wahrscheinlich noch immer in der Küche. Eigentlich hatte sie dort heute noch nichts zu suchen ... aber bestimmt hatte Kröger nichts dagegen, wenn sie sich ihn kurz ausborgte.

Es war unheimlich still in dem großen Haus, so still, dass Saskia unwillkürlich auf Zehenspitzen ging. Die Küche lag im ersten Stock ... links?, ja links – direkt über dem Zimmer mit der tollen Flaschensammlung. Leise huschte sie durch die Eingangshalle, fühlte sich wie eine Einbrecherin und erwartete jeden Moment, hinter sich plötzlich Krögers Stimme zu hören. (»Was machen Sie denn da?!«)

Stattdessen schrillte plötzlich das Telefon los und ließ sie vor Schreck fast aus der Haut fahren.

»Teufel auch«, keuchte sie und presste eine Hand auf ihr wild klopfendes Herz. Das Läuten wiederholte sich gebieterisch. Sollte sie rangehen – oder den Eimer grabschen und flüchten?

Nach dem dritten Klingeln entschloss sie sich zum Rangehen. Wenn Goliath den fehlenden Eimer bemerkte, war sie sowieso verratzt.

Der Apparat stand auf einer Konsole direkt neben der Tür des Wohnzimmers.

»Meerwald ...?«

Nein, halt, Quatsch – ›Hier bei Kröger‹ hieß das jetzt!

»O Verzeihung – falsch verbunden«, sagte eine überraschte weibliche Stimme am anderen Ende prompt. Und dann war die Leitung tot.

Verflixter Mist!

Saskia legte ebenfalls auf. Als zehn Sekunden später das blöde Ding erneut zu läuten anfing, ignorierte sie es. Hoffentlich dachte die Anruferin dann, dass sie sich wirklich verwählt hatte.

Der Eimer stand tatsächlich noch in der Küche. Aber als sie damit zurück in ihr eigenes Haus kam, wurde er nicht mehr gebraucht. *Männer*!

Der Abschied war kurz und schmerzlos; Saskias Dankesgestammel wedelte Rolf zur Seite.

»Ja, ja, reden ist Silber, *Grillen* ist Gold.«

»Versprochen. Sowie es warm genug wird ...«

Butterweich vor Dankbarkeit winkte Saskia hinter den Autos her. Sie waren wirklich unglaublich, Ev und Suse und Rolf. Solche Freunde zu haben, ach, was konnte es auf dieser Welt Schöneres geben – außer jetzt gleich einem langen Schaumbad mit anschließendem Umfallen. Sie konnte direkt spüren, wie sich die Muskeln in ihrem Körper für morgen früh zu einem preisgekrönten Kater verabredeten.

Sissa schien auch reif fürs Bett zu sein, die saß ungewohnt ruhig in ihrem Zimmer und spielte. Die Zwillinge waren aus anderem Holz, die klebten wie die Spinnen an der verflixten Stallwand und versuchten, durch eines der kleinen Fenster oben einen Blick ins Paradies zu werfen. (Das gab noch was, oh, das gab noch was. Hoffentlich schlug irgendwo in der großen, weiten Krögerbrust ein Herz – wenn schon nicht für Kinder, dann zumindest für Pferdefans!)

»Los jetzt, runter da, ihr zwei. Für heute hat sich's, wir gehen in die Falle, allesamt!«

Der provokative Zusatz ließ die beiden wie abgesprengt von der Mauer plumpsen.

»Ins Bett?!«, wiederholte Julian ungläubig. »Jetzt?«

»Es ist doch noch nicht mal sieben!«, empörte sich Fips.

»Na gut, dann nicht – aber wenigstens ins Haus.«

Von ihr aus konnten die zwei heute fernsehen bis zum Abwinken – Hauptsache, sie waren außer Sicht, wenn Goliath wieder einritt, dann hatte sie noch eine ganze Nacht zur Planung der Attack ...

Klipperdiklapp, klapperdiklipp ...

Mist. Wenn man vom Teufel spricht ...

Und natürlich wieder mal weit und breit kein Mauseloch. War sowieso zu spät, er hatte sie schon gesehen. Und die Jungen auch. Das Pferd blieb stehen; Krögers Blick hob sich von den Jungen, flog einmal in die Runde und kehrte zurück. Erkenntnisdämmerung. Dann wurde die Kinnlinie hart. Also schön, dann eben jetzt gleich.

»Mannomann, is' das Goliath oder der Bruder von King Kong?«, fragte Fips, der mittags offenbar nur Augen für das Ross gehabt hatte.

»Goliath – King Kong ist doch nicht blond«, raunte Julian zurück.

»Seid doch still!«, flehte Saskia ohne die Lippen zu bewegen.

»Immer noch? Wir sind aber doch schon umgezogen!«, wisperte Fips.

Jetzt hob Kröger das Bein, schwenkte es über den Pferderücken und stieg ab. Alles, ohne Saskia aus den Augen zu lassen. Die ruckte sofort die Mundwinkel hoch, schaltete das Gehirn auf Turbo und beobachtete, wie er auf sie zukam.

Er hielt sich nicht mit langen Vorreden auf.

»Darf ich fragen, was das zu bedeuten hat?«

Immer schön lächeln, immer vergnügt ...!

»Zu bedeuten – was?«

Die Kinnlade sah aus wie gemeißelt.

»Dass die beiden noch hier sind. Ihre Freunde sind doch schon weg, nicht?«

Große, runde Augen, in denen das pure Erstaunen lag.

»Stört Sie das? Oh, ich bitte um Verzeihung – ich hatte keine Ahnung, dass es Sie stört, wenn meine Söhne sich abends noch im Hof …«

»Das sind *Ihre* Söhne?!«

Kröger schrie fast. (Gut so – wer schreit, verliert. Alte Bauernregel.) Sundance ruckte den mächtigen Kopf zurück und trat zwei, drei Schritte schräg nach hinten. Saskia streute eine Prise Befremden in ihr Erstaunen.

»Ja, natürlich, das wissen Sie doch! Ich …«

»Das wusste ich keineswegs! Ich hatte …«

Dem anderen ins Wort fallen konnte Saskia auch.

»Aber sicher wussten Sie das. Ich selbst habe Sie Ihnen doch erst heute Morgen vorgestellt!«

»Hat sie – ich war dabei«, bestätigte Fips und hob das Kinn.

»›Das sind Philipp und Julian‹, hat sie gesagt.« Die Zweitausgabe hob auch das Kinn.

Leicht irritiert ließ Kröger die Augen zwischen den dreien schweifen – und bemerkte die Ähnlichkeit.

»Ja, na ja … Sie haben die Namen gesagt, aber dass das Ihre Söhne sind …«

Saskia erlaubte sich ein winziges Glucksen in der Stimme.

»Na, das ist doch wohl unübersehbar …«

Touché! Pech für dich; wer zu spät hinsieht, den bestraft das Leben. Wachsam, aber freundlich lächelnd beobachtete sie, wie Kröger unter dem Treffer wankte – und sich wieder sammelte.

»Wie auch immer, jedenfalls haben Sie bei unserem ersten Gespräch …«

»Einen Augenblick, bitte.« Die Jungen brauchten nicht alles zu wissen, für manches waren sie entschieden zu jung. »Ihr könnt schon mal ins Haus gehen.«

»Jetzt?«, maulte Fips, das war vorhin ganz gut gekommen.

»Aber …«

»Jetzt!«, bestätigte Saskia und verabreichte zwei Mal Mutterblick forte. »Sagt Herrn Kröger Gute Nacht.«

Die Jungen schlugen die Augen nieder. Mutterblick forte schwächte die Abwehrkräfte enorm.

»Nacht«, sagte Julian mürrisch.

»Nacht«, echote Fips.

»Gute Nacht«, erwiderte Simon notgedrungen. Die beiden trollten sich mit hängenden Köpfen. Sundance schnaubte unwillig. Er hatte es offenbar satt, auf Herrchen zu warten, und zuckelte allein in den Stall. Simon drehte sich nicht einmal um.

»Bei unserem ersten Gespräch sagten Sie nur, Sie hätten eine Tochter«, sagte er hitzig, aber leise.

»Hab' ich ja auch.«

»Allerdings, aber ... also, besonders krank wirkte die nicht heute Vormittag! Und was ...«

Saskias Augenbrauen kletterten auf die Stirn.

»Heißt das, Sie sehen Kinder lieber leidend?«

»Unsinn – natürlich nicht«, ärgerte sich Simon.

»Klang aber sehr danach ... Im Übrigen sagte ich ›krank‹ – nicht ›bettlägerig‹.«

»Wie auch immer – ich meine, es ist natürlich schön, dass es Ihrer Tochter nicht ganz so schlecht geht wie ... wie ...«

»Erhofft?«, bot sie spitz an.

»Befürchtet«, korrigierte er böse. »Aber das erklärt in keiner Weise, warum Sie nichts von Ihren Söhnen gesagt haben.«

»Na, das können Sie jetzt aber wirklich nicht mir in die Schuhe schieben, das ist ja wohl Ihre eigene Schuld!«

Kröger explodierte fast.

»Wie bitte?«

Kinn vor, Kanonen bestückt und volles Rohr vor den Bug geschossen!

»Na, wer hat denn mitten in unserem Gespräch so eilig abgebrochen? Wer hat denn erst endlos telefoniert und es dann so schrecklich eilig gehabt, dass er mich am liebsten am Kragen aus dem Haus geworfen hätte?«

Krögers Augen zeigten eine bedenkliche Neigung, ihm aus dem Kopf zu fallen.

»Aber ... also ... also das ...«

Zeit für den Haupttreffer.

»Und wer hat gesagt, alles Weitere sollten wir ›später‹ besprechen? Doch wohl nicht ich!«

Man konnte die Trümmer fast rauchen sehen, die jetzt in ihm zusammenfielen. Er stotterte nicht mal mehr, starrte sie nur hilflos an.

»Nun – jetzt *ist* später. Und jetzt erzähle ich Ihnen *gern* von meinen Söhnen«, meinte Saskia freundlich. »Zum Beispiel, dass sie *hervorragend* Rasen mähen. Und Briefe zur Post tragen. Und vieles mehr. Sie werden sehen, die beiden sind keine Störung, sondern eine echte Bereicherung.«

Hoppla – das war vielleicht doch ein bisschen zu dick aufgetragen.

Kröger gab einen schwachen Ton von sich. Am besten, sie drückte kurz mal auf die Tränendrüse, das hatte beim letzten Mal durchschlagenden Erfolg gehabt. Saskia schaltete auf Warmblick mit Schimmer.

»Sie werden kaum merken, dass die beiden da sind. Ich bin so froh um das Haus; bisher wohnten wir zu viert in zwei Zimmer-Küche-Bad«, ein kurzer Stimmwackler, »das war ... schwierig. Aber hier ist so viel Platz, und die Kinder sind so begeistert von allem ... Außerdem sind drei Kinder *viel* weniger lästig als ein einzelnes, weil sie sich gegenseitig beschäftigen. Und ich bin ja auch ständig da! Sie werden sehen, es gibt keine Probleme. Und wenn doch – was ich aber nicht glaube! –, dann können Sie mir ja immer noch kündigen!«

Überzeugt sah er nicht aus, aber doch ein wenig erleichtert. Eben wie jeder absaufende Kapitän, der auf den unendlichen Weiten des Ozeans ein driftendes Rettungsboot entdeckt. (Dass das seine ein Leck hatte, würde er erst entdecken, wenn es zu spät war.)

Jetzt machte er den Mund auf; offenbar wollte er irgendwas sagen. Aber das Schicksal war gegen ihn: Ein eleganter, silbergrauer Jaguar mit einer eleganten, silbergrauen Frau am Steuer schnurrte in die Einfahrt. Perfekt, dachte Saskia und sah, dass Kröger unwillkürlich die Stirn in Falten legte. Kein Besuch gefällig – oder nur dieser nicht? Wie auch immer: Das war ihre Chance.

»Also dann – gute Nacht«, sagte sie rasch.

Kröger war nicht mehr bei der Sache.

»Kann man wohl sagen«, knurrte er, ließ Saskia stehen und ging auf den Wagen zu. Die Silbergraue stieg aus und warf Saskia einen scharfen Blick zu. Die konterte mit haushälterisch distanziertem Lächeln und wandte sich würdevoll zum Gehen.

Es wäre ein Klasse-Abgang geworden, wenn nicht ausgerechnet jetzt Sissa im Nachthemd aus dem Haus gelaufen wäre. So aber musste Saskia nolens volens in scharfen Trab fallen, um die Mär vom zarten Engelchen wenigstens noch ein, zwei Takte vor nicht wiedergutzumachendem Schaden zu bewahren. Dass die Silbergraue sie dabei beobachtete, wusste sie, auch ohne sich umzudrehen.

Simon strebte langsam und widerwillig auf den Jaguar zu.

»Mutter! Was machst du denn hier – ist was passiert?«, erkundigte er sich mit leicht ironischem Unterton. Es war typisch für seine Mutter, unfehlbar dann aufzutauchen, wenn man ihren Besuch am wenigsten brauchen konnte.

Ilse Kröger hatte scharfe Ohren.

»Um das festzustellen, bin ich ja gekommen«, sagte

sie ebenso ironisch, ohne den Blick von der kleinen Szene hinter ihrem ahnungslosen Sohn abzuwenden. »Ich habe heute hier angerufen und eine fremde Frau am Apparat gehabt. Erst dachte ich, ich hätte mich verwählt – aber wie es aussieht ...« Jetzt hob sie den Blick und sah Simon mit kühlem Interesse genau in die Pupillen. »Eine ... Freundin von dir?«

»Nein. Meine neue Haushälterin«, antwortete Simon knapp und verstand nicht ganz. (War die Meerwald heute schon im Herrenhaus gewesen?)

Eine sorgfältig in Form gezupfte Augenbraue wanderte auf die gepflegte Stirn. Kühle, graue Augen kehrten wieder in die Gasse zwischen Gutshaus und Nebengebäuden zurück, musterten die schlanke, grazile Gestalt, die eben ein kleines Mädchen hochhob. Vom Gesicht der jungen Frau war nur ein Stückchen Profil zu sehen. Attraktives Profil. Kein Vergleich mit Malva, natürlich, aber ansprechend. *Zu* ansprechend.

»Ich hoffe, das ist nicht dein Ernst. Diese Frau da ist viel zu jung für einen solchen Posten.«

Simon unterdrückte einen Seufzer. Warum konnte das Leben seine Tiefschläge nicht ein bisschen besser verteilen!

»Doch, es ist mein Ernst«, sagte er verdrossen. »Und sie scheint mir durchaus tauglich zu sein. Willst du nicht ins Haus kommen? Ich bin den ganzen Tag draußen gewesen und habe höllischen Durst.«

Ein winziges Zögern. Dann eine Kopfbewegung und sie gingen nebeneinander die Treppe hinauf. Ilse Kröger sprach erst im Wohnzimmer wieder, nachdem sie auf der Couch Platz genommen und den amethystfarbenen Rock ihres Designerkostüms glattgezogen hatte.

»Welche Referenzen hat sie vorgewiesen?«

Verdammt.

Simon ging zur Bar, holte zwei Flaschen Perrier aus der eingebauten Kühlbox und goss für sich zwei Finger breit Whiskey in ein Glas. Wie es aussah, würde er ihn nötig haben.

»Danach habe ich nicht gefragt«, sagte er sehr obenhin. »Ich verlasse mich lieber auf mein eigenes Urteil.«

Seine Mutter lachte silbern.

»Und worauf stützt sich das?«

»Mein Gott – sie hat sich vorgestellt – und mir gefallen.«

»*Das* glaube ich gern«, sagte sie trocken. »Aber als Referenz ...«

Simon hatte gute Lust, ihr von den Waldteichen zu erzählen. Bloß um sie zu ärgern. Aber natürlich tat er es nicht. »Du weißt genau, wie ich das gemeint habe«, sagte er kontrolliert. »Sie erschien mir einfach nur sehr tüchtig. Hat gleich die Spülmaschine repariert und so. Ich fand sie eben passend, und da habe ich sie eingestellt. Punkt.«

Trotzig hielt er ihrem spöttischen Blick stand. Sie glaubte ihm nicht. Sie wusste nichts von den Waldteichen und den zwei Gesichtern, aber sie vermutete etwas in der Art. Sie konnte einfach nicht glauben, dass er, Simon der Untüchtige, Simon der Träumer, der Aus-der-Art-Geschlagene, ein sachliches Urteil zu fällen imstande war. Vielleicht hatte sie sogar Recht damit, aber das, zum Teufel, war nicht der Punkt!

Ilse Kröger senkte den Blick und nahm ein wohldosiertes Schlückchen Perrier.

»Nun, jedenfalls wundert es mich, dass Marcus dir überhaupt jemanden mit Kind als geeignet vorgeschlagen hat.«

Heute musste der Schießt-auf-Simon-Tag sein – so viele Treffer auf einmal hatte er schon lange nicht mehr hinnehmen müssen. Woher wusste sie denn das bloß wieder? Er trank den ganzen Whiskey auf einmal hinunter.

»Hat er ja auch nicht. Sie kam von allein – auf Grund der Anzeige.«

»Wie bitte? Soll das heißen, dein Bruder weiß gar nichts von ... hiervon?«

»Stimmt«, sagte Simon, dem der Whiskey Mut und Magen wärmte.

»Also Simon – nein, also das geht aber nicht«, begann seine Mutter entschlossen. »Wirklich, ich weiß nicht, wie du immer auf solche Einfälle kommst. Das ist doch verrückt! Da steht dir ein ganzer Firmenapparat zur Verfügung, samt geschultem Personalchef ...«

»Fischmäuligem Personalchef«, warf Simon tollkühn ein. (War sowieso schon alles egal.)

»Sein Aussehen hat damit gar nichts zu tun. Herr Gruber ist äußerst kompetent in der Auswahl geeigneter Mitarbeiter.«

»Aber ich suche nun mal keine ›Mitarbeiter‹ – ich brauche lediglich eine Haushälterin, die sich um den ganzen Kleinkram kümmert, damit ich mich ungestört aufs Malen konzentrieren kann.«

Zehn Sekunden betontes Schweigen. Sie wussten beide, was Ilse Kröger davon hielt, dass Simon sich auf dem Land vergrub und Ölfarben verkleckste, statt wie alle aufrechten Krögers massenhaft Geld mit Badewannen, Klos und Waschbecken zu verdienen.

»Auch in diesem Fall wäre sein Rat wichtig gewesen«, sagte sie scharf. »Im Gegensatz zu dir weiß er nämlich, worauf zu achten ist.«

»In diesem Fall eben nicht.« Mochte das Schicksal ihm auch den Krögerischen Geschäftssinn vorenthalten haben, den Eigensinn hatte er mitbekommen. »Gruber hat nicht die geringste Ahnung davon, was mir wichtig ist.«

»Na, zumindest hätte er die mit Kindern aussortiert«, bemerkte Mutter spitz. »Du und Kinder! Du wolltest doch immer deine Ruhe haben – und jetzt stellst du eine

Haushälterin mit Kind ein!« Ein Gedanke stieg hinter der glatten Stirn auf. »Und ihren Mann womöglich auch noch?!«

»Nein, nur sie und die Kinder.«

Kaum waren die letzten Worte heraus, erkannte er den Fehler. Er hätte sich ohrfeigen können!

»Kinder? Hat sie etwa mehr als eines?«

Resigniert ließ Simon sich in einem der Fauteuilles nieder und studierte den Boden seines Glases.

»Sie hat drei«, gab er zu, »zwei Jungen und ein Mädchen.«

»Hast du denn völlig den Verstand verloren?«, erkundigte sich Mutter in gefährlich ruhigem Ton. »*Drei Kinder*! Wenn Marcus das erfährt ...«

»... sagt er besser keinen Ton. Es geht ihn einen feuchten Dreck an, wen ich als Haushälterin einstelle.«

Ilse blinzelte. Kraftausdrücke billigte sie nicht; aber momentan hatte anderes Vorrang – ihren Sohn auf den Teppich zurückholen, zum Beispiel. Aber da diese idiotischen Gesetzgeber jeden noch so großen Kindskopf schon mit achtzehn für volljährig erklärten, war das leider nicht mehr so einfach wie früher.

»Sei doch vernünftig – du und drei Kinder – der helle Wahnsinn! Allein der Krach! Ich weiß schließlich, wovon ich rede. Wirklich, man muss die Frau fast bewundern, wie sie es geschafft hat ... Seit wann ist sie denn überhaupt hier?«

»Seit heute«, knurrte Simon.

»Na, Gott sei Dank, dann ist es noch nicht zu spät, dann kriegt Marcus das bestimmt wieder ins Lot. Du musst nur ...«

»Kommt nicht in Frage«, sagte Simon und betonte jedes Wort. »Marcus wird schön die Finger von meinen Angelegenheiten lassen, die regle ich ganz allein.«

»Aber Simon, sei doch vernünftig. Wenn Marcus dir helfen kann, dieses Versehen ...«

»Du verstehst nicht, Mutter. Es handelt sich hier nicht um ein Versehen.«

»Ts! Als Nächstes wirst du mir erzählen, du *willst* diese Kinder hierhaben!«

»Stimmt, genau das will ich«, log Simon. »Warum auch nicht? Kinder bringen Leben ins Haus – deine eigene Rede, Mutter!«

»Ja – deine eigenen, meine Enkelkinder! Aber daraus ist ja leider nichts geworden, aus den Kindern nicht und aus der Ehe ...«

Simon sprang auf. »Bitte, Mutter! Ich habe keine Lust, das zum hundertsten Mal durchzukauen. Erinnere dich bitte: Nicht ich habe die Scheidung eingereicht – es war Malva, die hier nicht ›zum Landei‹ werden wollte, *sie* konnte es mit *mir* nicht aushalten!« (Obwohl der Himmel allein wusste, weshalb nicht. Er hatte doch alles getan, rote Rosen, Schmuck, die weiße Stute ... was immer sie haben wollte. Nur eben die öden Partys nicht, den kurzen Sprung nach ›Nizza for a pizza‹, die ewigen Pressetermine und den ganzen Quatsch.)

»Ach was, mich wundert es nicht, dass sie ... dass ihr die Nerven durchgegangen sind. Eine junge Frau braucht eben gelegentlich ein bisschen Abwechslung, ein wenig Unterhaltung ...« Sie sah seinen Blick und hob die manikürten Hände. »Schön, du willst nicht darüber reden, also lassen wir das. Aber dass du freiwillig jemanden mit Kindern einstellst, kannst du *mir* nicht weismachen. Nun gib deine Halsstarrigkeit endlich auf. Ein Wort von dir, und Marcus ...«

Im Leben nicht!, dachte er. »Danke – *nein* danke. Ich freue mich richtig, dass nun ein bisschen Leben in die Bude kommt. Um ehrlich zu sein, war es mir hier in letzter Zeit manchmal fast *zu* still.«

Ilse verzog den Mund. Wenn erst einmal der Trotz einsetzte, wurde er völlig unlenkbar, daran erinnerte sie sich noch gut.

»Nun, das werden die drei bestimmt bald gründlich ändern«, meinte sie. »Ich muss jetzt wieder los; gegen zehn kommen Marcus und Roland vorbei. Wir wollen über eine Filiale in Dortmund reden.«

Ein schwaches Reuegefühl kämpfte sich zwischen Trotz und Eigensinn in Simon hoch, und er verkniff sich jeden sarkastischen Seitenhieb auf den bevorstehenden Badewannen-Gipfel.

»Bitte grüße sie schön von mir«, sagte er nachgiebig, »und sag Onkel Roland, dass ich ...«

Ein Klopfen unterbrach ihn. Was war denn nun schon wieder? Mit zwei Schritten war er an der Tür.

Saskia Meerwald lächelte mit mindestens hundert Watt. Sie trug einen dunklen Rock und eine weiße Bluse und hob ihm das schwer beladene Tablett in ihren Händen entgegen. Köstlicher Duft wölkte aus der bedeckten Schüssel, und Simons Magen knurrte.

»Ihr Abendessen, Herr Kröger«, sagte sie seidig. »Möchten Sie es hier serviert haben oder ...«

Sie hat gelauscht, durchfuhr es Simon mit absoluter Gewissheit. Sie steht schon länger da!

»Äh ... danke ...«, er sah sich unschlüssig um, »ach, bringen Sie es bitte hinauf ins Frühstückszimmer. Direkt neben der Küche. Ich komme dann gleich.«

»Gern.« Ein kurzer Blick zu seiner Mutter. »Soll ich für zwei Personen decken?«

»Nein, danke, ich bleibe nicht zum Essen. Decken Sie also nur für eine Person.«

Ilses Befehlston perlte an Saskia ab wie Wasser. Eine Sekunde lang befürchtete Simon glatt, sie würde schnippisch knicksen. Aber das tat sie nicht; stattdessen hatte sie die Frechheit, ihm verschwörerisch zuzublinzeln. (Sie hatte nicht nur zugehört – sie hatte auch noch jedes Wort verstanden!)

»Ich komme gleich«, wiederholte er nervös und schloss die Tür.

Der Blick seiner Mutter war völlig ausdruckslos. »Tja, dann will ich mal los. Du brauchst mich nicht zum Wagen zu begleiten – ich kenne den Weg.«

»Unsinn, natürlich begleite ich dich.«

»Nein, geh du mal zum Essen, sonst wird alles kalt. Sehe ich dich nächste Woche?«

»Ich weiß noch nicht ...«

»Melde dich vorher, damit ich auch zu Hause bin!«

»Mache ich.« (Machte er doch immer!) »Fahr vorsichtig!«

»Mache ich doch immer.«

Und schon war sie aus der Tür. Simon schloss einen Moment die Augen. Prächtig. Alles prächtig. Seine Mutter war böse auf ihn, noch heute Abend würde sich das Krögersche Dreigestirn über seine unmögliche Art aufregen – und seine Haushälterin hatte mit eigenen Ohren gehört, dass er sich nach Kindergeschrei sehnte ...

Aber das würde er gleich richtig stellen, die nahm er sich jetzt vor, diese Meerwald, auf der Stelle. Adrenalinbeflügelt sprang er die Treppe mit Riesenschritten hinauf. Sie hatte im Frühstückszimmer gedeckt, richtig nett, richtig harmlos, ganz die tüchtige Haushälterin. Simon holte tief Luft und öffnete den Mund.

»Hoffentlich schmeckt es Ihnen«, sagte Saskia und rückte das Messer zurecht. »Übrigens: Ich kenne mich mit Pferden nicht so aus, aber ... schläft Ihres eigentlich immer mit Sattel?«

Eine Sekunde. Zwei. Drei.

Simon stieß die Luft aus, drehte sich um – und sprang mit Riesenschritten die Treppe wieder hinunter. Als er eine Viertelstunde später wieder im Esszimmer stand, war sie nicht mehr da.

Simon setzte sich und beschloss: Dann eben morgen. Gleich morgen früh, als Erstes!

Konrad Leininger, vierundfünfzig Jahre alt, gebürtiger Hellensteiner, sehnig-stark, unverheiratet und zwei Mal wegen Diebstahls verurteilt, ließ – wie üblich stumm – die Muskeln spielen. Mit gleichförmigen Bewegungen schob und gabelte er Mist aus den Pferdeboxen und deponierte ihn auf einem wachsenden Haufen gleich neben der hinteren Tür, durch die in einiger Entfernung Melisande und Sundance auf der Koppel zu sehen waren. Der Rest einer längst erloschenen Zigarre klemmte zwischen den schmalen Lippen und wanderte gelegentlich von einem Mundwinkel in den anderen.

Ein Schatten tauchte auf dem Boden auf, dann ein zweiter. Leininger hob rasch den Kopf, sah zum Fenster. Einen Moment lang starrten ihn zwei erschrockene Gesichter an; dann verschwanden sie. Es kratzte außen an der Stallwand. Der Zigarrenstummel wanderte. Leininger stellte die Gabel hin und ging ohne besondere Eile zur vorderen Tür. Sie standen direkt unter dem Fenster – zwei Jungen, ein Gesicht. Zwillinge.

Sie musterten sich gegenseitig; nicht ängstlich, aber auf der Hut. Aus dem Dorf waren sie nicht, das wüsste er. Und in der Remise stand nur der Wagen vom Kröger.

»Und?«, sagte Konrad schließlich und machte eine auffordernde Bewegung mit dem Kinn.

Der linke von den beiden schluckte.

»Tag.« Er zögerte, trat zwei Schritte vor und streckte Leininger die Hand hin. Der rührte sich nicht, kippelte nur den Stummel mit den Zähnen.

»Tag«, sagte jetzt auch der zweite, blieb aber, wo er war. »Julian Meerwald.«

»Ich bin Fips. Philipp, eigentlich. Wir wohnen jetzt hier, dort drüben.« Er deutete in die Gasse zwischen Haupthaus und Nebengebäuden. Leiningers Blick folgte schweigend und kehrte dann ausdruckslos zu dem Jungen zurück.

»Unsere Mutter arbeitet jetzt hier, als Haushälterin für Herrn Kröger«, erklärte der andere. Der erste – der Fips hieß – schaute verlangend zur Stalltür. »Dürfen wir helfen? Bitte? Wir machen alles genau so, wie Sie es uns sagen.«

Jetzt starrten sie ihn beide an, gespannt, begierig.

Leininger nahm den Zigarrenrest aus dem Mund und steckte ihn in die Hosentasche.

»Nein«, sagte er. Dann drehte er sich um und ging zurück in den Stall. Die Jungen redeten leise miteinander, aber sie kamen ihm nicht nach.

Mit dem Ausmisten war er bald fertig. Bedächtig holte er frische Streu und deckte beide Boxen gründlich ein. Auf dem Weg zu den Sattelstangen warf er einen Blick aus der hinteren Tür zur Koppel und blieb stehen. Die beiden Jungen standen am Zaun der Koppel und lockten die Pferde. Viel Erfolg hatten sie damit nicht, beide Rösser standen weiter hinten bei einem Baum und kümmerten sich nicht um die zwei. Leininger beobachtete die Szene finster, aber nach einer Weile war klar, dass die Buben weder die Absicht hatten, über den Zaun zu klettern, noch sonst wie versuchten, die Pferde zu bedrängen. Sie standen einfach nur da, schnalzten mit den Fingern, rupften Gras aus und hielten es hoffnungsvoll Sundance und Melisande entgegen. Sonst nichts.

Konrad wandte sich ab, nahm eine große Dose, eine Bürste und zwei Lappen von einem Regal an der Wand und hob Krögers Lieblingssattel von der Halterung. Er setzte sich damit vor der Remise auf eine wettergraue Holzbank, bürstete den Sattel, rieb ihn mit dem Lederpflegemittel ein, bürstete wieder, polierte die Steigbügel und sah nur gelegentlich einmal – und immer nur kurz – in die Gasse zwischen den Gebäuden.

Und dann stand sie auf einmal neben ihm, wie aus dem Boden gewachsen. Eine Kleine, Schmächtige war sie, aber Leininger blieb trotzdem auf der Hut. Die Kleinen konnten genauso giftig werden wie die Größeren. Mindestens.

»Tag!«, lächelte sie und streckte ihm die Hand hin. »ich bin Saskia Meerwald – die neue Haushälterin. Herr Kröger hat mir schon von Ihnen erzählt; Sie sind hier der ›Mann für alles‹, nicht?«

Umständlich wischte sich Leininger die Rechte an der Hose ab und erhob sich halb. Sie hatte einen festen, warmen Händedruck.

»Leininger, Konrad.« Zögernd stand er ganz auf. Sie winkte ab.

»Ich will Sie nicht aufhalten; ich will nur fragen, ob Sie vielleicht einen Kaffee möchten.«

Konrad starrte sie an. *Kaffee?* Er war jetzt seit mehr als dreißig Jahren hier auf dem Krögerhof, aber das war ihm noch nie passiert, dass ihm wer einen Kaffee anbot. Zigarren kriegte er manchmal, oder ein Bier, wenn irgendwas Besonderes war, aber Kaffee ...

»Er ist ganz frisch, ich habe ihn gerade erst aufgebrüht«, sagte die Schmächtige.

Schlecht wäre das jetzt nicht, so ein Kaffee. Er zögerte. Dann ließ er den Hosenboden wieder auf die Bank und den Blick auf den Sattel sinken und schüttelte den Kopf. Bei den Weibern wusste man nie.

»Na, danke – das braucht's nicht.«

Sie lächelte weiter, unvermindert.

»Okay. Dann bis ... demnächst!«

Aus den Augenwinkeln sah er hinter ihr her, wie sie durch die Gasse zum Verwalterhaus ging.

Das Sattelleder glänzte; die silberfarbenen Steigbügel blitzten in der Sonne. Umständlich schraubte Leininger die Dose zu, faltete die Lappen. Sah man ihr gar nicht an, dass die schon Kinder hatte. Zwei gleich. Und so große. War ihr Mann auch da? Wo? Und – wozu? Während er aufstand, musterte er nachdenklich das Haupthaus, dann zog er die speckige Stallhose hoch.

Die Aussicht aus der hinteren Stalltür hatte sich geändert. Die Jungen standen immer noch vor dem Zaun, aber die Rösser jetzt auch, alle beide. Leninger sah zu, wie Melisande ihren Kopf neugierig über den Zaun reckte und einen der Jungen beschnupperte. Als seine Hand ihre Nase berührte, wieherte sie auf, preschte mutwillig ein Stück davon, kam aber gleich darauf nickend zum Zaun zurück.

Gegen seinen Willen beeindruckt wandte Konrad sich um – und zuckte zusammen. In der Vordertür des Stalls stand ein blondes kleines Mädchen mit großen Augen und betrachtete ihn interessiert ...

Wie viele Kinder hatte die eigentlich, die Kurze?

Das Erste, was Simon bemerkte, als er erwachte, war, dass das durch den schmalen Schlitz zwischen den Vorhängen einfallende Sonnenlicht nicht den gewohnten Elf-Uhr-Winkel hatte. Schlaftrunken stierte er in den tanzenden Strahl und folgerte, es müsse demnach früher sein. Oder später. Erst nach diesem messerscharfen Schluss kam ihm zu Bewusstsein, was ihn geweckt hatte: Hundegebell. Hohes, begeistertes Hundegebell. Zweistimmig. Direkt unter seinem Fenster. Der gerechte Zorn des Nachtmenschen brachte ihn auf die Beine.

»Was zum Henker ...?«

Mit einem Ruck riss er die Vorhänge auf, was die Sonne sofort und gnadenlos ausnützte. Die einfallende Lichtflut stach ihm schmerzhaft in die Augen, aber was er erblickte, ließ sie sich trotzdem weiten.

Sekundenlang starrte er fassungslos hinunter auf die Wiese. Dann drehte er sich mit einem wütenden Knurren um, fuhr in die Hosen von gestern und zerrte das nächstbeste Hemd über seinen Kopf. Mit Schuhen hielt er sich gar nicht erst auf.

Seine neue Haushälterin hob den Kopf, als sie ihn an der Terrassentür rütteln hörte. Sie breitete ein liebliches Lächeln über ihr Gesicht, unterbrach ihre Beschäftigung – wozu um alles in der Welt grub sie die Wiese um?! – und drehte hilfreich einen imaginären Schlüssel in der Luft um. Simon knirschte mit den Zähnen. Er sperrte die verdammte Tür auf, zog den verdammten Schlüssel ab und warf ihn quer durch die Eingangshalle in Richtung Schirmständer. Er traf. Aber viel Erleichterung verschaffte ihm das nicht.

»Guten Morgen!«

Saskia lächelte ihm zu. Sie strich sich mit einer charakteristischen, weichen Bewegung eine dunkle Haarsträhne hinters Ohr und brachte es trotz ihrer fleckigen, abgetragenen Jeans und dem Schlabberpulli fertig, sehr jung, sehr zart, sehr zerbrechlich auszusehen. (Mittelalter, höchstens noch früheste Reformationszeit. ›Madonna im Garten‹ oder so. Damals hatten sie Frauen manchmal in dieser zarten Art gemalt.)

Ha!, aber das würde ihr diesmal gar nichts helfen, das kannte Simon schon, damit kam sie *verflixt noch mal* bei ihm nicht mehr durch! Er hatte es nicht geschafft, sie des Lauschens zu beschuldigen (keine Beweise!); er hatte nie Gelegenheit bekommen, die unterschlagenen Söhne zu Ende zu diskutieren; und schon gar nicht hatte er ihr Sissas offenbar strotzende Gesundheit vorwerfen können. Aber jetzt war Schluss – *hiermit kam sie nicht durch*!!

Die Morgenkühle der Terrassenfliesen half ihm, sein Künstlerauge unter Kontrolle zu bringen; anklagend streckte er einen langen, geraden Zeigefinger aus.

»Wer oder was ist das da?«

Sie lächelte weiter, jetzt mit einer Prise höflichem Interesse, und schwang ihren Blick in die gezeigte Richtung. Allzu weit wusste der nicht schweifen, denn nun kamen die Steine des Anstoßes hechelnd heran, um den Neuen zu beschnüffeln.

»Das da? Das sind Hunde«, erklärte Saskia freundlich. »Setter-Mischlinge, Mutter und Tochter. Aus dem Tierheim.«

Simon spürte zuerst eine, dann zwei feuchte Hundenasen auf seine nackten Füße tupfen und interessiert an den Beinen hinaufwandern. Tat fast gut bei der Wut, die ihn, angefacht durch Saskias Antwort, wie eine Flamme versengte.

»Das weiß ich auch«, schnappte er. »Ich ...«

»Habe ich mir schon gedacht«, versicherte ihm Saskia gemütlich. Lässig stützte sie einen Arm auf den Griff des Spatens, mit dem sie höchst unsachgemäß in der dunklen Erde herumgestochert hatte. Hinter ihr lag ein ganzer Haufen Grasnarben. »Sooo exotisch sind Hunde ja nicht ...«

Simons Wutflamme wurde blau. Wie konnte sie es wagen, dazustehen wie ein Morgen im Mai, ihm haufenweise Kinder in den Pelz zu setzen, Hunde auf den Hals zu hetzen – sofern man diese ... diese Tölen da überhaupt als Hunde bezeichnen konnte – und sich dann auch noch lustig über ihn zu machen! So was hatte er ja noch nie erlebt, von so was hatte er noch nicht einmal gehört, es war ... es war ...

»Sie wissen genau, was ich meine«, schrie er – und hatte das unangenehme Gefühl, sich zu wiederholen.

Saskias Lächeln verlor kein Jota an Verbindlichkeit. Natürlich weiß ich das, sagten ihre Waldteichaugen, aber wer dumm fragt ... laut sagte sie: »Da bin ich nicht so sicher. Was genau meinen Sie denn?«

Ihr XXL-Arbeitgeber funkelte auf sie herab und biss die Zähne aufeinander, dass es knackte.

»Ich möchte wissen, was diese Hunde hier zu suchen haben!« Er stotterte beinahe. »Wem gehören die, etwa auch Ihnen? Haben Sie mir die auch verschwiegen – wie Ihre Söhne?« Letzteres sollte schneidend klingen. Sollte.

»Die Hunde gehören den Kindern«, erklärte Saskia.

Sie hörte sich an, als genösse sie ein nettes Schwätzchen mit einem netten Nachbarn. »Sie stammen aus dem Tierheim. Eigentlich wollte ich ja nur einen, aber aus Rücksicht auf Sie haben wir dann doch ...«

»*Aus Rücksicht auf mich*?!«

»Selbstverständlich. Mir liegt sehr daran, all Ihre Wünsche möglichst schnell zu Ihrer vollen Zufriedenheit zu erfüllen«, nickte Saskia tugendsam. »Da Sie mir unmissverständlich gesagt haben, ich solle die Kinder von den Pferden fern halten, war das Beste, was ich tun konnte, ihnen ein eigenes Tier zu kaufen. Aber ein einziges für drei ...«, eine kleine Furche erschien auf der servilen Stirn, »das hätte Probleme gegeben, die sich mit Ihrem Wunsch nach Ruhe vielleicht nicht hätten vereinbaren lassen. Also habe ich es auf mich genommen, gleich zwei Hunde anzuschaffen.« Sie lächelte tapfer. »Das ist natürlich eine beträchtliche Belastung für mein Budget – aber Rücksichtnahme aufeinander ist eben das halbe Zusammenleben, nicht wahr?«

So viel Luft auf nüchternen Magen ... Simon schwirrte der Kopf.

»Also das ... also das ist ...«

Der Welpe – ein tapsiger Flauschball in seidigem Braun – hob ein Pfötchen und berührte ihn zaghaft am Bein. Seine Mutter betrachtete ihn seelenvoll aus goldbraunen Augen. Sie winselte leise und bewegte den Schwanz. Und ewig schimmerten die Waldteiche ... Er war verraten und verkauft, schon wieder. Wie, konnte er nicht sagen, aber er spürte es bis ins Mark. Er hatte einfach keine Chance gegen diese halbe Portion. Sie wusste es auch: Das liebliche Lächeln glänzte wieder auf.

»Haben Sie schon gefrühstückt?«, erkundigte sich Saskia und vermied jeden Blick auf das falsch zugeknöpfte Hemd, das wirre Haar, die bloßen Füße. »Es steht alles bereit, im Frühstückszimmer. Wie Sie es mögen!«

Er antwortete nicht. Sekundenlang sahen sich die Kontrahenten stumm in die Augen; dann gab der Klügere nach – und die Schlauere senkte den Blick. Simon drehte sich um und stapfte zurück ins Haus. Mittendrin blieb er stehen, fuhr herum.

»Aber das Eine sage ich Ihnen: Wenn ich noch einmal durch Gebell geweckt werde – wie heute! –, fliegen die zwei. In hohem Bogen.«

»Ganz, wie Sie wünschen. So süß ich sie finde, ihr Unterhalt wird mich eine Menge kosten. Wenn Sie es also den Kindern erklären wollen …« Verraten und verkauft. Wortlos stapfte Simon weiter.

Erst beim Frühstück fiel ihm ein, dass er völlig vergessen hatte, sie zu fragen, wozu sie diese Wiesenecke vor dem Verwalterhaus umgrub. Früher mal war dort der Hausgarten gewesen, aber das war lange her, und davon konnte sie ja nichts wissen.

Vielleicht war es ganz gut, nicht zu fragen; ihre Antwort hätte sein Verhältnis zu diesem Morgen sehr wahrscheinlich nicht gerade verbessert. (»Damit die Würmchen darin mal an die frische Luft kommen, natürlich! Oder hätten Sie lieber einen Besuch vom Tierschutzverein?«) Wenn er Marcus in die Finger kriegte … Der war Schuld an allem, ohne dessen idiotisches ›du brauchst eine Haushälterin‹ säße er jetzt zufrieden im Staub, äße Spiegeleier und könnte morgens ausschlafen.

Obwohl – Spiegeleier gab's jetzt auch noch, trotz Haushälterin. Sie war jetzt gut drei Wochen hier, und in der Zeit hatte sie im drei Mal Spiegeleier aufgetischt. Mal mit einer Prise Paprika obendrauf, mal mit Pfeffer, mal mit Kräuterbutter. Darauf hatte sie ihn eigens hingewiesen, als er es wagte, den Hauch einer Beschwerde wegen der Wiederholungen im Speiseplan vorzubringen.

Aber der Kaffee war gut, das musste ihr der Neid lassen. Sie vergaß nie, die letzte Bohne reinzutun. Heiß, stark und würzig rann er einem die Kehle herunter und sorgte dafür, dass man das Sonnenlicht nicht mehr als Affront, sondern als Geschenk wahrnahm.

Simon blinzelte durchs Fenster, zur Uhr, wieder ins Freie. Ideales Licht eigentlich, trotz der unmenschlichen Stunde ... Er könnte den Tag mal wieder draußen verbringen. Sein Farbenhunger nach dem grauen, langen Winter war noch nicht gestillt, und er hatte das Atelier ein bisschen über. Ja, das würde er tun. Dort hinten, nach der großen, löwenzahngesprenkelten Wiese, aber noch auf seinem Grundstück, leuchtete das Wäldchen in jungem Grün. Schon von hier aus konnte er hundert verschiedene Schattierungen ausmachen, Smaragdgrün, Gelbgrün, Graugrün, Flaschengrün, Moos, Jade, Reseda ... eine berauschende Symphonie mit all den Grüns der Wiese und des Fischweihers daneben.

Achtlos schob Simon das letzte Stückchen Croissant in den Mund und kaute noch auf dem Weg ins Atelier. Eilig packte er zwei Zeichenblöcke, Stifte, Pinsel, Farben zusammen, streifte einen Pulli über und war schon halb wieder unten, als er an Socken und Schuhe dachte. Im letzten Moment griff er sich noch eine Decke.

Von Saskia war nichts mehr zu sehen, als er aus dem Haus trat, und von den Hunden auch nichts. (Gut so, sehr gut so!) Zielbewusst strebte er quer über die Wiese auf das Wäldchen zu. Dessen kühler, frischer Duft begrüßte ihn schon von weither. Im tüpfeligen Schatten einer hohen Buche suchte er sich einen trockenen Sitzplatz, lehnte sich an den rauen, sonnenwarmen Stamm. Eine Weile saß er einfach nur da, schaute, nahm auf, genoss die frische Luft. Dann begann er zu skizzieren. Er bemühte sich, all die Grüns in den Griff zu bekommen, die Vielfalt an Formen, die sich allein aus den Schattierungen ein und derselben Grundfarbe ergaben. Hoch über ihm zwitscherte und sang es; ein kaum merklicher Wind ließ die durchscheinend zarten Buchenblättchen an ihren Stielen zittern; Hummeln summten schwerfällig zu Tisch. Langsam sickerte die friedliche Stille durch Simons Poren, schufen Raum für die tiefe innere Befriedigung, die sich jedes Mal einstellte, wenn er sich ganz dem Malen hingab. Blatt um Blatt füllte sich, Farbstudien leuchteten neben Details, eine einzelne Graspflanze, ein Stück Rinde, der schlanke Stamm einer jungen Kastanie, der sich triumphierend aus dem gierig wuchernden Grün erhob.

Es dauerte lange, bis Simon zum ersten Mal den Block sinken ließ, sich zurücklehnte und aufseufzend streckte. Er lächelte fast. Er wusste jetzt, was mit dem Bild nicht stimmte, das er an jenem Tag hatte fertig stellen wollen, als Saskia auf seiner Treppe stand. So oft er auch versucht hatte, es zu korrigieren, zu verbessern, es war nie ›richtig‹ geworden. Aber jetzt wusste er genau, was fehlte, was nicht stimmte. Es hatte nicht mal Eile; er würde es heute Nachmittag fertig stellen.

Müßig ließ er den Blick über die Wiese schweifen – und hielt plötzlich inne. Schräg von links hüpfte ein silbrig-blond gelockter, blauer Tupfer ins Bild, sprang unbekümmert singend durch das Tausendgrün. Hin und wieder bückte er sich und pflückte Löwenzahn. Und mitten in einem dicken Flecken Dottergelb setzte er sich ganz hin: Sissa die Kein-bisschen-Kranke.

Simons Augen checkten eilig den Rest der Umgebung: kein Hund, kein Zwilling. (Ach ja, die waren wohl noch in der Schule, die Osterferien waren ja vorbei.) Nur die Kleine. Und die schien ihn nicht bemerkt zu haben, die war ganz vertieft in ... in ... was sie da eben gerade tat. Ein Nachhall der letzten verlorenen Schlacht verfinsterte seinen Blick, aber er wandte ihn nicht ab. Eigentlich ein reizvoller Anblick, zartes, blondes Kind in blühendem Löwenzahn ...

Georg hatte schon mehrfach angedeutet, er wünschte, Simon würde mehr Menschen in seine Bilder einbringen, sie lebendiger machen, wie er das nannte. Aber zur Zeit war Simon mehr von Landschaften, Gebäuden, Gewässern angetan – Menschen hatten schon seit einer ganzen Weile keinen Platz mehr in seinen Bildern gehabt. Aber dieses Menschlein da … irgendwie harmonisch, das Ganze, mit einem sehnsüchtigen Unterton von ›heiler Welt‹.

Simon griff nach seinem Skizzenblock. Erst zögernd, dann immer schneller wanderte der Bleistift über das Papier, fast wie von selbst. Sissa blieb summend hocken, ganz mit sich selbst beschäftigt – das ideale Modell, ohne es zu wissen. Erst nach gut zehn Minuten erhob sie sich, einen unregelmäßigen Kranz aus Löwenzahnblüten in der Hand. Aber da hatte er schon, was er brauchte.

Sie setzte ihn auf ihr Haar, breitete die Arme aus und begann sich zu drehen, wie ein Kreisel, glucksend, kichernd, schließlich lachend. Dabei entdeckte sie ihn plötzlich. Sie blieb stehen, zögerte unschlüssig. Ohne zu wissen, warum, hob Simon die Hand und winkte sie zu sich. Die Kleine zögerte immer noch. Dann kam sie langsam auf ihn zu, mit ernstem, abwägenden Gesichtsausdruck. Direkt vor ihm blieb sie stehen. Sie waren ungefähr auf einer Augenhöhe, er im Sitzen und sie im Stehen.

»Mama sagt, dich darf man nicht stören«, stellte sie fest.

Prompt spürte er Gereiztheit in sich aufsteigen. Ja, darauf konnte er wetten, dass sie das gesagt hatte; wahrscheinlich hatte sie noch viel mehr gesagt, ihn als Fiesling hingestellt, der keine Kinder mochte, als Sonderling, als Schwarzen Mann. Ha!, aber das würde er ihr versalzen, diesmal ganz sicher!

»Aber du störst doch gar nicht«, behauptete er tollkühn. Sissa beobachtete ihn aus klaren, grauen Augen, und ihm wurde leicht unbehaglich. Kinder hatten eine

Art ... man konnte denken, sie durchschauten jede Lüge.

»Ich kann auch malen«, sagte sie.

»Wirklich? Was denn?«

»Alles«, antwortete Sissa schlicht und umfasste die ganze Welt mit einer Armbewegung. »Soll ich's dir zeigen?«

Er zögerte. Eigentlich wollte er jetzt aufstehen und ins Haus gehen, es wurde trotz der Decke langsam kühl unter ihm. Viel Lust hatte er nicht, neben einem Kind zu sitzen und ihm beim Malen zuzusehen. Falls sie das überhaupt gestattete; er selbst hatte viel dagegen, wenn ihm jemand zusehen wollte.

Andererseits gab es keinen besseren Weg, es dieser Meerwald zu zeigen. Und außerdem war die Kleine da nicht nur Kind – sie war auch Modell, hatte also die Grenze gesprengt, einen Fuß schon in seiner Welt ...

Er gab ihr einen der Zeichenblöcke und schlug ihn auch noch auf. Sissa ließ sich neben ihm nieder.

»Was soll ich denn malen?«

»Na ... den Baum dort.« Er deutete auf die junge Kastanie im Schmuck ihrer Blütenkerzen. (Die war noch recht klein, das konnte nicht ewig dauern.)

»Okay.«

Sie griff quer über ihn nach den Stiften, die auf der Decke lagen, linste kurz über die Wiese und begann zu zeichnen. Beneidenswert. Schaute den Baum an und legte los. Kein Nachdenken, kein Ringen, kein Grübeln. Ach ja ... Mit einem Gemisch aus Herablassung und leichter Verlegenheit sah Simon zu, wie die Kinderhand mit raschen Strichen einen krakeligen Baum auf dem Papier entstehen ließ. Sissa arbeitete konzentriert, eine rosige Zungenspitze im Mundwinkel, es juckte Simon in den Fingern, das zu zeichnen, aber er blieb still sitzen. Nach knapp fünf Minuten seufzte Sissa zufrieden auf und reichte Simon das fertige Bild.

Jetzt musste er irgendwas sagen, ›gut‹ oder ›wirklich gut‹ oder so. Das sagte man doch gewöhnlich, wenn einem Kinder ein Bild malten? Aber irgendwie blieb ihm das im Hals stecken. Hatte mit ihren Augen zu tun, so grau, so ernsthaft, so sicher.

Er senkte den Blick zurück aufs Papier, musterte das kindliche Machwerk abermals. Dann noch einmal. Dann überrascht den wirklichen Baum. Und wieder das Bild. Sie hatten wenig Ähnlichkeit miteinander, das Original und das Gemälde. Die Äste saßen verkehrt, blieben flach und verzerrt. Auch die Blätter waren nur grüne Flecken, und die Blüten waren proportional viel zu groß.

Und trotzdem erkannte Simon, bis zur Ungläubigkeit verblüfft, die Essenz des Vorbilds darin: Genau so jung, genau so entschlossen und aufstrebend blühte der junge Kastanienbaum dort drüben wirklich, ganz genau so!

»Das ist gut – richtig gut«, sagte er, überrascht und ehrlich. »Du kannst wirklich malen!«

Er starrte auf das Blatt. Neben ihm stand Sissa auf, befriedigt strahlend.

»Hab' ich ja gesagt!« Sie nahm ihren Löwenzahnkranz ab und schlenkerte damit. »Ich geh' jetzt heim, ich hab' Hunger. Kommst du mit?«

Ein letzter Blick, dann legte Simon das Zeichenblatt in seinen Block, raffte wortlos sein Malzeug zusammen und klemmte es samt der Decke unter den linken Arm. Gemeinsam schlenderten sie über die Wiese, dem Gutshaus zu.

»Das Bild in der Halle ist von dir, sagt Mama.«

»Ja«, antwortete Simon, merkwürdig gespannt. Die Kleine zögerte.

»Das ist auch gut«, meinte sie dann freundlich, zögerte wieder und setzte hinzu: »Kannst du auch richtige Häuser malen?«

Simon verbiss sich ein Lächeln.

»Richtige Häuser? Ich weiß nicht …«

Warme kleine Finger krochen in seine Rechte.

»Ich kann's dir zeigen, wenn du willst«, bot Sissa an. »Es ist ganz einfach!«

Unterdessen kämpfte Saskia heldenhaft in der gutsherrschaftlichen Küche. Sie hatte sich in den vergangenen drei Wochen mit Tiefkühlkost, arbeitgeberlicher Unwissenheit und dekorativen Petersiliensträußchen beholfen, aber auf Dauer ging das nicht. Es gab einfach nicht genügend Fertiggerichte, um die hohe Herrschaft auf ewig zu täuschen. Irgendwann musste sie anfangen, ›aus dem Nichts‹ zu kochen – und heute war der große Tag. Erst recht nach dem Auftritt mit den Hunden. Zwar war Goliath in jedem Fall eine Nummer zu klein, um sich mit ihr anlegen zu können, aber trotzdem: Gefütterte Feinde sind halbe Feinde. Und sie hatte auch so schon Stress genug.

Im Dorfladen hatte es heute frischen Blumenkohl gegeben. Ein Wink des Schicksals, nachdem sie gestern beim abendlichen Kochbuch-Schmökern an einem Blumenkohl-Kartoffel-Gratin hängen geblieben war. Hatte ziemlich einfach geklungen, das Rezept. Man brauchte nur Blumenkohl und Kartoffeln vorzubereiten, mit Sahne, Käse, Eiern und geriebenem Muskat in eine Auflaufform zu geben und in den Backofen zu stellen. Das Bild dazu war ein Gedicht! Aber das Schicksal hatte falsch gewunken: Das stinkende, schwarze Zeug, das Saskia – durch Rauchgeruch alarmiert – schließlich aus dem Ofen geholt hatte, sah dem Kochbuchbild nicht mal entfernt ähnlich und knisterte sie böse an.

»Nein! Oh, bitte nein!«, schrie sie, sank auf einen Küchenstuhl und krallte verzweifelt die Hände ins Haar. Das Kochbuch lag offen auf dem Tisch und lächelte höhnisch mit seinem appetitlichen Gratinfoto. Wütend gab sie ihm einen Schubs, dass er quer über den Tisch segelte und zu Boden klatschte.

»Betrüger, alles Betrüger! Ich hab' genau nach Anweisung gekocht, genau wie's da stand!«

»Was'n *hier* los?« Fips schob sich vorsichtig in die Tür. Er schnüffelte – und verzog wissend das Gesicht. »Mhm – endlich mal wieder Briketts zu Mittag ...!«

»Sei bloß still«, fauchte seine Mutter. »Ich hatte heute schon genug auszustehen euretwegen, wegen der Hunde! Fips, mein Schatz – sei lieb. Hol dir Geld aus meinem Portemonnaie und renn runter zur ›Goldenen Gans‹ und hol uns ... Schweinebraten, ja genau, Schweinebraten. Den haben sie immer vorrätig in solchen Wirtschaften. Und dazu Knödel und Kraut – wenn schon, denn schon.« Sie öffnete das Schränkchen, in dem die noblen Edelstahl-Töpfe ergeben der täglichen Meerwaldschen Vergewaltigung harrten, nahm zwei mittelgroße heraus und drückte sie Fips in die Arme. Der grinste mitfühlend und betrachtete die Töpfe.

»Okay. Wie viel Braten soll ich holen – bloß für ihn oder ...« Sein Blick sprach Bände.

»Für alle«, entschied Saskia. Hatte ja keinen Sinn, die Kinder waren auch hungrig, und ehe sie nun bei sich drüben anfing, die Mikrowelle zu quälen ... »Aber mach, Mensch. Herr Kröger ist weg, wahrscheinlich beim Malen draußen, Gott gnade mir, wenn er heimkommt, und du bist noch nicht da!«

Die Goldene Gans, Hellensteins erste Adresse in Sachen Schweinebraten mit Knödeln, lag nahe dem Ortsausgang, besaß einen großen Gastraum mit dunklem, rauchgebeiztem Holzmobiliar und schmiedeeisernem Wimpelhalter für den Stammtisch und hatte nichts dagegen, wenn die Gäste ihr Essen im eigenen Kochtopf mit nach Hause nahmen. Eine sehr menschenfreundliche Sache, fand Saskia – nicht zum ersten Mal –, öffnete beide Küchenfenster weit und kratzte in fliegender Hast das Gratin aus der Form in den Abfalleimer. Zähneknirschend. (Das schöne Geld! Und was der Schweinebraten wieder kosten würde ... Nun, jetzt war nicht die Zeit zum Knausern.) Wirklich, sie musste, musste, *musste* kochen lernen – wenn erst einmal all das Gemüse in ihrem soeben begonnenen Garten erntereif sein würde, konnte die Tiefkühltruhe beim Kaufmann sehen, wo sie blieb.

Bis Fips, diesmal in Begleitung von Julian, wieder da war, hatte Saskia auch den Tisch hübsch gedeckt. Das zumindest konnte sie gut. Sie drückte ihren Sohn samt denn Kochtöpfen kurz und innig an sich.

»Danke, oh, danke! Jetzt läuft der Laden!«

»Sofern der Kröger geruchstaub ist«, unkte Julian und schnupperte mit zweifelnder Miene. Saskia schürzte die Lippen. Trotz der Frischluftkur schrie das Gespenst des verbrannten Gratins immer noch deutlich nach Rache. Sie warf einen gehetzten Blick auf die Uhr: fast halb zwei. Ziemlich genau Krögers Essenszeit ... Na, hoffen konnte man ja. Es hofft der Mensch, so lange er lebt, sagte Mama immer.

»Da kommt er«, verkündete Fips vom Fenster her. »Mit Sissa.«

»*Mit Sissa*?!« Saskia warf einen erstaunten Blick aus dem Fenster. Tatsächlich, da kamen sie, Kinderhasser und Kind, einträchtig Hand in Hand und offenbar in ein Gespräch vertieft. Sieh an – er machte sich, der gute Kröger! Und das Essen war noch im Topf.

In rasender Eile riss Saskia ein Blech aus dem Ofen, strich ein wenig vom Bratensaft darauf und füllte den Rest in eine kleine Sauciere. Der in Scheiben geschnittene Braten wurde mit dem Messer notdürftig von der Sauce befreit und dekorativ in einer flachen Schüssel angerichtet. Noch eine Schüssel für die Knödel, gehackte Petersilie darüber, das Kraut in die dritte Schüssel, »los, Kinder, rüber damit auf den Tisch!«

Sissas helle Stimme erklang von der Treppe her.

»Hallo Mama – wir sind da!«

»Na, großartig«, murmelte Saskia, gab einen Mimikri-Schuss Kochsherry zur Wirtshaussauce – und schon stand Sissa mit ihrer neuesten Errungenschaft in der Küche. Saskia setzte ihr sorglosestes Lächeln auf und durchforschte ihr Gehirn nach einer Erklärung, warum Simon sie so herausfordernd triumphierend angrinste.

»Wunderbar! Das Essen ist gerade fertig!«

Simons Blick ging kurz auf Wanderschaft.

»Knödel mit Sauce?«, fragte er – und schnupperte.

»Irgendwas angebrannt? Es riecht so merkwürdig ...«

»Angebrannt? Aber nein, natürlich nicht! Ich ... habe nur ... äh ... Zuckercouleur hergestellt – damit bekommt man Saucen so schön dunkel«, behauptete sie und hielt ihm das Saucenkännchen unter die Nase. »Dazu muss man den Zucker sehr stark karamellisieren, fast verbrennen ...« (Wohl dem, der nächtens Kochbücher studiert! Sie wusste zwar nicht genau, was karamellisieren bedeutete – aber er auch nicht, jede Wette.)

Simon musterte ihr lächelndes Gesicht. Hinter ihm stand Fips in der Tür zum Esszimmer und feixte offen, aber das sah er zum Glück nicht.

»Ach ...« Blick zurück zur Anrichte, wo sich die Knödel in der Schüssel türmten.

Verdammt! Sie hätte sich ohrfeigen können, was hatte sie sich bloß dabei gedacht, alles in eine Schüssel! O Gott – das Fleisch auch! Und das Kraut!!

»Ich habe heute gleich für alle gekocht, weil ... es gibt Schweinebraten, und Schweinebraten für eine Person geht ja nun nicht, oder?« Langsam, Mädchen, nicht verhaspeln! »Das Kraut schmeckt auch viel besser, wenn es ein ordentlicher Topf voll ist«, erklärte sie sehr hausfraulich. »Unsere Portion nehme ich mit hinüber. Fips, Julian, raus da. Wenn Sie sich schon mal zu Tisch setzen wollen ...«

Die Jungen drückten sich mit gesenktem Blick an Simon vorbei, der sie erst jetzt bemerkte.

»Tag, Herr Kröger.«

Er grüßte zurück, schielte ins Esszimmer auf den Tisch. Ein einsames Gedeck und randvolle Schüsseln. Saskia machte sich deutlich verlegen an den Knödeln zu schaffen. Wider Erwarten war das kein solcher Genuss, wie Simon sich gelegentlich in seinen Racheträumen ausgemalt hatte. Im Gegenteil.

Vielleicht war es das – vielleicht auch ein Stich von seinem empfindsamen sozialen Gewissen. Oder die Tatsache, dass er, neben Spiegeleiern mit Kartoffelbrei, auch das Allein-Speisen langsam ziemlich über hatte.

»Nein, bitte – wenn Sie möchten ... Wir könnten doch alle zusammen essen.«

Drei Meerwalds starrten ihn erstaunt an; die vierte strahlte auf und drückte seine Hand. »Au ja!«

Er drückte automatisch zurück – sonderbares Gefühl, weiche, warme Vertrautheit, nein, mehr: Verbundenheit! – und versuchte gleichzeitig, den Ausdruck in Saskias Augen zu deuten. War das Misstrauen? Besorgnis? Ablehnung? Zum ersten Mal fragte sich Simon, ob sie ihn eigentlich sympathisch fand. Hastig schob er den Gedanken beiseite.

»Ich finde es sowieso unsinnig, dass Sie zwei Mal kochen, einmal hüben, einmal drüben«, behauptete er eilig. »Zumindest mittags könnten wir doch ... Ich meine, wenn es Ihnen Recht ist ...«

Sie schaute immer noch so seltsam. Jetzt wechselte sie einen langen Blick mit den Jungen. Ein stummes Zwiegespräch; Simon fühlte sich ausgeschlossen und ärgerte sich innigst über sich selbst. Und dann lächelte sie ihn an.

»Gern.« Sie ergriff mit der Linken die schwere Schüssel mit den Knödeln; instinktiv sprang Simon vor und nahm sie ihr ab. Noch ein Blick. »Danke. Hände waschen, ihr drei, hopp hopp!«

»Hier oder drüben?«, fragte Fips.

»Hier natürlich«, sagte Simon, der sich auf einmal merkwürdig locker-leicht und ziemlich gut gelaunt fühlte. »Dritte Tür links, das ist das Gästebad.«

Sissa ließ zögernd seine Hand los.

»Aber ich sitze neben dir!«

»Sissa!«

»Ja, natürlich sitzt du neben mir!«

Jetzt war es ungetrübter Genuss, der Meerwald einen süffisanten Blick zuzuwerfen: Hat sich was mit Kinderfeind!

Sissa war als Erste wieder da, kletterte wieselflink auf den Stuhl rechts neben Simon und strahlte ihn besitzergreifend an. Fips nahm auf der anderen Seite Platz, deutlich weniger begeistert. Simon lächelte ihm nervös zu, aber Fips zog nur unverbindlich die Mundwinkel hoch. Kein Wunder: Simon hatte ihn und Julian neulich im Stall erwischt, im ersten Schreck – Sundance war weiß Gott kein Lamm! – ziemlich barsch hinausgejagt und anschließend Saskia ebenso barsch gebeten, die Jungen von den Pferden fern zu halten. (Die Rechnung dafür hatte er heute Morgen präsentiert bekommen, in Form von Hunden.) Jetzt musste er vermutlich für hochgezogene Mundwinkel geradezu dankbar sein.

Saskia teilte das Essen für die Kinder aus. Ein, zwei Minuten lang herrschte Schweigen. Verstohlene Blicke trafen Simon, der sich den Kopf nach einem Gesprächsthema zerbrach. Er hatte nicht die leiseste Idee, worüber er sich mit den Jungen unterhalten könnte. Ihre selbstsichere Würde verbot plumpe Vertraulichkeiten wie ›Na, wie war's in der Schule?‹, und etwas anderes fiel ihm einfach nicht ein. Sissa war es, die schließlich das Eis brach.

»Ich bringe Simon nachher das Häusermalen bei«, verkündete sie und betrachtete Simon mit liebevollem Wohlwollen. »Das kann er nämlich nicht.«

Neben ihr verschluckte sich Julian und begann zu husten. Saskia sah Simon an, und der spürte zu seinem Ärger, dass ihm heiß wurde. Er konnte sich nicht erinnern, was von ›nachher‹ gesagt zu haben, aber er sah auch keinen Fluchtweg. Noch weit alarmierender war die Tatsache, dass er gar keinen finden wollte – und das, obwohl ihm klar war, dass die Unterrichtsstunde todsicher in seinen heil'gen Hallen stattfinden würde!

»Aber nur zehn Minuten«, meinte Saskia. »Danach musst du ... dich um Trick und Track kümmern.«

Dankbarkeit für die Rettung mischte sich in Simon mit Verwirrung.

»Trick und Track?«

»So heißen unsere Hunde«, erklärte Julius mit einem Seitenblick voll vorsichtiger Herausforderung. Fips hatte ihm schon erzählt, dass Mutsch Ärger wegen der beiden gehabt hatte.

Simon zog die Stirn kraus.

»Trick und Track – das sind aber doch Jungennamen ...?«

»Sagt wer?«, erkundigte sich Fips mit weit mehr Herausforderung und weit weniger Vorsicht als Julian.

»Niemand, ich ... dachte nur«, sagte Simon schnell; ihm war heute nicht nach weiteren Niederlagen.

Saskia funkelte Fips warnend an. Der senkte sofort den Blick. Wieder Schweigen. Löffeln. Wohlerzogenheit. Simon fand den Braten etwas zu fett und die Knödel schwammig – fast wie Gasthausessen –, aber er hielt brav den Mund. (Immerhin, das Kraut war gut.) Schließlich räusperte er sich.

»Wart ihr schon fischen?«, fragte er.

Rechts und links fuhr je ein Kopf herum. Fips hatte als Erster den Mund frei.

»Fischen?«, wiederholte er.

Sofort wurde Simon wieder unsicher. Welches seiner vier Worte war denn missverständlich gewesen?

»Ja – angeln. Fische fangen.«

Die Jungen tauschten Blicke. Auch Saskia sah befremdet aus. Hatte er was Dummes gesagt? Seines Wissens nach angelten doch alle Jungen – oder nicht?

»Wo denn?«, fragte Fips.

»Wir haben doch gar keinen Angelschein«, sagte Julian.

»Angelschein? Nein, ich meine doch hier, im Fischteich hinten beim Gehölz. Dafür braucht man keinen Angelschein, der liegt ja auf meinem Grund!«

Wieder Blickabtausch. Sorgfältige Musterung von Simons Miene, ungläubig diesmal. In Fips' Augen glomm ein Leuchten auf.

»Das *dürfen* wir?«

»Ja, natürlich dürft ihr das.« Er lachte nervös auf. »Und wahrscheinlich fangt ihr sogar was – es ist ziemlich lange her, dass ich selbst dort geangelt habe. Muss voller dicker Fische sein, der Teich.«

Julian befeuchtete aufgeregt die Lippen und sah zu seiner Mutter. Die mied Simons Blick und schüttelte kurz den Kopf. »Vielleicht später mal. Zum Geburtstag; ihr könnt ja mal mit Opa reden.«

Simon sah von einem zum andern. »Worüber?«, platzte er heraus.

Schweigen. Zögern.

»Wir haben keine Angeln«, sagte Fips zu dem Knödelrest auf seinem Teller.

Julian beugte sich vor. Zum ersten Mal sah er Simon direkt und ohne jede Vorsicht an.

»Bitte – bis wir welche haben, dürfen wir mit dem Kescher Insektenlarven herausfischen? Die sind sowieso schädlich, manchmal jedenfalls, weil sie die ganz kleinen Fische anfallen und fressen können. Und ich … wir wären auch ganz vorsichtig und würden nichts zertreten. *Bitte*?«

Die dunklen Augen flehten. Simon sah ihn an und begriff ums liebe Leben nicht. Was in aller Welt war denn Flehenswertes an einer solchen Selbstverständlichkeit wie der Erlaubnis, in einem halbverwilderten Fischteich angeln oder nach Käfern oder Insekten oder was auch immer zu keschern? Es wäre ihm nie in den Sinn gekommen, dass dafür jemand auch nur nach seiner Erlaubnis fragen müsste. Aber diese Jungen sahen ihn an, als habe er ihnen soeben Haus und Hof vermacht oder sich vor ihren Augen als Superman geoutet oder so ähnlich.

»Von mir aus … Aber ihr braucht keine Angeln zu kaufen, davon müssen mindestens zehn Stück hinten im Schuppen stehen. Fragt den Konrad – den Herrn Leininger –, der weiß bestimmt, wo genau sie sind.«

Erschüttert ließ Julian die Gabel fallen und lehnte sich zurück. »O Mann …«

Fips strahlte wie ein ganzer Lampenladen. Er sprang auf, packte Simons Rechte ums Handgelenk und pumpte so wild, dass von dessen Messer Sauce aufs Tischtuch spritzte.

»Klasse, Mensch, danke! Echt, vielen Dank! Und … ich geh' auch nie wieder in den Stall, wenn Sie's nicht wollen, Herr Kröger, ehrlich!«

»Er heißt Simon«, mischte sich Sissa ein und bedachte selbigen mit einem ausdrucksstarken Lächeln. (Sie hatte ihn zuerst gesehen, das sollte hier ja keiner vergessen!)

»Sissa!« Jetzt war es Saskia, der sichtbar heiß wurde. Sie funkelte die Kleine an. »Also wirklich!«

Simon sah sie an. Und ergriff seine Chance sofort.

»Warum denn – sie hat ja Recht«, meinte er genüsslich und sah Saskia genau in die Pupille. Berauschend! Und dazu noch völlig ungefährlich: *Ein* falsches Wort von ihr, und die Jungen würden ihren neuen Gönner mit Zähnen und Klauen verteidigen – wetten, Frau Meerwald? »Simon genügt; belassen wir's ruhig dabei ...«

Eine schmale Hand streckte sich ihm quer über den Tisch entgegen. »Fein. Ich bin Saskia«, meinte sie.

Hoppla – Moment! So hatte er das eigentlich nicht gemeint, er hatte gedacht, nur die Kinder ... Nichts zu machen. Es blieb ihm nichts anderes übrig, als zuzugreifen, die Hand zu schütteln, harmlos zu lächeln – genau wie sie. Und möglichst nicht daran zu denken, dass es diesmal allein seine Schuld gewesen war.

Teufel auch.

»Und wie läuft's hier so?«

Ev zog die Beine an und kuschelte sich bequem in eine Ecke von Saskias Sofa. Die lehnte in der anderen Ecke. Suse – mit Track auf dem Schoß – hatte den einzigen Überlebenden der Sesselgarnitur okkupiert, die Saskia von ihrer Großmutter väterlicherseits geerbt hatte. Ursprünglich waren es drei Sessel gewesen, tiefe, dick gepolsterte, urgemütliche Ungetüme, die mit dem Sofa zusammen ein ganzes Wohnzimmer füllten. Saskia hatte sie immer geliebt; aber wer drei Kinder und kein Trampolin besaß, durfte sein Herz eben nicht an weltliche Güter hängen.

Im Moment waren sie draußen, die Kinder. Gleich nach dem Grillen hatten die Jungen Rolf mit zur Koppel geschleppt, um ihn mit Sundance und Melisande bekannt zu machen. Sissa war mit einem Teller voll Gegrilltem zu Leininger geschickt worden, der Saskias Einladung abgelehnt, aber von Zeit zu Zeit hungrige Blicke gesandt hatte. Nachdem das Geschirr abgewaschen und die Reste versorgt waren, hatten sich die drei Frauen ins Wohnzimmer zurückgezogen; es war fast sechs und inzwischen trotz Sonnenschein relativ kühl geworden.

»Och – den Umständen entsprechend. Er hat seine Macken, der gute Kröger, aber im Grunde ist er recht pflegeleicht. Wenn man ihn zu nehmen weiß.«

»Hat er noch was gesagt wegen der Hunde?«, wollte Suse wissen und kraulte Track hinter den Ohren, was den Welpen in ekstatische Wonnen versetzte.

Saskia grinste spöttisch. »Kein Wort. Kann er gar nicht. Die haben ihn nämlich als Herrchen erkoren und beten ihn auf Schritt und Tritt an. Bei der Hundetreue gibt's eben auch keine Vorkriegsware mehr! *Ich* hab' sie aus dem Tierheim geholt, *ich* füttere und bürste sie und mache ihnen die Zecken raus – na ja, jetzt noch nicht, wird aber bestimmt nicht mehr lange dauern – und *ihn* himmeln sie an! Besonders Trick – als sei er der liebe Hundegott persönlich und sie warte nur auf eine Chance, ihr Leben für ihn zu lassen. Dagegen ist er machtlos. Sie dürfen sogar mit in sein Atelier!«

Ev legte die Hand hinters Ohr. »Höre ich da einen Unterton von Eifersucht?«

»Fast«, gab Saskia zu. »Aber nicht so, wie du schon wieder denkst. Und mehr wegen Sissa. Die darf nämlich auch ins Atelier. Was heißt, darf – die kommt und geht, als wär's das ihre! Hat eine eigene Staffelei, direkt neben der des Meisters, und sie malt auch nicht mehr auf Papier, o nein!, nicht Sissa, das Übertalent, die kleine Begnadete, die größte Hoffnung der deutschen Malkunst! Die quetscht jetzt sündhaft teure Farben auf echte Leinwand, von Simon mit höchsteigener Hand grundiert! Die kleine Hexe hat den Mann am Bändel, das glaubt ihr nicht!«

»O doch, ich schon!« Ev ließ den Blick mit patentantlichem Wohlgefallen aus dem Fenster schweifen, ungefähr in Richtung Pferdekoppel. »Das hat sie von mir!«

»Weil du so viele Männer am Bändel hast ...«, schnaubte Suse. Wie vor fünf Minuten erörtert, war Evs letzte, ach so heiße Affäre gerade erloschen. Im Moment war ihr sehr nach Sack und Asche, wollte sie angeblich auch nur noch ihre Ruhe, genau wie Saskia. Oder »endlich mal einen, der was taugt.«

»Außerdem war ich vier Minuten vor dir im Kreißsaal. Wenn sie also den Charme von jemandem hat, dann doch wohl von mir!«

»*Fast* vier«, korrigierte Ev. »Und nur, weil ich ...«

»Ich glaube, es ist nicht nur Sissas Charme. Ich glaube, er ist ein bisschen einsam, der Goliath«, warf Saskia ein.

»Hach, der Arme!« Ev verdrehte die Augen. »Und bestimmt auch ein bisschen unverstanden, was?«

Suse beachtete sie nicht. »Einsam – was meinst du?«

»Ach, eigentlich nichts. Ist nur so ein Gefühl. Er ist vor Kurzem geschieden worden, und ich glaube, daran knabbert er noch. Übrigens, wisst ihr, wer seine Ex ist? Malva!« Um ein Haar wäre Track von Suses Schoß gefallen.

»*Die* Malva? Das gibt's doch nicht! Das Supermodel?«

»Genau die!«

»Woher weißt du das? Hast du sie gesehen? Persönlich? War sie hier?«

»Nein, aber ich habe vier Bilder von ihr im Haus entdeckt ...«

»... die er gemalt hat?«

»Nein, Fotos. Das heißt, so Drucke. Große Fotodrucke – ach, ihr wisst schon. Eines davon zeigt sie und ihn auf den Pferden. Und der Leininger hat auch gesagt ...«

»Ist das der, den du per Sissa fütterst?«

Saskia warf Ev einen warnenden Blick zu.

»Das ist der Mann für alles hier, ein echt netter Mensch, nur ...«

»... frisst er dir noch nicht direkt aus der Hand?«, grinste Ev und tätschelte tröstend Saskias Knie. »Aber das kommt schon noch: Du und dein Händchen für Psychos ...!«

Saskia sah sich nach etwas zum Werfen um, fand aber nichts Brauchbares, weil die Kinder die Kissen mal wieder ›unbekannt verzogen‹ hatten. (Sie musste dringend am Weidezaun nachsehen; erst vorgestern hatte sie Fips und Julian verboten, sich dort stundenlang ins Gras zu setzen, weil der Boden eben doch noch nicht so richtig warm war ...) Also knuffte sie nach Ev, aber die knickte geschmeidig ein und kicherte bloß.

Suse runzelte die blonden Brauen. Die Hakelei lenkte vom Thema ab, und obwohl sie es nicht offen zugab, nahm sie über die Illustrierten ganz gern am Leben der Reichen und Schönen teil.

»Jetzt hört doch mal auf, ihr zwei. Weißt du, es könnte stimmen, ich erinnere mich dunkel, beim Friseur mal was über ihre Hochzeit gelesen zu haben. Ist aber noch gar nicht so lange her, zwei Jahre höchstens. Und die ist jetzt schon wieder geschieden? Davon hab' ich nichts mitgekriegt.«

Wieso die – *er*!, dachte Saskia, korrigierte aber sofort: alle beide! – und warf das Ganze als zu kompliziert für den Anlass aus dem Kopf.

»Ist aber so.«

»Wahnsinn«, sagte Suse erschüttert. Ev sagte gar nichts, obwohl die Sache förmlich nach einer ihrer Bemerkungen schrie. Aus irgendeinem diffusen Grund war Saskia dankbar dafür. »Weißt du, warum?«

»Nein, keine Ahnung – wie auch? Aber ich könnte wetten, seiner Mutter passt die Sache ganz und gar nicht.« Sie gluckste. »Ich ihr auch nicht! Sie kommt ziemlich häufig ›auf einen Sprung‹ vorbei, die Gute, und sieht mich jedes Mal an, als wollte sie mich im Stück einfrieren!«

»Echt? Wieso das denn?«

»Weiß ich auch nicht; wahrscheinlich bin ich nicht nobel genug als Haushälterin für ihren kostbaren Jüngsten, oder vielleicht will sie von mir beknickst werden. Hach, ihr hättet sie hören sollen, als sie neulich wieder mal unverhofft-kommt-oft auf der Schwelle stand und uns beim gemeinsamen Essen erwischte!« Saskia spitzte die Lippen. »›Mein lieber Junge, ein allzu familiärer Umgang mit den Dienstboten empfiehlt sich nie!‹«

»Das hat sie nicht gesagt!«, meinte Ev fasziniert.

»Doch, hat sie, Wort für Wort! Ich hab's genau gehört, durch den Türspalt, nachdem wir vier mit dem Geschirr abgezogen waren.« Sie gluckste. »Aber Sissa ist gut am Zug, die auch ans Bändel zu kriegen: Das letzte Mal hat sie schon Bonbons rausgeschlagen. Noch sind es Salbeibonbons, aber ich wette, es dauert nicht mehr lange, und die Krögerin hat Lutscher oder Lachgummis im Handschuhfach. Die Frau hat keine Töchter, und Sissa ist in diesem süßen Alter ...«

»Und die Jungen?« Bei aller Liebe für Sissa, die Jungen vergaß Ev nie.

Saskia wedelte mit einer Hand.

»Mhhh – so halb und halb. Die sind noch mehr die Kinder, die diese neue Haushälterin eingeschleppt hat, und außerdem sind sie dauernd dreckig. Aber zumindest hetzt sie nicht mehr gegen sie. Wäre auch schwierig: Erstens hat Simon ja schon beim Einzug behauptet, sich schon lange nach dem Trappeln kleiner Füße zu sehnen – das kann er jetzt natürlich schlecht widerrufen –, und zweitens gefällt er sich neuerdings in der Rolle von Superman.« Sie gluckste erinnerungsschwer. »Da ist er ganz aus Versehen reingeschliddert: Er hat den beiden erlaubt, hinten im Fischteich zu angeln – vermutlich, um sie so weit wie möglich vom Haus entfernt zu beschäftigen. Sogar die Angeln hat er gestellt. Aber der Schuss ging nach hinten los: Jetzt holen sie ihn alle fünf Minuten, damit er den Haken aus den Baumzweigen losmacht oder die Fische tötet, die sie erwischen.«

»Igitt! Fangen sie tatsächlich welche?«

»Jede Menge! Der Teich ist massiv überbevölkert, offenbar war da keiner mehr dran, seit Superman selbst die Angel niedergelegt hat. Und ich muss diese ekligen Dinger dann schuppen und ausnehmen!« Saskia schüttelte sich. »Du musst mir unbedingt ein idiotensicheres Rezept verraten, Suse – meine Gefriertruhe stinkt schon wie ein Fischkutter! Und außerdem brauche ich ja auch bald Platz für mein Gemüse.«

»Mach' ich«, sagte Suse gutmütig.

»Welches Gemüse?«, erkundigte sich Ev spitz. »Meinst du den Löwenzahn, den du da in deinen Beeten kultivierst?«

»Das ist kein Löwenzahn – jedenfalls das meiste nicht. Das ist Salat!«, korrigierte Saskia pikiert.

»Oh, Verzeihung – ich wusste nicht, dass Salat gelb blüht ...«

Track ruckte den Kopf hoch und machte einen rührenden Versuch, die Hängeohren aufzustellen. Mit einem Blaffer sprang sie von Suses Schoß und fegte aus der Tür. Suse sah ihr erstaunt nach, aber Saskia machte lediglich eine resignierte Geste.

»Ihr Herr und Meister hat soeben die Malerklause verlassen und sich in den Hof begeben. Wetten?«

Erleichtert ließ Saskia das Fensterleder in den Eimer Schmutzwasser plumpsen und stieg von der Leiter. Geschafft. Nun funkelten auch die letzten sechs Fenster des Gutshauses makellos in der Maiensonne, ohne Mückenflecke auf den Rahmen, ohne schwarze Ecken und sogar ohne Schlieren. War eine Heidenarbeit gewesen, ihre Schultern fühlten sich an wie mit glühenden Fäden am Knochen befestigt – aber jetzt näherte sich der Frühjahrsputz im Herrenhaus unausweichlich dem Ende. Die Vorhänge mussten wieder aufgehängt werden, auch die Schränke unten im Flur wollte sie noch ausräumen, und im Keller war auch noch ein bisschen was zu tun. Dafür hielt so ein Grundputz lange vor, da konnte sie es sich dann leisten, zwischendurch mal einen Tick zu schludern, wenn ihr danach war. (Oder ihren Schultern.)

Viertel vor zwölf – sie musste los, ins Dorf zum Einkaufen und dann zum Kindergarten, Sissa abholen! Leiter und Putzkrempel kamen in die Kammer am Fuß der Treppe; jetzt nur noch das Wasser ausschütten, draußen im Hof, und dann nichts wie los.

Sie riss die Haustür auf, trat einen hastigen Schritt vor – und prallte gegen eine breite, fremde Männerbrust in Seidenhemd und Sakko. Das Schmutzwasser sprang fast aus dem Eimer vor Schreck.

Der Inhaber der Männerbrust hatte sonnenstudiobraunen Teint, helles Haar und interessierte Augen. Und beide Hände leicht um Saskias Oberarme gelegt.

»Hoppla! Wen haben wir denn da?«

Hochoriginell! Ärgerlich wegen Missgeschick und Missbemerkung machte sich Saskia los.

»'tschuldigung. Ich war nicht darauf gefasst gewesen ...«

»Ich auch nicht. Aber falls Sie bereit sind, sich von Ihrem Eimer zu trennen, hätte ich nichts gegen eine Wiederholung ...«

Saskias gesamtes Innenleben spannte sich an. Irgendwann mal – so ungefähr vor fünf Jahren – hatte sie diese Art selbstbewusster Direktheit unglaublich attraktiv gefunden, so unwiderstehlich, dass sie blind und taub für alle Engelszungen der Vernunft gewesen war. Und auch jetzt noch fand sie diesen Prinz Charming da eindeutig gut aussehend. Aber wenn man Thomas Bechle auch sonst wahrlich nichts Gutes nachsagen konnte, zumindest hatte er ihr die rosa Brille heruntergerissen: Typen wie ihn erkannte sie jetzt auf den ersten Blick. Und sie hatte gelernt, wie man dieser Art von Mann den Schneid abkaufte.

Mühelos zauberte sie ein spöttisches Lächeln auf ihr Gesicht, ließ den Blick sehr langsam Richtung Schuhe schweifen – natürlich mit Unterbrechung an der richtigen Stelle – und zog ihn dann wieder hinauf bis zum obersten Härchen.

»Ich glaube, da bleibe ich doch lieber bei meinem Eimer ...«

Die grauen Augen blinkten. Frechheit retour waren sie nicht gewohnt, die Herren Prinzen, so was mochten sie nicht, da versagte ihnen glatt die Routine und das Deo. Dieser da strengte sein Hirn an, das konnte man sehen. Er öffnete den Mund, aber das Schicksal war eindeutig auf Saskias Seite: Von oben her ertönte Simons hocherfreute Stimme.

»Georg? Na so was! Dich habe ich heute gar nicht erwartet! Aber gut, dass du kommst – ich wollte dir unbedingt was zeigen. Komm rauf!«

Sieh an – das also war ›mein Freund Georg‹? Georg Buchner, der große Münchner Galerist, der Simons Bilder verkaufte? (Oder jedenfalls fest daran glaubte, das irgendwann tun zu können, denn bis jetzt war es, soweit sie wusste, nur zum Ausstellen gekommen.) Du lieber Schieber ... Na, das ging sie nichts an.

Mit einem kleinen sarkastischen Augenfunkler gab Saskia betont servil den Weg frei. Prinz Georg wollte immer noch was sagen, aber offenbar fiel ihm nichts ein. Nach einem letzten Zögern eilte er an ihr vorbei zur Treppe, nahm elastisch federnd zwei Stufen auf einmal – und lächelte schon wieder siegerhaft.

»Ich war gerade in der Gegend, und außerdem habe

ich gute Neuigkeiten«, sagte er, eine Spur zu laut. Saskia, die plötzlich noch ein bisschen Zeit hatte, bückte sich, wrang leise das Fensterleder aus und klappte die Ohren weit auf. (Das fiel nicht unter Lauschen, der Typ *wollte* ja, dass sie das hörte – und wer war sie schon, die Wünsche eines so engen Freundes ihres Arbeitgebers zu ignorieren?)

»Aber sag mal: Seit wann hast du denn eine neue Putze?«

Sie konnte das Auflachen gerade noch unterdrücken. (So was von Undank, was, Herr Großer Galerist? Da begoss man freundlicherweise sogar eine Putzfrau mit seinem Charme – und dann blühte das blöde Ding nicht auf, sondern kriegte Stacheln!) Wirklich besser, sie blieb bei ihrem Eimer. Seine Pfeile waren offenbar genauso stumpf wie sein Charme.

»Das ist keine Putze, das ist Frau Meerwald – meine neue Haushäl ... Hausdame.«

Saskias Herz tat einen überraschten, wild erfreuten Satz. Er mochte bisweilen schwierig sein, der Goliath, aber bis zum Ende ihrer Tage würde sie ihm den Hauch von zurechtweisender Kälte eben jetzt in seiner Stimme nicht vergessen – ganz sicher nicht.

»Sie ist die Tüchtigkeit selbst. Und du solltest dich besser gut mit ihr stellen: Sie macht den besten Kaffee, den ich je getrunken habe.«

Und wenn es sie Stunden kostete: Er bekäme heute hausgemachte Pizza. (In dem neuen Kochbuch für Kinder stand ein Rezept dafür, das klang viel einfacher als das andere in ›Kochen und Backen‹.)

Zweistimmiges Gebell setzte ein, erregt, voll eifrigem Interesse. Ein erschreckter Ausruf; dann nochmals Simon: »Platz! Platz, habe ich gesagt, verflixt noch mal, Trick, wirst du wohl! Track!! Himmel ... – entschuldige bitte! Nimm diesen Lappen, der ist sauber. Brauchst du Wasser?«

Hochbefriedigt nahm Saskia ihren Eimer wieder auf. Sie war absolut sicher, dass Tracks Pfoten noch nicht alle Spuren ihres heutigen Stallbesuchs verloren hatten – bis eben jedenfalls nicht …

Auf dem Hof parkte ein äußerst schicker, metallicblauer Porsche (die Farbe hieß wahrscheinlich ›Mitternacht in der Karibik‹ oder so) mit hellen Echtledersitzen und offenem Verdeck. Unglaublich, wie sich Simon Kröger in den letzten Wochen verändert hatte, sinnierte sie, während sie langsam und genüsslich das Schmutzwasser im Sturzbach über die auf Hochglanz polierte Motorhaube prasseln ließ. Es machte gar nichts, dass dabei auch ein paar Spritzer die Sitze trafen. Jedenfalls ihr nicht.

Der Dorfladen, schräg gegenüber der Kirche gelegen, war fast leer. Nur eine verknitterte alte Frau in kleinbedrucktem Schürzenkleid und Wolljacke stand beim Obst und wählte misstrauisch Kohlrabi aus. Die dickliche Frau des Besitzers saß an der Kasse, ließ ihren Blick träge über Saskias Einkäufe schweifen und tippte geruhsam die Beträge ein. Saskia war sich nicht ganz im Klaren darüber, ob das am Naturell der Frau oder an der nagelneuen Kasse lag. Der Laden musste kurz vor ihrem Auftauchen in Hellenstein gründlich ausgebaut und erneuert worden sein. Außer dem Geruch erinnerte höchstens eine gewisse Enge an den alten Kramerladen, der die letzten fünfzig Jahre hier die Einwohner mit Lebensmitteln und Klatsch versorgt hatte. Finger, bis auf die Daumen alle in Ringe gezwängt, schoben Trockenhefe, Salami und ein Stück Käse übers Band.

»So, dann gibt's heute Pizza auf 'm Gutshof?«

Saskia runzelte leicht die Stirn. Woher … ach – die Pepperoni. »Ja, heute Abend.«

Sie hatte nichts dagegen, Auskunft zu geben. (Jedenfalls nicht, solange die da nicht erfuhr, wie oft sie heute würde Pizza backen müssen, bis eine genießbare aus dem Ofen kam ...) Sie war fast erstaunt gewesen, wie leicht und schnell man sie hier im Ort akzeptiert hatte, als ›die Neue‹ zwar, aber immerhin. Lag vielleicht daran, dass sie öfter hier einkaufte als in der Stadt.

»Gleich für euch alle?«

»Natürlich, für einen Pizza backen lohnt doch nicht.«

Die Dickliche nickte. Kleine, helle Augen musterten Saskia flink und senkten sich dann wieder auf die Tasten.

»Dann kriegt der Leininger Konrad wohl auch was? Da wird er sich freuen ...«

Saskia schwieg verblüfft. Irgendwas an der Stimme ... Wieder ein huschender Prüfblick.

»Weil sonst kriegt der nirgends was.«

Ach?, dachte Saskia.

»Braucht's ja auch net – der nimmt es sich schon selber, der Leininger Konrad ...« Diesmal blieb der helle Blick haften. »Ungefragt, verstehen'S? Aber das haben'S bestimmt schon g'hört?«

»Nein, habe ich nicht ...«

»So – na, dann hab' ich auch nix g'sagt. Aber es ist schon wahr, im Gefängnis war er auch deswegen, ist kein Geheimnis.«

»Der Konrad Leininger? War im Gefängnis?«

»Na, freilich!« Ein fettiges Kichern. Saskia spürte, wie ihr das Herz gegen die Rippen schlug, sie wusste nicht genau, warum – war es Überraschung? Mitleid? Kalter Zorn?

»Aber der arbeitet doch schon seit vielen Jahren auf dem Gutshof, ich weiß nicht genau, wie viele, aber zwanzig bestimmt!«

»Weit über dreißig«, nickte die Frau. »Aber davor war er im Gefängnis. In München drin. Acht Monat' hat er gekriegt damals, wie er dem Binder sein Fahrradl g'stohlen hat. War eh net das erste Mal, der hat schon vorher lange Finger g'macht, der Konrad. Aber bei der Familie … Der Vater war ein Trunksüchtiger, wissen'S, und die Mutter – o mei! War alles vor meiner Zeit, natürlich, aber die Leut reden heut noch drüber. Den hat keiner g'nommen, den Leininger, wie er aus 'm Gefängnis kommen ist, bis auf'n Gutsherrn – den alten, mein' ich. Wird nix g'wusst haben von dem seiner Vergangenheit, sonst hätt' er ihn nicht eing'stellt, glaub' ich. Die, wo's wissen, da kriegt er nix mehr, bei uns auch nicht; Ladenverbot hat er schon von meinem Vater her. Man will's ja schließlich behalten, seine Sach'n, nicht wahr?«

Saskia verhielt sich ganz still, versuchte unbeteiligt auszusehen und passte auf ihren Atem auf, aber der nächste Blick in ihr Gesicht ließ trotzdem das Glitzern in den Augen der Dicken verschwinden. Das Ach-das-wussten-Sie-nicht-Lächeln verflüchtigte sich. *Tipp, tipp, tipp*, schneller jetzt.

»Das macht dann einunddreißig-fünfzig. Und guten Appetit zur Pizza, gell!«

»Danke. Und Ihnen noch viel Spaß beim Leut'-Ausrichten!« Alle Achtung, sie kriegte ihre Schweinsäuglein wirklich ganz schön groß auf, wenn sie sich anstrengte, die Hochehrbare da mit den schwarz gefärbten Haaren!

Die Luft war plötzlich zum Schneiden hier. Beim Hinausgehen streifte Saskias Blick die alte Frau, die immer noch an der Obsttheke stand. Ihre Augen trafen sich nur kurz, gerade mal einen Lidschlag lang. Sie kannte die Frau nicht, hatte sie nie vorher gesehen, wenigstens nicht bewusst. Trotzdem stellte Saskia nun fest, dass sie um eine Freundin reicher geworden war. Ganz so allein, wie die Dicke meinte, stand sie offenbar nicht da mit ihrer Sympathie für den Leininger …

Als sie wieder zurückkam, war der metallicblaue Porsche verschwunden. Dafür nahm nun ein lindgrüner Mercedes seinen Platz ein.

»Wem gehört denn der?«, fragte Sissa neugierig von der Rückbank her.

»Keine Ahnung.«

Auch Saskia betrachtete den Lindgrünen interessiert. Sah pompös aus, nicht schnittig wie der Blaue vorhin. Na, es würde sich gleich herausstellen, wem der gehörte. Jetzt, wo der Metallicblaue die Flucht ergriffen hatte, war sie natürlich gern zu allen Kaffeetaten bereit. Sie parkte ihren Wagen, griff sich die Einkäufe und ging ins Herrenhaus. Sissa durfte mit.

Schon in der Küche klärten sich die lindgrünen Besitzverhältnisse. Dort überragte nämlich Simon einen älteren Herrn mit Bauch und Flair. Genau der Typ, der lindgrüne Mercedes-Limousinen fuhr.

Ein herrischer Blick – mit einem Hauch von schlechtem Gewissen darin – musterte Saskia von oben bis unten. Simon dagegen erglühte tomatenhaft und sah aus, als ob er sich dafür ärgerte.

»Ah, gut, dass Sie kommen, Frau Meerwald, wir ... ich wollte gerade Kaffee machen, aber ... Darf ich vorstellen: Frau Meerwald und ihre Tochter Sis ... Prisca«, – die blauen Augen wurden einen Moment lang weich –, »eine kleine Kollegin von mir. Dr. Roland Gehring, mein Onkel.«

»Sehr angenehm«, schnarrte der bauchige Onkel, ohne die Hand auszustrecken. Hätte ihm sowieso nichts gebracht: Saskia erwiderte den Gruß höflich-mechanisch, während sie blitzschnell den Ausdruck in Simons Augen zu analysieren versuchte. Da war Ärger. Und Trotz. Und ... Verlegenheit? Ihretwegen? Oder wegen Sissa? Und was sollte dieses förmliche ›Prisca‹?

»Lassen Sie nur, ich mach' das schon. Ich war nur schnell ... die Kleine abholen.«

Der kurze Blick, der von Onkel zu Neffe wanderte, durchfuhr Saskia wie ein Schuss aus der Leuchtfeuer-Pistole. Jede Wette – der Onkel war schweres Geschütz, aufgefahren von Simons Mutter gegen die haushälterischen Zustände hier auf dem Gut, nachdem sie selbst darin versagt hatte, ihn zur Vernunft zu bringen. Und Onkelchen tat brav sein Möglichstes: Da kannst du mal sehen, wie Recht deine Mutter hat, sagte der Blick, Leute mit Kindern haben eben keine Zeit, sich anständig um fremde Haushalte zu kümmern, schon gar nicht um die von Junggesellen!

Sie schenkte ihrem bedrängten Arbeitgeber ein betont freundliches Lächeln.

»Wo möchten Sie den Kaffee trinken, drüben im Esszimmer?«

»Im Bücherzimmer«, sagte Simon der Süße, dem das Ganze schrecklich peinlich war – ihretwegen.

Er war wirklich ein rundum netter Goliath; seine steife, reiche Familie verdiente einen wie den gar nicht! Wenn die Ähnlichkeiten in der Physiognomie nicht wären, hätte sie ernsthaft für ihn gehofft, dass er in Wirklichkeit ein Findelkind war.

»Komm, Onkel Roland, wir beide werden hier nicht mehr gebraucht. Frau Meerwald macht das schon.«

Der Onkel warf einen letzten Blick auf Haushälterin und Haushälterinnentochter. Beide nicht übel, gar nicht so übel. Bisschen schmal vielleicht, aber sonst ... Wenn er zu entscheiden hätte, er ließe dem Jungen seinen Willen. Aber Ilse sah das anders. Und als Bruder war man schon verpflichtet, ihr zu helfen. Also tat man ihr den Gefallen eben, obwohl man gleich gewusst hat, dass es wohl umsonst sein würde.

Saskia kochte Kaffee, mit doppelter Sorgfalt diesmal (und einem Löffel Moccalikör in der Kanne), servierte ihn und verzog sich dann mit Sissa ins eigene Häuschen. Hoffentlich blieb der gute Onkel nicht allzu lange – die Pizza wollte geübt sein ... Aber Simons verbohrte Loyalität war schon toll, selbst wenn sie aus zwei Dritteln Trotz bestand. Dass er trotz aller Streitigkeiten und Geplänkel und Niederlagen standhaft blieb – beachtlich.

Draußen knirschte Kies, Motorengeräusch übertönte Saskias Gedanken. Eine Melodienhupe schmetterte die mittägliche Ruhe auf dem Gutshof an die Wand; wie der Blitz war Sissa am Fenster.

»Tante Mia! Es ist Tante Mia!«, schrie sie entzückt und rannte los.

»Tante Mia?!«, echote Saskia erstaunt und erfreut zugleich und nahm die Hände aus dem Abwaschwasser. Flüchtig trocknete sie sich ab und eilte dann hinter ihrer Tochter her.

Es war tatsächlich Tante Mia: Quirlig, modisch-schick und jung wie immer stand Mamas verrückte Schwester neben ihrem unpassenden, knallroten Sportwagen im Hof – und hatte bereits Sissa eng am Hals kleben.

»Hier bin ich – um dir die Flausen auszutreiben!«, lachte sie Saskia entgegen. »Deine gebrochene Mutter besteht darauf. Also her mit deinem Junggesellen, damit ich ihr sagen kann, sie soll sich nicht so aufführen!«

Saskia lachte auch, leicht gezwungen allerdings. Dann schickte sie einen entsetzten Blick hinauf zu den weit geöffneten Atelierfenstern. Bewegte sich da etwas im Schatten – oder bildete sie sich das nur ein? Verdammt, jetzt wurde sie auch noch rot.

Tante Mias scharfen Augen entging das nicht. »Oho ...! Hat sie etwa Recht, meine liebe Schwester? Droht dir hier wirklich mehr als der Fuchsbandwurm?«

Lachen Nummer zwei – auch nicht entspannter. Schade, dass man Kinderstube hatte, sonst könnte sie jetzt Tante Mia am Kragen packen und hinterrücks ins Wohnzimmer zerren, wo ihre Ungeniertheit keine üblen Folgen haben konnte. Stattdessen umarmte Saskia ihre Tante – und Sissa zwangsläufig gleich mit.

»Quatsch. Du bist wirklich unmöglich, weißt du das eigentlich?«

»Natürlich«, gab Tante Mia gelassen zurück und begann, sich sanft aus Sissas Umklammerung zu lösen. »Kultiviere ich seit Jahren! Wer nicht superschön ist, *muss* unmöglich sein – wegen der persönlichen Note. Die ist das A und O im Leben, mein Kind!«

»A und O kann ich schon«, mischte sich Sissa ein. »Die malen wir im Kindergarten. Und aus Knete haben wir sie auch schon gemacht!«

»Brav, sehr brav«, lobte Tante Mia. »Damit kann man gar nicht früh genug anfangen!«

Diesmal war Saskias Lachen echt. »Hör bloß nicht auf Tante Mia, wenn du ein braves Mädchen werden willst«, warnte sie und machte einen Schritt in Richtung Haus.

»Ja, aber wer will das schon?«, konterte Mamas lose Schwester, ging aber Gott sei Dank brav hinter Saskia her zum Haus. In der Küche glitt sie elegant in die Eckbank.

»So. Und jetzt bitte Kaffee und Klatsch, aber ausführlich. Erzähl mir: Wie ist es denn so, Junggesellen das Bett nur zu machen? Darin habe ich wenig Erfahrung, muss ich gestehen …«

Saskia verdrehte stumm die Augen, schickte Sissa, die Jungen holen, und füllte Kaffeemehl auf. Sie war wirklich *unmöglich*, ihre geliebte Tante Mia. Jeder Familienskandal ließ sich irgendwie auf sie zurückführen – sei es als Urheberin oder als Beteiligte. Mamas resigniert-staunenden Beteuerungen nach war sie als Kind ›ganz unauffällig gewesen, wirklich, ganz unauffällig!‹ Sie hatte – damals noch als Maria – brav ihre Mittlere Reife gemacht und sich dann opferbereit der Krankenpflege verschrieben. Drei Jahre lang hatte sie

›unauffällig, wirklich ganz unauffällig‹ gelernt und gepflegt und den Weisheiten der Oberschwester gelauscht.

Gerade deshalb traf es die Familie – und übrigens auch die Oberschwester – völlig unerwartet, als sich das graue Mäuschen pünktlich zum Abschluss der Ausbildung mauserte – und wie! Über Nacht wurde aus der Mittelblonden eine Rotblonde und aus Maria Mia. Ihr Gang bekam Rundung, ihre Uniform Pfiff. Und vier Wochen später zappelte in seliger geistiger Verirrung Herr Professor Doktor Paumgart, bereits stark angegrauter Chefarzt und Hohepriester der chirurgischen Abteilung des Krankenhauses fest an Tante Mias unbekümmertem Haken. Der Altersunterschied betrug knappe fünfzig Jahre, der Unterschied im Einkommen noch wesentlich mehr.

Das *konnte* natürlich nicht gut gehen. Ging es aber doch. Allen entsetzten Unkenrufen zum Trotz trieb Mia ihre Wandlungen auf die Spitze und wurde zum glitzernden Rahmen für ihren gelehrten Mann – und sechs Jahre später zur schicksten Witwe der Stadt.

›Sie war ehrlich traurig, damals‹, sagte Mama, noch heute mit leiser Verwunderung, ›ehrlich traurig.‹

Saskia selbst konnte sich daran nicht mehr erinnern; sie war damals gerade mal so alt wie Sissa heute gewesen. Für sie war Tante Mia immer schon der flatternde Paradiesvogel gewesen, den sie heute so gekonnt verkörperte. Ihr Mann hatte sie kinderlos, aber äußerst gut versorgt zurückgelassen und ein kluger Anlageberater den Rest besorgt. Daher konnte Mia es sich leisten, die meiste Zeit des Jahres auf Reisen zu sein, den Winter in Marokko, den Sommer an der Côte d'Azur zu verbringen und von überall her neiderregend himmelblaue und palmengrüne Karten zu schicken.

Trotzdem nahm sie nach wie vor regen Anteil am Leben ihrer braven und immer noch ›unauffälligen‹

Schwester Lisbeth und deren Familie. Ungeniert und unverblümt mischte sie sich in alles ein, was nicht rechtzeitig vor ihr verborgen werden konnte. Saskias Mutter seufzte gelegentlich, wenn sie wieder einmal eine schwesterliche Spitze abbekam oder deren neuesten ›Protegé‹ in schockierend unzweideutigen Farben geschildert bekam. Saskia dagegen hatte ihre verrückte Tante immer schon bedingungslos geliebt. Was natürlich keineswegs bedeutete, dass man ihr restlos alles auf die Nase binden musste ...

»Wieso bist du überhaupt hier?«, erkundigte sie sich ablenkend. »Ich hatte gedacht, du wolltest bis Juli in Cannes bleiben?«

Mia setzte sich zurecht und strich den engen, zyklamenfarbigen Rock glatt, der zehn Zentimeter zu kurz und zehn Jahre zu jung für sie war und ihr trotzdem einfach fabelhaft stand.

»Wollte ich ja auch – bis ich von deinem Junggesellen hörte. Dann natürlich ... musste ich sofort meiner armen Schwester zu Hilfe eilen.« Ihre Augen funkelten belustigt. »Wie konntest du nur, du missratenes Kind, deinen Eltern einfach so die Lizenz zum Hätscheln entziehen!«

»Und sie in den letzten zwei Monaten nur drei Mal ausgiebig besuchen!«, vervollständigte Saskia und schüttelte über sich selbst das Haupt. »Wirklich – wie konnte ich nur?! Haben sie arg geschimpft?«

Mia zuckte die Schultern. »Geht so. Lisbeth jammert ja immer – am liebsten würde sie dich in Watte packen, nach deinem schweren Verlust und deinem schweren Schicksal und so. Dein Vater eher nicht, aber er hat mich beauftragt, den Junggesellen genau unter die Lupe zu nehmen. Offenbar hält er mich für eine Expertin auf diesem Gebiet ...«

»Und? Bist du es – derzeit?«

»Das geht dich gar nichts an«, antwortete Tante Mia

zurechtweisend. Sie nahm einen Schluck Kaffee – und verdarb die ganze schöne Wirkung. »Allerdings habe ich heute Abend in München eine Verabredung, und ich will doch schwer hoffen, dass der betreffende Betroffene nicht verheiratet ist ...«

Zu mehr intimen Geständnissen blieb keine Zeit, weil nun die Tataren das Haus stürmten. Fips und Julian begrüßten »Tante Mia! Tante Mia!!« mindestens ebenso begeistert wie vorher Saskia und Sissa, sprudelten über von noch nicht erzählten Erlebnissen und stürzten sich gierig auf die Mitbringsel, an denen es Tante Mia nie fehlen ließ. (›Mein liebes Kind, wozu sind Tanten denn sonst gut?! Auf den Kopf patschen können sie sich auch selber!‹) Anschließend schleiften sie Tantchen mit zum Stall, um ihr die Pferde vorzustellen und Julians neue Aquariumbewohner, die ebenfalls im Stall ihr Dasein fristeten.

»Schauderschön«, urteilte Tante Mia und betrachtete mit argwöhnischem Interesse das Gewusle im Wasser. »Und stechen die dich nicht, wenn du sie fütterst? Oder fressen die sich gegenseitig?«

»Quatsch. Ich bin doch nicht blöd und versuche, sie zu streicheln«, erklärte Julian. Freie Assoziationen wallten in ihm auf; er riss den Blick von seinen Lieblingen und sah wieder Tante Mia an. »Hast du übrigens unsere Hunde schon gesehen?«

Saskia zuckte innerlich zusammen. Bis jetzt war die Besichtigung des Junggesellen glücklich vermieden worden ...

»Nein, aber dafür ist später noch Zeit genug«, sagte sie rasch. »Im Augenblick sind sie oben bei Si ... Herrn Kröger, und der hat Besuch.«

»Och, Mönsch ...«, maulte Fips. »Immer sind die im Atelier. Die gehören aber doch uns!«

Vor Tante Mia verblasste selbst Simons Glorie ein wenig. Deren wissend-amüsierter Blick bohrte sich gnadenlos durch Saskias gesenkte Lider. Der kleine Versprecher war ihr also nicht entgangen. (Das Schicksal war so ungerecht! Andere Leute hatten nette, dickliche Tanten, die daheim auf dem Sofa saßen und jeden Tag ein bisschen schwerhöriger wurden; nur sie ...)

»Aus ›später‹ wird leider nichts«, sagte das Familienbiest herausfordernd, »du weißt ja, ich habe noch eine Verabredung. Und in meinem Alter dauern die Vorbereitungen für so etwas leider doch schon ...«

Im selben Moment ging drüben am Haupthaus hörbar die Tür auf. Ein Hund winselte. Ehe Saskia noch irgendwelche Krägen erwischen konnte, waren die Kinder allesamt aus der Stalltür.

Mia warf einen schlauen Blick auf ihre Nichte und eilte prompt hinterher. Und Saskia blieb nichts anderes übrig, als die Nachhut zu machen.

Direkt vor der Stalltür blieb Mia stehen, schaute, schaute nochmals – und wandte sich um.

»*Das* ist dein Junggeselle?«, fragte sie mit kaum merklich gedämpfter Stimme. »Mein lieber Schwan – kein Wunder, dass deine Mutter nicht schlafen kann.«

Das Blut schoss Saskia bis unter die Haarwurzeln. Warum, o warum nur hatte Sissa die liebe Tante bei der Begrüßung nicht gründlicher gewürgt? Sie wagte nicht, den Blick zu heben, sondern starrte nur still und ergeben auf den Kies der Einfahrt.

Simon, umringt von Kindern und Hunden, kam samt seinem Onkel mit festen, geraden Schritten auf sie zu. Die Vorstellung übernahmen die Kinder – unkompliziert, begeistert und laut. Vor allem laut. Trotzdem schüttelte Simon gefasst Tante Mias sorgfältig manikürte Hand und stellte ihr dann seinerseits Onkel Roland vor. Der sah nicht so aus, als hätte er bei der Erledigung seines Auftrags viel Erfolg gehabt, schien das aber – zumindest momentan – nicht sonderlich zu bedauern. Geradezu strahlend übernahm er Tante Mias

Hand, hielt sie ziemlich lange in der seinen und freute sich mächtig über ›so schönen Besuch an einem so schönen Tag‹ – oder so ähnlich. Gleichzeitig verschlangen seine Augen die attraktive, genau an den richtigen Stellen gerundete Gestalt von Saskias Tante mit deutlichem Behagen.

Und zu Saskias blinzelndem Erstaunen verschlang diese ebenso interessiert zurück – wobei sie einfließen ließ, dass ›ein so schöner Tag und ein so schönes Fleckchen Erde‹ jeden Anfahrtsweg rechtfertigte, sogar den aus Cannes ...

Roland Gehring reagierte wie gewünscht: Was?! Aus Cannes sei sie gekommen?! Na, so ein unglaublicher Zufall – da sei er auch schon mal gewesen! Es dürften inzwischen schon ein paar Jährchen her sein, aber wenn er eine Ahnung gehabt hätte, was für reizende Menschen sich dort bis vor Kurzem aufgehalten hatten, stehenden Fußes wäre er wieder hin, stehenden Fußes!

Saskia blinzelte stärker und traute ihren Augen trotzdem nicht. Spann sie – oder spann sich da was an?

Tante Mia lachte silberhell und schüttelte neckisch die Löckchen. Zeit verlor sie auch keine. Hier in Deutschland gab es doch auch eine ganze Menge reizender Menschen, nicht wahr? Sonst hätte Dr. Gehrings Gattin sicher längst auf einen Wohnortwechsel gedrängt ...?

Befriedigt vernahm sie, dass Onkel Roland unverheiratet war, gab kokett ihrer Verwunderung darüber Ausdruck, wie so etwas nur möglich sei – ein solcher Charmeur! – und tat einladend zwei, drei winzige Schrittchen, wie um Trick besser streicheln zu können (zu welchem Zweck sie sich natürlich vornüber beugen musste). Onkel Roland folgte und tätschelte Track. Dabei ließ er aber das Gespräch nicht einschlafen. War die liebe Frau Paumgart lange im Ausland gewesen?

O ja, lange und oft. Sie war ja verwitwet, die liebe Frau Paumgart – da war es leichter, ruhelos über den

Erdball zu ziehen statt einsam und verlassen daheim in Deutschland zu sitzen und vor sich hin zu altern.

»Ja, ja, o ja!« Simons Onkel nickte in tiefer Übereinstimmung. Einsamkeit sei eine schreckliche Sache, er sei ja auch allein, er verstände das gut, nur *zu* gut. Aber von Altern, also, davon könne wirklich nicht die Rede sein, aber schon überhaupt nicht. Ein kurzer, strenger Blick zu Simon; dann wünschte sein Onkel bissig, die heutige Jugend hätte ein bisschen was vom Schwung und Elan, der seine Generation – und wohl auch noch die von Tante Mia – auszeichnete! Man brauchte nur mal in eine dieser albernen Discos zu gehen, wo sie das Einheits-Zappeln übte, die Jugend von heute, dann sehe man schon ... Nicht, dass er das täte, ach, iwo!, da gäbe es weiß Gott Besseres ...

Ach, wirklich? Tante Mia war ganz Ohr. (Und Auge. Und Figur.) Gab es das? Sie wüsste nicht, wo, jedenfalls nicht in München – sie war ja schon lange nicht mehr hier gewesen. Nicht mal ein gutes Restaurant könnte sie noch nennen, wenn man sie fragte. Und dabei – Tante Mia legte mit geständigem Lächeln eine Hand auf ihre dekorativ verpackte Leibesmitte – habe sie jetzt schon richtigen Hunger! Das sei eben so, wenn man viel reise, da richte sich der Hunger einfach nicht mehr nach der Uhr ...!

Bis jetzt hatte Saskia andächtig lauschend der Meisterin aller Flirtklassen bei der Arbeit zugesehen, aber nun konnte sie nicht länger widerstehen. Ein bisschen Rache für den deutlich hörbaren Junggesellen von vorhin durfte schon sein.

»Du lieber Himmel, Tante Mia – Hunger hast du? Warum hast du denn nichts gesagt, ich hätte dir doch sofort etwas zu essen gemacht!«

»Natürlich – Sie sind herzlich zum Abendessen eingeladen«, erklang neben ihr Simons Stimme in ungewohnter Geschmeidigkeit. Saskia riskierte einen flüchtigen Seitenblick: In den blauen Hünenaugen glitzerte es ganz eindeutig. Sie war also nicht die Einzige, der hier etwas auffiel. Ob das allerdings so gut war … Seine silbergraue Mutter rastete todsicher aus, wenn sie davon erfuhr! »Und du selbstverständlich auch, Onkel Roland«, erweiterte Simon die Einladung.

Roland Gehring sah seinen Neffen leicht aus dem Konzept gebracht an. Tante Mias Blick dagegen enthielt keinerlei Verwirrung. Aber dafür einen gehörigen Schuss Mutwillen.

»Vielen Dank, das ist wirklich sehr, sehr lieb von Ihnen – ganz reizend!«, flötete sie so falsch, dass selbst Julian sie erstaunt ansah. »Aber mir ist es lieber, noch bei Tageslicht in München anzukommen. Nachts ist es so schwierig, sich in der Großstadt zu orientieren – wenn ich den Weg dorthin überhaupt noch finde …«

Das Stichwort war eindeutig. Und wurde dankbar aufgenommen: Onkel Roland erbot sich sofort, vorauszufahren. »Schließlich, bei den vielen Umleitungen heutzutage …«

Ja, genau die hätte Tante Mia gemeint, davon wüsste sie so manches Lied zu singen. Aber sie wollte auf gar keinen Fall lästig fallen, sicher hätte Dr. Gehring andere Pläne, und da …

Der Herr der lindgrünen Pferdestärken richtete sich auf. Andere Pläne – er? Ein polterndes Lachen, ein weiterer verschlingender Blick. Ganz und gar nicht! Und selbst wenn, er sei nicht der Holzkopf, so entzückende Gesellschaft auszuschlagen. Im Gegenteil: Ob er die liebe, gnädige Frau vielleicht zum Essen einladen dürfe, wenn er ihr ein entsprechendes Restaurant vorschlüge?

Er durfte. Mit gekonntem Augenaufschlag nahm die gnädige Frau an. Verheiratet oder junggesellig – ihr ursprüngliches Date würde heute Abend wohl allein speisen müssen …

Die Kinder maulten, weil Tante Mia nur so kurz geblieben war und wurden prompt mit Schokolade entschädigt. Saskia bekam eine Umarmung und einen warnenden Blick. Und das – diesmal wenigstens dezent geflüsterte – Versprechen: ›Wenn du nichts sagst, sage ich auch nichts …‹

Für Simon fielen nur noch ein paar männliche Klapse auf die Schulter ab. Dann stieg Onkel Roland in den Lindgrünen und rollte sehr, sehr langsam aus der Einfahrt. Tante Mia schwang sich in ihren roten Flitzer, winkte fröhlich aus dem offenen Verdeck und fuhr so zart und hilflos hinter dem Mercedes her, als sei ihr der Titel ›Die rote Gefahr‹ völlig zu Unrecht verliehen worden.

Saskia und Simon winkten artig hinterdrein. Als beide Wagen verschwunden waren, sahen sie sich an – und lächelten zum ersten Mal in völliger Übereinstimmung.

Die Hände hinter dem Rücken verschränkt, stand Simon am Atelierfenster und schaute leicht missmutig hinaus. Alles Grau in Grau, quatschnass, ungemütlich und entschieden zu kalt für die Jahreszeit. Mein Gott, es war Mitte Juni! Als er ein Kind war, schien da immer die Sonne! Von Anfang Juni bis Ende September Sonne pur – und als Draufgabe gab es noch einen goldenen Oktober. So war das zumindest in seiner Erinnerung.

Stattdessen regnete es. Und regnete. Und regnete. Seit über einer Woche! Vier Uhr nachmittags, und drüben im Verwalterhaus brannte schon Licht. Im Grunde verständlich – hier war's auch zu dunkel, grau eben bis in den hintersten Winkel, dunkel-grau.

Sundance und Melisande kamen kaum aus dem Stall, er würde ganz schön aufpassen müssen beim ersten Ausritt. Und einen Ausritt hatte er dringend nötig, so lustlos wie er sich fühlte. In den ersten beiden Tagen hatte er das Sommerbild mit Sissa darauf fertig gestellt; danach hatte er ein neues anfangen wollen, etwas mit Blau; Blau reizte ihn zur Zeit, die Tiefe, das Ungreifbare dieser Farbe, besonders im Kontrast zum Greifbaren, Be-Greifbaren, eventuell auch mit Grün, oder mit Weiß, mit Blauweiß. Aber irgendwie … bei diesem blöden Grau …

Mist.

Still war es außerdem, *zu* still. Nichts zu hören außer dem ewigen Regen. Bei dem Wetter gingen die Hunde kaum raus, die Kinder auch nicht, obwohl sie doch Ferien hatten. Nichts regte sich, alles tote Hose.

Ein erschrecktes Prickeln durchfuhr ihn. Großer Gott – hatte er das eben wirklich gedacht? *Er*? Beklagte sich über die Stille? Er musste verrückt geworden sein!

Genau diese Stille hatte er doch gesucht, die Stille und die Einsamkeit. Um sich aufs Malen konzentrieren zu können. Und er hatte sie doch immer genossen, die Ruhe – jedes Telefonklingeln war schon zu viel gewesen, seit Malva ausgezogen war. Ruhe zu haben, arbeiten zu können, diese kostbaren, flüchtigen Augenblicke der Inspiration ungestört und ungehindert aufzufangen und Kunst zu schaffen, wirkliche, echte Kunst, das war doch sein einziges Ziel gewesen, sein Lebenszweck. Die Entschuldigung dafür, dass er nicht wie alle anderen jeden Morgen in ein Büro trottete, an einer Walze oder Knetmaschine stand, Einteilungspläne schrieb oder Post austrug. Und jetzt fiel ihm nichts ein. Hatte er keine Lust zu malen. Vermisste er die Stimmen der Kinder.

Unbewusst vergrub Simon die Hände in den Hosentaschen, starrte gedankenverloren hinunter auf die Wiese. Grau und Grün, Grau und Grün, mit verwaschenem Gelb darin und ein paar Tupfern Violett; Grashalme, die sich nach jedem Tropfenschlag wieder aufrichteten – stumpfe Resignation oder Tapferkeit? Blüten, halb entblättert. Und die Tropfen an der Scheibe, große, kleine, als Ganzes schlierig, undefinierbar, Formlosigkeit in Grau, aber jeder Einzelne in transparentem Anthrazit, jeder dieselbe winzige Welt umschließend, widerspiegelnd, jeder einzigartig.

Inspiration, wohin er schaute. Aber keine Lust. Fips würde ›null Bock‹ sagen ...

Wenn er ein Künstler wäre, ein echter Künstler, dann würde er jetzt den Regen malen. Alles, was ein echter Künstler braucht, sind Augen und Hirn und Herz. Und Werkzeug. Was davon ging ihm denn ab?

Vielleicht war er gar kein Künstler. Vielleicht malte er einfach nur ›ganz gut‹.

Georg sagte, er sei ein echter Künstler, er könne es weit bringen – mit Fleiß und ein bisschen Planung. Und mit seiner Unterstützung. Aber wer weiß, vielleicht irrte Georg sich?

Er ballte die Fäuste, knetete mit den Fingern, um diese Gummibänder in sich zu bekämpfen, die in alle Richtungen zogen, vom Herzen ausgehend, bis in die Finger und Zehen. Was für ein elendes Gefühl, nicht malen zu wollen, keine Ideen zu haben, nichts, nichts, nichts zu sehen vom Besonderen im Alltäglichen.

Ob er sich einfach zur Arbeit zwingen sollte? Zu irgendwelchen Skizzen, zum Beispiel?

Er wandte sich ab, betrachtete feindselig seine Staffelei und dann die kleine, drüben in der Ecke, an der Sissa immer saß, eine rosige Zungenspitze im Mundwinkel, konzentriert und eifrig. Die hatte nie Zweifel, die wusste, was sie konnte – und tat es einfach. Die hatte keine Angst vor leeren weißen Flächen ...

Wenn wenigstens die Hunde da wären ... Er hatte nie gewusst, wie viel Ruhe ein schlafender Hund ausstrahlen konnte, sogar so ein Bast ... ein Mischling wie zum Beispiel Trick. (Bastard passte nicht; sicher, er hatte zu Anfang gedacht ... Aber das war falsch, ein Bastard war sie nicht. Ein Mischling war sie. Und zwar ein bildschöner.) Die brauchte nicht mal zu schlafen, bloß da zu sein, mit goldenen, ruhevollen Augen und gelegentlich einem zufriedenen Schnaufen.

Vielleicht sollte er die Hunde malen. Nicht porträtieren – malen. Eine Kohleskizze. Oder Rötel? Egal. Hauptsache, er tat was, statt hier dumm herumzustehen, und wenn es nur Fingerübungen waren.

Entschlossen griff er nach der Zeichenkohle, machte ein paar Striche, legte die Kohle weg und fing noch mal mit Rötel an.

Drei Minuten später rollte der Stift vom Tisch, und Simon stand wieder am Fenster, mit hochgezogenen Schultern, die Arme eng an sich gedrückt, die Fäuste in den Hosentaschen. Zu schade, dass er so wenige Kraftausdrücke kannte. Ein Manko seiner Erziehung.

Ob er nach München fahren sollte? Einfach mal so, zur Abwechslung? Er könnte Mutter besuchen, oder Marcus. Nein. Keine Lust.

Zu Anfang ihrer Beziehung hatten Malva und er solche Regentage im Bett verbracht, zwei oder drei Mal, wenn sie gerade keine Termine hatte. Später dann nicht mehr. Aber damals …

Wie auf Folie bewegten sich graziöse, nackte Glieder auf der Fensterscheibe. Die lange Linie ihres Rückens, der Kopf mit dem lose hochgesteckten Haar leicht zur Seite gedreht, was den Hals zur Geltung brachte. Die weichen Querfalten des Satinlakens, wie cremiger Schaum, eine schaumgeborene Venus, makellos, vollendet. Jener Schimmer auf der Haut, wie ihn nur Kerzenlicht hervorbringt. Der Geruch von Champagner und Leidenschaft. Rosige Nippel, die Höfe klar gezeichnet wie der Amorbogen ihrer Lippen, ähnlich auch im Farbton; das lang gezogene, gurrende Stöhnen ihrer Lust, das tief unten in ihrem schlanken Leib seinen Ursprung zu haben schien und langsam, o so langsam nach oben glitt; die lasziven, selbstvergessenen Bewegungen ihrer Hüften ... Er war sich immer leicht unbeholfen vorgekommen dabei, ein bisschen grobknochig. Und peinlich verschwitzt. Malva hatte natürlich nie geschwitzt, Malva und schwitzen, das passte nicht.

Wie lange war es her, seit er zum letzten Mal mit ihr geschlafen hatte? Mit wem schlief sie jetzt? Und warum ... interessierte ihn das eigentlich gar nicht? Er liebte sie doch noch, noch immer, *er* war doch der Verlassene, er hatte diese Scheidung doch gar nicht gewollt?

Es wurde immer grauer und grauer da draußen. Verdammter Mist.

Drüben am Verwalterhaus leuchtete ein helles Rechteck auf und ließ die Fensterscheibe wieder durchsichtig werden. Eine schmale Gestalt in Jeans und blauer Regenjacke trat heraus, Kapuze über dem Kopf.

Saskia Meerwald.

Sie drückte irgendwas eng an sich und hastete durch den Regen Richtung Stall. Nicht den Pferdestall – den Hühnerstall, den ihr der Leininger vor zwei Wochen gebaut hatte, drüben in der früheren Scheune, vom Atelier gerade noch zu sehen. Ging sie zum Hühnerfüttern? Ha!

Mit einem grimmigen Lächeln presste Simon die Lippen zusammen. Hühner! Was würde sie als Nächstes anschleppen? Eigentlich waren es die Jungen gewesen, die mit den Küken ankamen. ›Bitte, Simon, dürfen wir sie behalten? Der Bauer hat so viele, er muss sie sonst ersäufen!‹, mein Gott, für wie blöd hielten die zwei ihn eigentlich? Aber Sissa stand auch dabei und strich mit einem Finger über das Gefieder der Flauschbälle und guckte ihn an und deshalb ... Nein. Um der Wahrheit die Ehre zu geben: Es hatte schon gereicht, wie Fips ihn ansah, voller Vertrauen darauf, die Viecher behalten zu dürfen, irgendwie mit dem sicheren Wissen, dass er, Simon, ihn gern hatte – gern genug, um auch noch Gegackere auf dem Gutshof hinzunehmen.

Er hatte es nicht geschafft, Nein zu sagen. Obwohl er genau wusste, dass *sie* mal wieder dahinter steckte, hatte er es nicht fertig gebracht, Fips den Blick zu versauen. (Was übrigens auch ihre Schuld war, irgendwie.)

Wie konnte sie es nur wagen?!

Zugegeben, ganz so lästig wie befürchtet, waren die Kinder eigentlich nicht. Aber er hatte doch auch noch was anderes zu tun als dauernd Fische abzumachen und Angelleinen zu entwirren und am Teich einen Steg zu basteln, damit sie nicht am Rand abrutschten und hineinfielen!

Zwar ... irgendwie machte das auch Spaß. Die zwei waren echt aufgeweckte Kinder. Dachte er zumindest, viele Vergleichsmöglichkeiten hatte er ja nicht. Jedenfalls stellten sie erstaunlich vernünftige Fragen. Und es rief recht angenehme Erinnerungen hervor, mit ihnen am Teich zu stehen und sie das Angeln zu lehren. Und irgendwie war es schon auch beeindruckend, wie sie mit Sundance umgingen. Der Wallach konnte ziemlich ungemütlich werden, aber der Leininger hatte ihm erzählt, die Jungen spielten mit ihm wie mit einem Hündchen. Und sogar Melisande, diese pferdgewordene Ziege, fraß ihnen aus der Hand. Nicht zu fassen.

Trotzdem. Eine Unverschämtheit blieb es trotzdem, ihm drei Kinder in den Pelz zu setzen und dann noch Hunde und Hühner und der Himmel weiß, was folgen mochte!

Herrgott noch mal!

(Hoffentlich war das Scheunendach dicht; es war doch schon ziemlich alt, und wenn es gerade über der Ecke mit dem Hühnerstall leckte, gingen womöglich die Küken drauf. Wie er sie kannte, würde dann *er* es sein, der den Kindern erklären musste ... Gleich morgen früh würde er Leininger darauf ansprechen. Musste doch festzustellen sein, ob das Dach noch hielt.)

Sie fütterte tatsächlich die Hühner. Er konnte sie sehen, im Halbdämmer der Scheune, mit geraden Beinen vornüber gebeugt den Futterverteiler füllend.

Sehr klein (geradezu lächerlich klein, besonders, wenn man ihre Frechheit berücksichtigte; musste ja geradezu spannen, so wenig Haut um so viel Frechheit!), sehr schmal. Sehr blau.

Blau – wie die Arbeitsjacken und Hosen chinesischer Reispflanzerinnen. Blaue, vornüber gebeugte Gestalten, bis an die Knöchel im Wasser der Felder stehend, zartes, junges Grün pflanzend. Grün, aus dem Nahrung wurde. Und Strohhüte. Und Feuer.

Frau in Blau.

Und das Wasser als Medium, als Spiegel – der Frau, des Himmels, der Pflanzen.

Aus schmalen Augen starrte Simon hinunter in die Scheune, die er nicht mehr wahrnahm. Drehte sich um. Überflog die Aquarellfarben.

Wählte konzentriert einen Pinsel aus.

Zwei Tage später mussten die Schnecken zumindest tagsüber wieder ins Gebüsch. Die Sonne schien – fast schon abbittend warm –, Pferde und Kinder konnten endlich wieder auf die Koppel, Simon pfiff beim Arbeiten leise vor sich hin, und Saskia hatte ihre Großwäschetage. Die halbe Garderobe des Meerwald-Kröger-Haushalts flatterte an der Leine, und daneben auch noch das Leininger-Leinen – wenn es auch mehr aus Cordsamt und Baumwolle war.

Einen Tag nach dem aufschlussreichen Monolog im Laden hatte sie im Stall Konrad Leiningers dreckige Jacke liegen sehen und ohne lange zu fragen eingesackt. Von den Zwillingen hatte sie inzwischen erfahren, dass er in einer Bruchbude am Dorfrand wohnte, dem ehemaligen Knechthaus eines längst abgerissenen Bauernhofes. Der schweigenden Zustimmung nach, mit der er verschlang, was sie an Selbstgekochtem in seine Nähe geraten ließ, und den Hemden und Hosen nach, die er trug, kümmerte sich kein Mensch um ihn – nicht einmal er selbst. Also hatte sie die Jacke gewaschen, einen fehlenden Knopf ersetzt, ein Loch gestopft und sie zurückgehängt. Er hatte kein Wort gesagt, aber als sie am Vormittag im Gutshaus gearbeitet hatte, jäteten die Heinzelmännchen das Unkraut in ihrem ganzen Gemüsegarten. Tags darauf hingen im Stall eine Hose und ein Hemd, und die Tomatenpflanzen banden sich scheinbar von selbst an lange Holzpflöcke. Leininger konnte es nicht gewesen sein: So glatt, wie der aussah, hatte er den ganzen Vormittag damit zugebracht, sich zu rasieren, damit er gesichtsmäßig zu seiner Jacke passte. Inzwischen stand unter dem Haken am Stall ein grüner Plastik-Wäschekorb, und Saskia sah sich nicht mehr genötigt, verdrossen über schmackhafte Rezepte für Löwenzahn und Napfschnecken zu grübeln, um den ganzen Gartenstress zu rechtfertigen.

Stattdessen konnte sie eines Mittags den ersten Salat aus eigener Zucht servieren. Mit selbst angerührter Vinaigrette.

Fips fiel fast in seinen Teller.

»Was? Ich denk', die klebt man auf die Windschutzscheibe?«

»Falsch, Fips. Vinaigrette ist eine Essig-Öl-Marinade für den Salat.«

»Die Aufkleber fürs Auto, die du meinst, heißen Vignetten – klingt sehr ähnlich«, kam es von Simon.

»Genau. Übrigens spricht man nicht mit vollem Mund!«

»Pardon.«

»Nein, nein – Sie habe ich nicht gemeint ...«

»Wieso denn, er hat doch auch mit vollem Mund ...«

»Sei still und iss!«

»Aber …«

»Du auch, Julian!«

Stille. Gesenkte Köpfe. Vorsichtiger Blick von Simon an Fips: Die ist ja ganz schön streng, eure Mutter. Vorsichtiger Rückblick von Fips an Simon: Meine Rede …! (O ja, sie waren eine helle Freude, diese sozialen Gemeinschafts-Mahlzeiten …)

Abends – Gott sei Dank erst abends! – war es dann Sissa, die aufmerksam in ihr Salatschälchen spähte.

»Da ist ein Tier in meinem Salat«, verkündete sie.

Allerseits standen die Kiefer still. Saskia beugte sich vor.

»Wo?!«

Konnte doch gar nicht sein, sie wusste genau, dass sie alle Schnecken entfernt hatte, wirklich alle!

Ein kleiner Finger deutete spitz. »Da!«

Das da? Puh! Glück gehabt.

»Das ist doch nur gehackter Schnittlauch! Nun komm schon, iss!«

Sissa aß nicht; Sissa starrte. Mit Runzelstirn.

»Haben Schnittlauche Beine?«, fragte sie.

»Das heißt nicht Schnittlauche, das heißt … *Was?*«

Der zweite Blick traf: Tatsächlich – da war ein Tier in Sissas Salat. Grün, dick und gut geölt.

»Das ist eine Blattlaus …« konstatierte Saskia nüchtern.

»Läuse – iiih!« Angeekelt schob Fips seinen Teller weg. Julians Augen leuchteten interessiert auf: *Insekten!* Vorsichtig begann er, Blättchen zu wenden.

Saskia dachte an ihre zwanzigköpfige Salatschar im Garten und riss sich zusammen. »Ach was, so eine kleine Blattlaus, deswegen braucht man sich doch nicht so anzustellen!« Mit spitzen Fingern entfernte sie das anstößige Salatblatt samt Laus aus Sissas Schüsselchen – nur um festzustellen, dass auf dem Blatt darunter noch eine Laus klebte. Sissa sah sie auch – das Kind hatte entschieden zu gute Augen. Ein klarer, grauer Blick voll Aufmerksamkeit und vorwurfsvollem Interesse: Warum tust du denn Läuse in meinen Salat?

O Mann.

»Ich dachte immer, Blattläuse gehen nur auf Rosen und so«, sagte Julian, immer noch auf Läusesuche. Da – jetzt hatte er eine gefunden! Seine Nase geriet stark in Gefahr, mariniert zu werden. »Die ist ja fast durchsichtig. Liegt das am Essig?«

»Also bitte, ja!« Wissbegier in allen Ehren, aber so weit musste man die Forschungen auch wieder nicht treiben. Nicht am Esstisch. Saskia hatte auch keine Ahnung davon gehabt, dass Blattläuse auf Salat standen. Wie auch – der Supermarkt-Salat hatte nie Läuse gehabt. Im Supermarkt blühten aber auch die Radieschen nicht wie bei ihr im Garten. Sie war sehr erstaunt gewesen, als die grünen Blätterbüschel plötzlich lange Stiele mit winzigen Blüten darauf trieben. Leider konnte man dann die Radieschen selbst nicht mehr essen, die waren holzig. Lehrgeld: zweifünfzig für die Radieschensamen und einmal krummer Rücken. Nächstes Jahr wüsste sie es besser – falls sie bis dahin herausfand, wie man die Reife von Radieschen feststellte. Vielleicht musste man regelmäßig Probegrabungen machen, um zu sehen, ob sie schon essbar waren.

Aber vorerst musste die Salatkrise bewältigt werden. Das pädagogisch Beste wäre natürlich, die eigene Portion mit sichtlichem Genuss aufzuessen, nachdem man eventuell darin verborgene Blattläuse entfernt hat, so vollständig wie möglich. (Selbst wenn man eine übersah und versehentlich mitaß – so eine winzige Blattlaus war bestimmt viel weniger schädlich als das ganze Quecksilber und Werweißwas in gekauftem Salat.)

Gar kein Grund vorhanden, so ein Theater zu machen.

Tapfer ergriff Saskia die Gabel.

»Warum sind in dem Salat Läuse und früher waren keine drin?«, wollte Julian wissen, der sein Studienobjekt nun auf die Serviette übertragen hatte, um es besser sehen zu können.

»Wahrscheinlich, weil der Salat im Laden meist aus Holland stammt. Das ist kein Freiland-Salat; der wächst dort auf Zeitungspapier.« Das hatte sie jedenfalls mal gehört. Die Zwillinge offenbar nicht, denn sie rissen erstaunt die Augen auf.

»Echt? Wieso das denn?«, fragten sie.

»Woher soll ich das wissen? Vielleicht, damit man gebildete Köpfe ernten kann.«

Was? Das war eine Nummer zu hoch für sie.

»Salat braucht nicht viel zum Wachsen, hauptsächlich Wasser. Ich denke, sie nehmen Zeitungspapier, weil es viel Wasser speichert. Und weil man den Salat beim Ernten dann nicht voll Erde hat.«

»Und warum gehen Läuse nicht auf so 'nen Salat?«

»Wahrscheinlich, weil sie nicht lesen können«, sagte Saskia unwirsch. Was glaubten die eigentlich, wie sie mit Nachnamen hieß, Brockhaus?!

»Warum machen wir das nicht?«

»Lesen?«

»Salat auf Zeitungspapier anbauen.«

»Weil dieser Zeitungssalat kaum Vitamine hat. Unserer ist viel gesünder. Und er schmeckt auch besser – oder nicht?« Gewagte Frage. Das Risiko, zu antworten, gingen sie nicht ein. Auch gut, waren sie wenigstens mundtot.

Also weiter. Vorsichtig hob Saskia das oberste Blatt Salat an. Von oben aus gesehen war es läusefrei ...

»Kriegen wir jetzt immer Salat mit Läusen?«, fragte Fips mit einem mutlosen Unterton. Er aß eigentlich gern Salat; besonders, wenn sich keine Fremdkörper wie wilde Tiere oder hausgemachte Saucen darin befanden.

»Blödsinn – natürlich nicht. Ich habe beim Waschen bloß nicht aufgepasst, das passiert nächstes Mallorca nicht mehr.« (Nicht, wenn Suse wusste, wie man Blattläuse in die Flucht schlug. Mama wusste es bestimmt, aber die konnte man nicht fragen, die käme sofort vorbei, um die verlausten Enkel zu retten, die wartete ja bloß auf irgendwas annähernd Katastrophales!)

Soweit sie sehen konnte, klebte auch an der Blattunterseite nichts Ungewöhnliches. Vorsichtig spießte sie das Blättchen auf. (Kein zarter Aufschrei, kein gequältes Piepsen zu hören. Gut.) Jetzt die Gabel hoch. Alles ganz normal, keine besonderen Vorkommnisse. Ein Salat wie jeder andere.

»Wie läuft's denn so in der Schule?«, erkundigte sie sich munter. Niemand antwortete; auf reine Rhetorik sprangen die nicht an. Stattdessen sahen alle drei Kinder Saskia fasziniert zu.

»Was ist denn?!«

»Nichts«, sagte Fips und starrte.

»Gar nichts«, bekräftigte Julian und guckte.

Als wenn ich einen Regenwurm verspeisen wollte, ärgerte sich Saskia. Dabei ist es doch nichts als eine Blattlaus – *höchstens* eine Blattlaus, nur *eventuell* eine Blattlaus –, mit einem winzigen Kopf und kaum sichtbaren Beinchen, und außerdem noch tot.

Das Blättchen schimmerte sie grün und harmlos an. Ein richtig hübsches Salatblatt aus der Mitte, knackig, mit einem muschelförmig gebogenem Ende, gerüschtem Blattrand und zarten Rippen, deren Täler lauschige Höhlungen bildeten ...

Eins zwei drei – hopp!

Saskias Backenzähne mahlten um einiges zu kraftvoll für den Anlass, aber Hauptsache, die Gesichtsmuskeln blieben locker. Und dann war es unten, das Blatt. Mit so viel würdevoller Gelassenheit, wie man in eine Zehntelsekunde packen kann, erhob sich Saskia.

»Puh, bin ich satt. Wie steht's mit euch? Will noch jemand was?«

Sie räumte schon die Schüsseln zusammen, während sie sprach. Stummes Kopfgeschüttle. Ungläubig bewundernde Blicke mit einem schwachen Stich Igitt.

»Gut, dann ab ins Bad. Du zuerst, Sissa, es ist fast acht!« Irgendwo ganz tief innen – noch unterhalb der Blatt … des Blattes regte sich zufriedener Stolz in Saskia. Völlig albern, natürlich, aber doch nicht so ganz unangenehm. Mochten sie noch so große Wahnsinnstaten vollbringen, ihre lieben Kinderlein – sie war ihnen immer noch eine Laus voraus!

»Saskia? Saskia Meerwald?«

In der Linken ein Netz bunter Paprika, in der Rechten eine Knolle Knoblauch, fuhr Saskia herum. Erst erstaunt und dann erleuchtet musterte sie den jungen Mann hinter ihr.

»Uli! Ich glaub's nicht – was machst du denn hier?!«

Bilder tauchten in ihr auf, Vergangenheitssplitter aus der Zeit nach Jürgen: Mittagspausen-Cappuccinos im Café Glockenspiel, Endlos-Diskussionen über Gott und die Welt, ein paar kurze Stunden, ein paar gestohlene Nächte (weil Ev bei den Kindern blieb). Fremde Nächte. Erste Schritte zurück ins Leben. Wichtige Schritte, das fand Saskia heute noch.

Uli war gut aussehend, mit viel jungenhaftem Charme, überschwänglich und daher relativ ungefährlich.

Musikstudent, wahrscheinlich für immer. Genau das Richtige damals, wenn auch total untauglich fürs tägliche Leben. Sie hatte ihm nie übel genommen, dass die Schritte über Sand führten.

Sie hatte ihm auch die Brünette nicht übel genommen. Die hatte nichts mit ihr zu tun gehabt, die war einfach Ulis Krücke gewesen, als die Nächte nicht mehr ausreichten, um darüber hinwegzutäuschen, wer der Stärkere war von ihnen beiden. Und er hatte ihr fast sofort gesagt, dass da was lief.

Sie hatten sich als Freunde getrennt und natürlich nie wieder was voneinander gehört. Und jetzt stand er plötzlich da und strahlte Saskia an.

»Dasselbe wollte ich dich auch gerade fragen«, lachte er und ließ seinen Blick über ihre Figur gleiten, *adagio.* (Sah er auch Bilder? Prickelte ganz schön, der Blick.) »Ich besuche hier meine Eltern und bin prompt zum Einkaufen geschickt worden. Und du?«

Seine Eltern! Saskia hatte keine Ahnung gehabt, dass er aus Hellenstein stammte. Ul war durch und durch Münchner, mit besonderer Vorliebe für Schwabing.

»Ich arbeite seit neuestem hier. Na ja, neuestem – es sind jetzt schon fast vier Monate.«

»Hier – im Ort?«

»Ja. Ich bin Haushälterin auf dem Gutshof am Bachsteig.«

Ulis grüne Augen weiteten sich. Ein verblüfftes Lachen funkelte auf.

»Bei dem verrückten Maler?«

»Herr Kröger ist nicht verrückt«, sagte Saskia steif und ärgerte sich über den Ärger, der aus dem Nichts hochschoss.

Ulis Grinsen wurde breit. Er war gedanklich noch bei Simon. »Bist du sicher? Wie nennst du es denn, wenn einer seit Jahren hier wohnt und sich nie blicken lässt? Man kriegt ihn doch höchstens mal auf seinem Ross zu sehen, mit seiner Staffelei auf dem Rücken.«

»Er ist eben zurückhaltend – eine sehr angenehme Eigenschaft«, sagte Saskia (die sich über genau diesen Punkt auch schon so ihre Gedanken gemacht hatte) scharf. »Muss ja nicht jeder so ein Mann des Volkes sein wie du!«

Uli zuckte die Achseln. »Über den sind vielleicht Gerüchte im Umlauf ...«

»Ja, *das* glaube ich gern. Muss ja auch sein – dem mageren Skandal um den Leininger hilft man hier ja auch nach über dreißig Jahre noch aus dem Sarg, nicht? Da tut ein bisschen Abwechslung bestimmt ganz gut.« Sie beugte sich vertraulich vor und flüsterte, durchdringend genug für den ganzen Laden: »Aber weißt du, eigentlich stimmt es gar nicht, dass er kleine Kinder roh frisst, der Kröger mit seinem Teufelsross. Ich weiß es genau, ich muss sie ihm nämlich vorher braten. Über schwarzen Kerzen natürlich.«

Gott gnade ihm, wenn er jetzt »Duuu?!« sagte – bloß weil er wusste, wie es um ihre Kochkünste stand (und *nicht* wusste, um wie viele hundert Grad sie sich schon gebessert hatte!). Aber auf die Idee kam er gar nicht; stattdessen dämmerte ihm irgendetwas, und seine Augen bekamen einen bestürzten Ausdruck: Was hatte er denn ... was hatte sie denn? Er hatte doch gar nicht streiten wollen, überhaupt nicht – je länger er ihre Figur betrachtete, desto weniger! Nicht im Traum hätte er gedacht, dass sie derart hochgehen würde wegen diesem Krögertypen. *Ihm* würde es nie einfallen, sich aufzuregen, bloß weil einer seinen Boss einen Wucherer oder Blutsauger nannte. (Stimmte ja auch!)

Andererseits – jetzt erinnerte er sich, sie hatte immer schon ein bisschen ... andere Ansichten gehabt, über alles Mögliche, das Leben, die politische Lage ... Bisschen sehr geradeheraus und erdverbunden, manchmal fast langweilig vernünftig. In anderen Punkten dagegen war sie nicht langweilig, ganz und gar nicht. Und genau diese Punkte verdichteten sich jetzt in seinem Kopf zu Bildern. Wieso hatten sie sich damals eigentlich getrennt, lief doch alles ganz ausgezeichnet? Ach so, ja, Karola. Im Nachhinein gesehen kein Vergleich ... Und lange gedauert hatte diese Sache auch nicht.

Noch ein Blick.

»Tut mir Leid«, sagte er hastig und schaltete sein Lächeln auf Abbitte. »Ich war nur so überrascht ... Auf jeden Fall ist es schön, dich wiederzusehen. Was machen deine Kinder? Und deine Freundin, wie hieß sie noch, Eva?«

»Ev«, verbesserte Saskia und trat innerlich auf die Bremse. (Er war eben ein Kindskopf, hatte sie ja damals schon festgestellt. Der Einzige ihrer Verehrer, der mit den Jungs gespielt hatte – aus Spaß an der Freud, nicht aus Berechnung). »Falls du die Brünette meinst.«

»Ja, genau die meine ich. Ist sie immer noch so eine wilde Humm ... so temperamentvoll?«

Er war offensichtlich bemüht, seinen Fehler wieder gut zu machen. Und sie hatte immer noch eine Schwäche für diesen Schmelzblick. Der und das schwache Prickeln in ihrem vernachlässigten Inneren stimmten Saskia milde. (Außerdem, was hatte sie sich hier zum Rächer des Riesen aufzuschwingen. Konnte ihr doch egal sein, was die Dörfler so über Simon quatschten; der war weder minderjährig noch Mitglied irgendeiner Minderheit, der sollte selber sehen, wie er zurechtkam.) Also lächelte sie. Ging erstaunlich mühelos.

»Ja, Ev ist immer noch dieselbe wilde Hummel wie früher.«

Kurzes, verlegenes Lachen seinerseits. Dann wusste er nicht weiter: Gott und die Welt hatten sie ja schon durchdiskutiert, und sonst war da zu wenig gewesen, als dass sie nun viel zu reden gehabt hätten. Aber Uli war offenbar gewillt, nachzudenken.

»Hör mal«, fuhr er fort, »kann ich dich zu einem Kaffee einladen, drüben im Gasthaus? Ich fahre heute Abend leider schon wieder zurück nach München, und hier können wir ja nicht richtig reden!«

Saskia zögerte. Er war wirklich süß gewesen, damals, aber sie wusste trotzdem nicht so recht ... und sie hatte sich auch eine ganze Menge vorgenommen für heute Nachmittag. (Und ›reden‹, das konnte dauern – er wusste ja noch nicht mal was von Sissa! Nein, nein, reden war heute nicht drin.) Andererseits, eine Trennung als Freunde verpflichtete irgendwie.

»Im Moment passt es nicht so gut«, sagte sie diplomatisch. »Ich bin ziemlich in Eile, weißt du. Aber komm doch einfach mal zu uns aufs Gut, wenn du das nächste Mal hier bist. Dann trinken wir den Kaffee bei mir; ich wohne im Verwalterhäuschen. Okay?«

War es nicht, das sah man. Aber was blieb ihm übrig?

»Klar. Abgemacht.«

Ganz zufrieden war sie auch nicht. Aber ›im Zweifel für den Mittelweg‹ war eine jener Lebensregeln, die gewöhnlich ganz gute Resultate zeitigten. Vielleicht war's ja auch der Endweg, sie konnte sich nicht erinnern, dass Uli je ein eifriger Eltern-Besucher gewesen wäre. Zumindest würde sie reichlich Zeit haben, zu entscheiden, ob sie ›reden‹ wollte, von ›schweigen‹ ganz zu schweigen.

Aber obwohl sie sich inzwischen wieder abgeregt hatte – und Simons Ruf sie wie gesagt überhaupt nichts anging und sie selbstverständlich keinerlei persönliches Interesse an ihm hatte –, eine kleine Rachespitze für Ulis idiotischen Ausrutscher vorhin konnte sie doch nicht ganz unterdrücken: »Fein. Die Kinder werden sich bestimmt riesig freuen, dich wiederzusehen!«

Sein süßsaures Gesicht ließ sie den ganzen Heimweg über lächeln. Das vertiefte sich noch, als sie den metallicblauen Porsche sah, der diesmal im größtmöglichen Abstand zum Gutshaus geparkt war: Der Herr Galerist aus München war also da. (Und hatte offenbar Respekt vor ihr. Gut so – sehr befriedigend.)

Dank der Vorwarnung schritt Saskia gemessen die

Treppen zum Gutshof hinauf und öffnete temperamentlos die Tür. Und sie tat gut daran: Direkt dahinter standen Simon und sein Freund, die Hand schon nach der Klinke ausgestreckt. Bei Saskias Anblick ruckte Georg die Hand zurück. Ein erschreckter Abtastblick: Gott sei Dank, die Irre war diesmal unbewaffnet. Und allein stand er auch nicht da. Allerdings hatte Simon irgendwo in seinem großen Kinderherzen eine weiche Stelle für die Kleine da; also verbindliches Lächeln hochfahren, Gruß erwidern und Hand wieder vorstrecken.

»Friede?« schlug er vor.

Die Warnung in seinem Blick hatte mit Frieden nicht viel am Hut: *Schlag besser ein, Mädchen, denk daran, was ich deinem Brötchengeber alles erzählen könnte!* Saskia lächelte seidig – *Und kannst du das auch beweisen …?* – und schlug ein. Nicht für Georg; für Simon, der leicht angespannt wirkte. Er war harmoniesüchtig, der Gute.

»Was sonst?«, fragte sie harmlos.

Das kaum merkliche Absacken von Simons breiten Schultern belohnte sie für ihre Willfährigkeit. (War sie ihm sowieso schuldig, wegen seiner Verteidigung damals – die Dankeschön-Pizza war leicht angekohlt gewesen, die konnte man nicht für vollwertig gelten lassen.) Sie musste künftig ein bisschen vorsichtig sein mit Porsche-Schorsch, dem Galeristen – offenbar bedeutete Simon dessen Freundschaft eine ganze Menge. Und ihretwegen musste er die nicht riskieren.

»Ja, dann – auf Wiedersehen. Ich muss los.«

Saskia gab den Weg frei. Simon hatte offenbar die Absicht, seinen Gast zum Wagen zu begleiten, drehte sich in der Tür aber kurz zu Saskia um.

»Meine Mutter hat vorhin angerufen. Sie kommt heute Abend vorbei, so gegen sechs. Ich habe sie zum Abendessen eingeladen.«

Sein Blick enthielt Trotz und Selbstbewusstsein in

ausgewogenen Mengen, und Saskia schaffte es gerade noch, ihre Augäpfel am Rollen zu hindern und stattdessen zu nicken und ganz ruhig die Treppe hinauf zu steigen. *Mist.* Sie hatte sich fest vorgenommen, heute mal gefüllte Paprika zu versuchen – Suse behauptete, das wäre total simpel –, aber wenn die Krögersche kam, war das natürlich ausgeschlossen. Da musste was Bewährtes her, etwas, das selbst sie nicht verderben konnte. Mit anderen Worten: eine kalte Platte.

Saskia schob unzufrieden die Lippe vor. Kalte Platte hatte es schon beim ersten Testessen mit Simons Mutter gegeben; da war sie mal wieder ohne Voranmeldung aufgetaucht und hatte die Höflichkeitsfrage, ob sie zum Essen bliebe, lächelnd bejaht, da war gar nichts anderes zu machen gewesen. Wenn sie ihr das heute wieder vorsetzte, hatte Simon bestimmt was auszustehen. (»Mein armer, lieber Junge, dauernd kalte Platte ... Kein Wunder, dass du so blass aussiehst in letzter Zeit!«)

Was gab's sonst noch für Möglichkeiten? Spaghetti konnte sie inzwischen im Schlaf ... nein. Eine Ilse Kröger aß bestimmt nichts, was man um eine Gabel wickeln musste. Schnitzel vielleicht. Ja, genau, Schnitzel. Mit Reis und Jägersauce. Aus der Packung natürlich; bisschen Sahne dran, eine Dose Champignons, vielleicht noch einen Spritzer Sherry – und kein Mensch merkte was. Dazu Salat (natürlich nicht aus dem eigenen Garten, du lieber Gott, eine Blattlaus auf Madames Teller, das hatte sie ungefähr so nötig wie einen Herzinfarkt!) und als Vitaminstoß die bunten Paprika, dünn geschnitten und kurz angedämpft. Oder angebraten oder wie man das nannte. Ja, das müsste hinhauen. Ha, der würden die Augen übergehen, der Großfürstin! Kalte Platte, phhh, hatte sie gar nicht nötig!

Jetzt war's knapp zwei Uhr; die Halle musste unbedingt noch gewischt und Esszimmer und Gästeklo auf Staubkornbefall untersucht werden. Danach hatte sie hoffentlich noch Zeit, eine Portion im Voraus zu kochen, als Generalprobe. Fips, wo war Fips, oder Julian – einer von beiden musste zum Metzger und in den Laden runter; weder Schnitzel noch Jägersauce waren im Haus!

Saskia öffnete das Küchenfenster und hängte sich gefährlich weit hinaus. Mit gerecktem Hals konnte sie eine Ecke des Fischteichs sehen – und die Zwillinge. Sie pfiff sie heran. »Einer von euch muss unbedingt ins Dorf, nein, wartet – geht gleich alle beide. Einer zum Metzger und einer in den Laden.«

Zwei Gesichter, eine Flunsch.

»Och, Mann …«

»*Bitte!* Frau Kröger kommt heute Abend zum Essen, und ich habe nichts Passendes im Haus.«

Sie flunschten immer noch, sahen aber widerwillig ein. Die Kröger, das war der Ernstfall für Mutsch, da konnte man sie echt nicht hängen lassen. Mit hängenden Köpfen trollten sie sich ums Eck zum Haupteingang, um Bestellungen und Geld entgegenzunehmen. (Liebe Kinder. Brave Kinder. Fast so brav wie Sissa: Die war heute den ganzen Nachmittag bei einer Kindergarten-Freundin – was bedeutete, dass Saskia heute mal ganz alleine kochstümpern durfte. Sogar einen ungestörten Nervenzusammenbruch konnte sie sich noch leisten, wenn sie sich mit dem Wohnzimmer beeilte.)

Saskia sprang die Treppe hinunter und traf gleichzeitig mit ihren Söhnen auf der Haustreppe ein. Galeristen-Schorsch stand noch immer da und unterhielt sich aus dem offenen Wagen mit Simon. Der Anblick der Zwillinge schien ihn zu verblüffen; er sagte irgendwas zu Simon, stand aber zu weit weg, als dass Saskia die Bemerkung hören konnte.

Rasch verteilte Saskia Bestellungen und Geld. Genug, um jedem auch noch ein Mini-Eis zu bezahlen. Das hatten sie sich verdient, fand sie.

»Trödelt nicht lange rum, ich brauch' die Sachen bald, okay?«

»Okay ...«

Sie trotteten los. Georg startete den Boliden, Simon trat einen Schritt zurück, und Saskia sah mit echter Belustigung, wie der schöne Georg einen kurzen Vergewisserungsblick Richtung Zwillinge warf, ob sie auch ja mitkriegten, wie megacool er in seinem mitternachtsblauen Überzieh-Phallus aus der Einfahrt rauschte. (Irgendwann jubelte sie ihm mal unter, dass sich die zwei nicht im Mindesten um Autos scheren ...)

Zufrieden drehte sie sich um und wollte eben wieder ins Haus, als schon wieder der Kies knirschte. *Doch wohl nicht schon ...?!*

Nein – die Krögersche war's nicht. Aber viel Freude hatte Saskia nicht daran, als sie erkannte, wer da auf den Hof rollte: Uli! Simon betrachtete den grünen Polo irritiert, Fips und Julian neugierig – und Saskia wurde einfach ärgerlich. Was zum Teufel wollte der denn hier, sie hatte ihm doch ganz eindeutig gesagt, dass sie heute keine Zeit hatte! Mit ungeduldiger Geste trieb sie die Zwillinge an, die sich widerstrebend in Bewegung setzten. Offenbar erkannten sie Uli nicht; kein Wunder, war ja auch schon ganz schön lange her, die Sache. (Zu blöd, dass der ausgerechnet jetzt daherkommen musste, vor Simon konnte sie ihn nicht so unverblümt zusammenstauchen, wie es offenbar nötig war. *Männer!*)

Uli blieb stehen, stieg bei laufendem Motor aus, winkte Saskia lächelnd zu und verschwand mit dem Oberkörper wieder im Wagen. Gleich darauf tauchte er wieder auf – mit einem gigantischen Strauß Blumen. Gartenblumen, wie Saskia feststellte.

»Ich will nicht stören, und ich bin auch gleich wieder weg. Ich wollte dir nur sagen, dass ich mich wirklich rasend gefreut habe, dich wiederzusehen«, sagte Uli und hielt Saskia das blumige Ungetüm entgegen. Und zwei Tafeln Kinderschokolade. »Für die Kinder?«

Er strahlte über das ganze Gesicht – und wider Willen war Saskia gerührt. Das war typisch Uli, sie erinnerte sich jetzt, er hatte es mit Überraschungen. Lieber Himmel, er musste seinen armen Eltern komplett den Garten abgeräumt haben, nur um ihr eine Freude zu machen! (Und eigentlich war es doch nicht ganz so blöd, dass er es gerade jetzt tat, wo Simon es mitkriegte. Im Gegenteil, irgendwie gut, ihm zu zeigen, dass sie nicht *nur* verteidigt werden musste, dass sie durchaus auch ihre Fans hatte, und zwar gut aussehende Fans!)

Sie lächelte Uli mit echter Wärme an. Jetzt tat es ihr richtig Leid, dass sie ihn nicht doch gleich auf einen Kaffee einladen konnte. Er war süß, einfach süß, gar nicht anders zu sagen.

»Danke. Wirklich liebe von dir. Ich …«

Ihr Herz stolperte in jähem Schreck. Das Lächeln fror ein, die Augen wurden groß, mit halb offenem Mund starrte Saskia Uli an. *Süß!* Wie *Süßspeise!* Dessert – die Krögerische erwartete todsicher Dessert, wenn nicht auch noch Suppe vorweg – was um Himmels willen – und die Einkäufer unwiederbringlich weg! Noch mal gingen die nicht, so ernst konnte der Ernstfall gar nicht sein, verdammt, *verdammt!*, was jetzt?!

Erst mal musste Uli vom Hof, und zwar schnell.

»Äh … ich … Danke, Uli, vielen, vielen Dank, unglaublich lieb von dir, aber jetzt habe ich's brandeilig. Tut mir wirklich Leid – wir holen alles nach, okay?«

Stopp! Zurück! Fehler!!! Das hatte sie nicht gemeint, jedenfalls nicht so, jedenfalls nicht schon jetzt! Aber es war zu spät: Ulis Augen leuchteten auf, von wegen Kaffee, von wegen Reden, genau das hatte er vorgehabt. Sie musste das klären, und zwar bald, ehe er sich Schwachheiten einbildete, von denen sie ja überhaupt nicht wusste … aber nicht jetzt.

»Kein Problem, gar kein Problem«, versicherte Uli eilig. »Ich sag' ja, ich wollte nicht stören ... Tschüs dann. Ich bin in einer Woche wieder da.«

So schnell hatte sie überhaupt noch niemanden ins Auto steigen sehen. Ein Winken, ein Wenden, und schon bewies er schlüssig, dass man keinen Porsche braucht, um megacool aus der Einfahrt zu zischen.

Er erregte sogar mehr Aufsehen als Georg: Ihm sah wenigstens Simon nach. Saskia drehte sich hastig um und schleppte ihre Blumen ins Haus. Konnte sie jetzt nicht brauchen, das unweigerliche: »Ein Freund von Ihnen?« Was sie jetzt brauchte, war eine Idee. Und die Zutaten fürs Dessert.

»Suse! Ach Suse, wie gut, dass du anrufst – du bist meine Rettung! Ich brauche dringend ein besonders kompliziertes Rezept für Jägersauce!«

Lachen am anderen Ende der Leitung.

»Kompliziert für wen? Für dich – oder den Rest der kochenden Welt?«

»Lach nicht, es ist bitter ernst. Die Krögerin hat mich am Wickel: Ich habe ihr vor zwei Tagen Jägerschnitzel serviert, und jetzt will sie das Rezept!«

»Na, ist doch super! Gib's ihr doch einfach!«

Zu dumm, dass man zum Telefonieren immer noch mindestens eine Hand brauchte; da konnte man sich einfach nicht vernünftig die Haare raufen.

Man nehme eine Packung Jägersauce und einen Viertelliter Wasser ...?!

Von wegen lachen – Suse schrie fast vor Vergnügen.

»Das hat du ihr serviert?«

»Was denn sonst?! Schon wieder kalte Platte ging nicht, du hättest das Nobelgrinsen sehen sollen, mit dem sie die Wurströllchen gemustert hat. So was brauchte jahrelange Übung, sage ich dir. Ich bin ja wirklich lächelfest, aber die ...«

»Und deshalb hast du ihr diesmal Packungssauce serviert?« Suse kriegte sich überhaupt nicht mehr ein, die gackerte schlimmer als alle fünf Scheunenhühner zusammen.

»Was hätte ich denn machen sollen«, knurrte Saskia. »Ich dachte, Schnitzel kriege ich hin – und das habe ich auch, nicht eines ist angebrannt, und nirgends lief das Blut raus! Dazu Reis und Jägersauce, mit Champignons und bisschen Sahne und einem Schuss Sherry.«

»Sherry? In der Jägersauce? Na ja, wem's schmeckt...«

»Gehört da keiner rein?«

»Bei mir nicht.«

»Ich dachte, zum Verfremden ...«

»Wenn schon, dann Weinbrand. Höchstens noch Cognac. Sherry mit Pilzen machte sich nicht so gut. Zu süß.«

Saskia ließ den Kopf auf die Brust sacken. »Mist. Das muss es wohl gewesen sein, was mich verraten hat. Die hatte richtig Glanz in den Augen, die Gnädige, als sie mir Komplimente machte wegen der ›köstlichen Sauce‹. Ob ich wohl so nett sei, ihr das Rezept dafür zu geben, sie wolle es ihrer Köchin weiterreichen. Und Simon stand daneben und strahlte aus allen Knopflöchern, weil *seine* Köchin *seine* Mutter beeindruckt und *seine* Mutter endlich lieb zu *seiner* Haushälterin war ... So was von naiv wie der, das ist fast schon Kunst, sage ich dir! *Ich* hab' mich sofort gefragt, ob sie das wohl schon mitgekriegt hat mit Tante Mia und Simons Jovialonkel ...«

»Und hat sie?«

»Keine Ahnung. Ist mir auch egal, aber ich steh' jetzt da ohne Rezept. *Fünf* Kochbücher habe ich durchgeschaut: nirgends was von Jägersauce drin!«

Suse grinste immer noch, das konnte man hören aber sie erbarmte sich. Nach zehnminütigem Diktat hatte Saskia sowohl eine imposante Man-nehme-Liste – ausnahmsweise inklusive Sherry – als auch eine schön verwickelte Zubereitungsangabe – gewürzt mit reichlich Spezialausdrücken. Suse, die Gute (ach was: die unschätzbar Beste!), besaß nämlich ein Lehrbuch für Jungköche!)

»*Das* wird ihrer Köchin gefallen«, sagte Saskia, klappte triumphierend ihre Schreibmappe zu und lehnte sich entspannt zurück. Jetzt war sie ganz Ohr für Suse. »Was gibt's Neues in der großen Stadt?«

»Nicht viel seit vorgestern. Nur, dass sich Rolf den Arm gebrochen hat.«

Saskia schnalzte in die Kerzengerade. »*Was?!*«

»Ein Lastwagenreifen. Das Ding hatte 'ne schwache Stelle – und peng!«

»O Gott.« (Und sie schwatzte Suse die Ohren wegen dieser blöden Jägersauce voll!)

»Er wird's überleben. Nur hat er jetzt den Arm in Gips und ... sag mal, hast du schon Pläne für die großen Ferien?«

»Was für Pläne?«

»Urlaubspläne. In zwei Wochen fangen die Sommerferien an, falls du das vergessen hast.«

Ferienpläne? Hatte sie noch nie gehabt, das wusste Suse doch! Ein Einkommen, drei Kinder *und* die Steuern, wer konnte da schon groß Ferienpläne machen?

»Habe ich nicht – wie könnte ich?«, sagte Saskia. Sinnlos, zu leugnen, dass ihr der Gedanke daran nicht gerade Wonneschauer über den Rücken jagte. Dieses Jahr würde es besser laufen als sonst, zumindest wenn es nicht dauernd goss. Hier konnten die Kinder wenigstens draußen sein, hatten Platz zum Spielen, einen Teich zum Angeln, einen Leininger zum Nerven. Kein Vergleich zu dem, was sonst so abgelaufen war in diesen vermaledeiten Wochen. (Irgendwann einmal würde sie es schaffen, Suse zu sagen, dass sie sich nicht recht über die himmelblauen Ansichtskarten freute – nicht einmal bei strahlendem Wetter und bester Laune. Sie schaffte es einfach nicht, sich neidlos am Urlaubsspaß der anderen zu freuen; war natürlich kleinlich von ihr, aber *war* eben so.)

»Hättest du Lust auf drei Wochen Italien?«

Schweigen.

»Warst du vielleicht in der Nähe, als dieser Reifen platzte? Du klingst stark danach, als hätte es dir das Gehirn weggeblasen!« Saskia biss sich auf die Zunge. Wie kannst du nur, dachte sie gleich darauf, das ist *Suse*, an der du deinen Frust auslässt. Reiß dich zusammen – die ist nicht Schuld, an gar nichts! »Ich meine, wer hat schon *keine* Lust auf drei Wochen Italien?!«, schwang sie hastig die Karre herum. »Aber daraus wird dieses Jahr nichts. Vielleicht im nächsten.«

»Es ist nämlich so: Wir hatten einen Bungalow in Grado reserviert, und jetzt fahren wir nicht. Rolf will nicht mit Gipsarm am Strand liegen und den anderen beim Baden zuschauen. Deshalb dachten wir, vielleicht hast du Lust, mit den Kindern runter zu fahren. Kostet dich nur den Sprit – und natürlich das Essen. Aber essen musst du hier auch, und wenn du ein bisschen was mitnimmst, Nudeln, Dosen und so ...«

Der Stich, der Saskia durchfuhr, hatte Schweißflammenstärke. Sie hatte schon so viel bekommen, so viel angenommen – viel zu viel. Wann gab sie mal was zurück? (»Tust du doch«, sagte Suse, »drei Kinder hast du mir geschenkt, zwei davon sogar ohne Windelwechseln.« – »Tust du doch dauernd«, sagte Ev, »wer sonst hört sich bis vier Uhr früh meinen Herzschmerz an, wenn *er* mal wieder nichts taugt.« Aber was war *das* schon wert, im Vergleich! Durchs Feuer würde sie gehen für alle beide, ohne zu zögern – aber leider stand immer nur sie in Flammen.)

Fahrräder zur Erstkommunion der Jungen, tütenweise Klamotten ›aus dem Sonderangebot‹, Babysitten, Schachteln schleppen, jedes Jahr ein Oktoberfest-Besuch für die Kids – und jetzt drei Wochen Italien … Irgendwo musste Schluss sein.

»Lieb von dir, dass du an mich gedacht hast, Suse, aber …«

»Und wegen deinem Zoo: Die Hunde können wir solange übernehmen. Falls du sie uns anvertraust.«

»Ach, natürlich täte ich das, aber darum geht's nicht«, sagte Saskia. Die Hunde würde bestimmt Simon übernehmen, und die Hühner der Leininger, der fütterte sowieso schon dauernd zu. Keine Ahnung, wo er das Körnerzeug hernahm, vielleicht kürzte er den Rössern die Rationen.

»Was ist es dann? Sicher, es ist ein ganzes Stück bis dort unten, aber überleg doch mal, wie sich die Kinder freuen würden.«

Tat sie ja. Sie hatte sie vor Augen, die drei, von denen noch keiner das Meer gesehen hatte. Am Strand. Mit Sandeimer und Matschfingern und einem selbstgebauten Tümpelchen für die kleinen Einsiedlerkrebse oder Muscheln oder was es dort eben gab.

»Die freuen sich auch hier«, sagte sie mühsam.

»Ach komm – lass mich nicht so lange betteln. Es kostet mich echt ein Schweinegeld, wenn du nicht fährst!«

Betteln? Kosten! Wovon redet die denn?!

»Wegen der Bungalow-Miete? Aber …«

»Nein, nein, der Bungalow selbst kostet uns keine müde Mark. Rolf hat doch Anfang des Jahres in seiner Freizeit einem Freund geholfen, die Decken in seinem Neubau mit Holz zu täfeln, und der überlässt uns dafür jetzt sein Ferienhaus. Das heißt, in knapp vier Wochen. Aber wir müssen dafür dort den Garten wässern, täglich. Der Vater des Freundes war ein Gartenfreak, der hat da alles schön angelegt, Steingarten und so. Schicke Sache – das Problem ist nur, sie können das Haus im Sommer keine Woche lang unbewohnt lassen, weil sonst die Blümchen übern Jordan gehen. Also ist immer jemand dort, der das Haus nutzen kann und dafür den Gartenschlauch schwingt.«

Wieder Schweigen. Das war allerdings ... (Sissa im Badehöschen, in den Wellen hüpfend. Goldbraun.) Oder war das ein Trick? Suse war manchmal nicht ganz so gradlinig, wie sie tat ...

»Und warum fährt er nicht selber, Rolfs Freund?«

»Weil dem Italien bis auf die Zehen aus dem Hals hängt. Der fährt nach Irland dieses Jahr.«

»Und sein Vater? Warum gießt der ...«

»Der ist tot!«

Oh. (Wie erkannte man, wann Stolz falscher Stolz war?)

»Bitte, Saskia! Es gibt da in der Siedlung zwar so 'ne Art Verwalter, der das Wässern übernehmen würde, aber der Mann kassiert brutal ab. Und die Kosten müssten dann wir tragen; wir haben Knut ja zugesagt, dass wir den Garten gießen für drei Wochen. Übrigens hab' ich ihn schon gefragt: Er ist einverstanden, dass nicht wir dort wohnen, sondern ihr. Ich hab' ihm geschworen, dass du gießt. Und keine Silberlöffel klaust.«

Schweigen Nummer drei, aber nur äußerlich. Innen tobte der Rädchenkrieg, dass es nur so ratterte.

»Nun komm schon – das ist *die* Gelegenheit für dich! Fips und Julian sind doch solche Wasserratten, denk doch mal, wie begeistert die wären!«, drängte Suse. »Und mir tust du einen Riesengefallen. Falls du das Geld fürs Benzin nicht hast ...«

»Nein, nein – das hätte ich schon.«

Zweitausend Mark hatte sie auf der Bank, der helle Wahnsinn. Obwohl sie jeden Monat schön brav eigenes Geld in die Haushaltskasse legte, aushalten ließ sie sich *nicht.* Simon sah immer ziemlich ratlos drein, wenn sie ihm am Monatsende Geld zurückgab. Er begriff nicht, dass man auch billig kochen konnte. (Dass die früheren Haushälterinnen seines Lebens mit dem Betrag gerade so ausgekommen waren, obwohl sie ja nur für ihn und seine Frau kochten, gab nachgerade zu denken ...) Aber sie *konnte* eben keinen pochierten Lachs, sie konnte eben nur Bratkartoffeln und Spaghetti. Und Pizza mit Trauerrand.

Hmmm ...

Die zwei Braunen hatten eine Reserve sein sollen, es war die reine Unvernunft, sie auszugeben, die nächste Katastrophe kam bestimmt. Aber wenn Fips und Julian dafür *einmal* eine Antwort hätten auf die ewig gleiche Frage am ersten Schultag ...

»Ich meine, wenn wir schon nicht den Verwalter zahlen müssen ...«

Sonst noch was! Das kam noch weniger in Frage als drei Wochen Bungalow gratis!

»Nein, wirklich, das Benzin wäre kein Problem.«

»Na, also – was hält dich auf?«

»Ich weiß nicht, Suse ...«

»Gut, wenn du nicht weißt, dann weiß eben ich: ihr fahrt«, bestimmte Suse resolut. »Übrigens habe ich den niedlichsten Badeanzug für Sissa gesehen, den es gibt – genau der Farbton ihrer Augen, mit Tropenfischchen drauf. Ich bring' ihn dir Sonntag raus. Brauchst du sonst noch was aus der Stadt?«

Die paar lahmen Proteste, die Saskia noch vortrug, schmetterte sie ab wie Squashbälle. Sonntag kam sie aufs Gut, und wenn Saskia nicht endlich Ruhe gäbe, brächte sie gleich auch noch die erste Ladung Lebensmittel zum Mitnehmen vorbei. Damit legte sie auf. Nicht mal Genesungswünsche für Rolf konnte Saskia noch stottern.

Den ganzen Nachmittag ging sie wie auf Watte. *Italien!* Sonne, Sand und Meer – und *Urlaub!* (Und sie passte immer noch in den Bikini, den sie vor Sissas Geburt gekauft hatte!) Es war zu schön, um wahr zu sein – wo also war der Haken?

Abends, nachdem die Kinder endlich im Bett waren, ging sie noch mal rüber ins Herrenhaus und klopfte an die Ateliertür. Simon öffnete, betrachtete sie erst erstaunt, dann alarmiert.

»Ist was passiert?«

»Nein, nichts, ich wollte nur ... was mit Ihnen besprechen.«

Er zögerte. Aber nur kurz. Dann gab er die Tür frei – und Saskia betrat das Allerheiligste. Sie musste sich zwingen, den Mund zuzulassen: Noch nie in ihrem Leben hatte sie so viele Bilder auf einmal gesehen. Überall standen, hingen, lehnten Bilder, leuchteten Farben in unwahrscheinlich intensiven Kombinationen.

Irre. Nein – traumschön.

Und Skizzen, überall Skizzen! Sissa lachte, malte, träumte von jeder Wand, in Kohle, Rötel, Buntstift, ein Koboldsblick, ein Ohr mit geringelter Locke, kleine Finger über einer Kinderzeichnung, die weiche Linie einer Wange – wie hatte er nur so viel von ihr sehen können, von ihrem Wesen, in so kurzer Zeit? Und da, die Zwillinge am Teich! Nicht viel mehr als Farbtupfer und trotzdem zu erkennen, zumindest für sie – für jeden, der die zwei kannte.

Sie hatte gewusst, dass er Maler war. Sie hatte auch angenommen, dass er gut war – warum sonst sollte ein großer Galerist seine Bilder annehmen?! Aber *so* gut ... Warum um alles in der Welt hing im ganzen Haus nur ein einziges Bild von ihm?

»Ich weiß«, sagte Simon jetzt leicht verlegen, »ich bin einfach noch nicht dazugekommen. Aber es ist nicht so schlimm, wie's aussieht. Das mache ich gleich nächste Woche.«

»Was?«, stotterte Saskia verwirrt.

»Sauber.« Eine vage Handbewegung. »Das Atelier.«

Es dauerte ein, zwei Sekunden, bis zum *klick!*, aber dann war das Lachen nicht zu unterdrücken.

»Darüber wollte ich wirklich nicht mit Ihnen sprechen.«

Er räusperte sich. »Nein ... ich weiß ... ich wollte nur ...«

»Ich hab' überhaupt nicht daran gedacht, ehrlich, ich sah nur die Bilder und ... Ich versteh' nicht viel von Malerei, schon gar nicht von moderner, aber ...« Aber – was? Ihr fiel nichts ein, was gepasst hätte, absolut nichts.

Er schien trotzdem zu verstehen. Für einen Moment war die Wand zwischen ihnen verschwunden.

»Gefallen sie Ihnen?«

»Kann man wohl sagen ...!«

Wieder wanderte ihr Blick herum, wurde von sommerlicher Heiterkeit angezogen, von der Wärme eines alten Holzschuppens im Sonnenglast; einem Jägerzaun, der buntem, ungezähmtem Grün und Gelb und Violett Struktur und Grenze gab; von dem eisigen Grau in Weiß eines winterlichen Sees; einem furiosen Wirbel aus Braun und Gold und stumpfem Rot und ahnungsvollen schwarzen Schatten.

Bisher hatte sie sich nicht sonderlich für Malerei interessiert; ein paar Gemälde, die sie namentlich zuordnen konnte, waren an einer Hand abzuzählen – und keines davon hatte großen Eindruck hinterlassen. Alte Ölschinken waren gelegentlich ganz interessant, hauptsächlich wegen dem, was man darauf sehen konnte, das Leben aus früheren Zeiten und so; aber moderne Malerei – jedenfalls das, was sie unter ›moderner Malerei‹ verstand – war ihr bisher fast immer mehr wie moderne Kleckserei vorgekommen; Farbe pur, manchmal vielleicht ganz hübsch, aber meistens unverständlich und ohne Bezug zu ihr.

Auch diese Bilder hier bezogen ihre Aussagekraft hauptsächlich aus den Farben, aber sie waren anders, ganz anders. Manche waren sehr modern, bestanden nur aus Farbe und Licht und Kraft; andere – viele andere – ließen die Szenerie erkennen, die sie wiedergaben. War das Expressionismus? Impressionismus? Surrealismus? Keine Ahnung. Aber das war es auch nicht, was sie so sehr berührte; es waren die Gefühle, die diese Bilder ausstrahlten – und auslösten. Und wenn's ums liebe Leben ginge, sie hätte nicht zu sagen gewusst, warum, aber jedes dieser Bilder mutete ... persönlich an, sehr persönlich. Jedes war ein Stück Simon Kröger, unverwechselbar, sogar für sie.

Er war ein Künstler. Das hatte sie zwar schon oft gesagt, zu Mama und Paps, zu Suse, Ev, Uli – aber erst jetzt begriff sie das auch für sich selbst. Simon Kröger war ein Künstler.

Fast verlegen riss sie sich los und sah wieder hoch zu Goliath. Sie wusste nichts zu sagen, aber er schien gar kein Urteil von ihr zu erwarten, nicht mal einen Kommentar. Stattdessen wirkte auch er aus irgendeinem Grund verlegen. (Hatte sie ihn gerade beim Arbeiten gestört? Würde er sie gern hinauswerfen aus seinem Atelier und traute sich bloß nicht?)

Saskia beeilte sich, die Wand zwischen ihnen wieder hochzuziehen.

»Ich wollte mit Ihnen kurz über meinen Urlaub sprechen, aber wenn es jetzt nicht passt ...«

Die Verlegenheit machte leichtem Erschrecken Platz.

»Urlaub ... Nein. Ich meine – nein, es passt schon. Urlaub, ja natürlich, Sie haben natürlich Urlaub ...«

Saskia unterdrückte ein Lächeln. Mal wieder typisch Simon – jede Wette, er hatte überhaupt nicht daran gedacht, dass Haushälterinnen Urlaubsansprüche haben!

Rasch berichtete sie von Suses Anruf. Mit nur ganz schwachen Übertreibungen an den nötigsten Stellen.

»Das wäre dann vom zehnten August bis zum Ende des Monats. Am ersten September wären wir wieder da.«

»Aha, ja …« Er sah ziemlich unglücklich aus, der Herr Arbeitgeber, Urlaub für Hausangestellte, und wer kümmerte sich dann um ihn? Saskia linste nochmals kurz zu den Bildern mit ihren Kindern darauf.

»Für die Kinder wär's ideal, die waren bisher noch nie am Meer – wir waren überhaupt noch nie verreist im Urlaub.«

Das zog. Er nickte sofort, natürlich, für die Kinder … das Meer musste man schon gesehen haben als Kind.

»Im Haus müssen Sie nichts tun, ich geh' vorher noch mal gründlich drüber und hinterher auch; nur wegen dem Essen …«

Das war ein Fehler – sie konnte die Spiegelei-Visionen direkt sehen, die da hinter seiner umwölkten Stirn aufzogen.

»Oder ich packe die Gefriertruhe voll mit Fertiggerichten. Die müssten Sie dann nur in die Mikrowelle stellen.«

Er nickte, ohne innere Überzeugung. Er war gedanklich immer noch beim Alle-verlassen-sie-mich. Vielleicht der richtige Zeitpunkt, um die Hunde ins Spiel zu bringen.

»Wegen der Hühner – die übernimmt der Herr Leininger.« Mit an Sicherheit grenzender Wahrscheinlichkeit, zumindest. »Und die Hunde … tja …«

Entscheidungsschwerer Zweifelseufzer. (Was klang bedrohlicher für ihn: »Die Hunde quetsche ich hinten ins Auto und schleife sie ins ferne Land« oder »Die Hunde pferchen wir solange in eine enge Stadtwohnung unterm Dach, zu einem Mann in Gips«?) Sie brauchte nicht nachzufeuern, er biss freiwillig an.

»Die wollen Sie doch wohl nicht mitnehmen? Das wird doch zu eng, die Kinder und die Hunde im Auto!«

»Na ja …«

»Nein, das geht nicht, Saskia, wirklich nicht, das müssen Sie doch einsehen!«

Ein leichtes Achselzucken. (Version zwei also.)

»Würde eng, das stimmt, aber … Mehr als die Hühner möchte ich Herrn Leininger wirklich nicht aufbürden. Eventuell könnte ich sie zu meiner Freundin geben, in die Stadt …« Es klappte tadellos.

»*In die Stadt* – Trick und Track?! Ausgeschlossen! Die sind doch Auslauf gewohnt, richtigen Auslauf, nicht bloß bis zum nächsten Baum! Nein, lassen Sie sie lieber hier – ich kümmere mich schon um sie!«

Prima. Perfekt. Aber die Kapitulation müsste komplett sein, damit sich nachher keiner als Opfer aufspielen konnte! »Nein, nein, das ist nun wirklich nicht nötig, dass Sie damit belastet werden, das kommt ja gar nicht in Frage!«

»Natürlich kommt das in Frage! Belastet, ach was, davon kann gar keine Rede sein!« (Sagte der Mann, der einst mit spitzem Finger ›fliegen die hier raus – noch am selben Tag!‹ gebellt hatte! Tja, tempi passati, auch für Simon Kröger!)

»Na ja, wenn Sie wirklich meinen … Ich nehme an, die beiden werden uns kaum vermissen, solange *Sie* da sind …«

Goliath Hundefreund sah aus, als wollte er gern ›überhaupt nicht!‹ sagen, aber er hatte ja Kinderstube.

»Schön, dann ist das abgemacht. Und wegen dem Essen – ich kann ja solange ins Gasthaus gehen. Am ersten September sind Sie wieder da, haben Sie gesagt?«

»Brief und Siegel drauf!«

Minimales Zögern. Kurzer Gedankendurchlauf – *wo hat sie mich diesmal reingelegt?* –, ohne greifbares Ergebnis. Dann ein Nicken. »Okay.«

»Fein. Also dann … gute Nacht.«

Die Silbersichel des Mondes hob sich klar vom

schwarzen Nachthimmel hinter dem Wäldchen ab, Sterne blinkten lautlos in die Stille, die Luft war samtigwarm und unbewegt. Nichts war zu hören außer dem Knirschen des Kieses unter Saskias Schritten. Vor der Tür des Verwalterhäuschens blieb sie einen Moment lang stehen. Ein Künstler. Ein richtiger, echter Künstler. Wow.

Drei Tage vor Ferienbeginn fuhr Saskia nach München und besorgte die Lebensmittel für Italien. Hellensteins Supermärktlein in allen Ehren, aber für Großeinkäufe lohnte sich die Fahrt eben doch. Da sie früh losgebrettert war, hatte sie noch einen Kurzbesuch bei ihren Eltern und einen Kaffee bei Suse einschieben können.

Jetzt, auf der Heimfahrt, grinste sie vor sich hin. Bis auf Suse und Ev – die gerade braun gebrannt und frisch verknallt aus der Dominikanischen Republik zurückgekommen war – fand keiner so recht Geschmack an der Idee, dass Saskia sich mit den Kindern drei Wochen nach Italien verzog: die Eltern nicht, Uli erst recht nicht – nicht einmal Leininger. (»Werdet's noch verlernen, das Füttern, da drunten. Werden euch gar nimmer kennen, die Pferdln, wenn's z'rückkommts.« Selbst Sissa hatte ihn mühelos durchschaut.)

Nein, stimmte gar nicht: Tante Mia fand Saskias Urlaubspläne auch rundherum in Ordnung. Sie hatte den Kindern je einen Blauen geschenkt – einen *Hunderter*, der reine Wahnsinn, sie würde Kohletabletten besorgen müssen, für hundert Mark Eis und Süßkram, das hielten nicht mal Jungenmägen aus! – und Saskia nicht einen einzigen guten Rat gegeben.

So entgegenkommend waren die anderen nicht gewesen. Offen sagen konnten sie natürlich nichts, nur unken, wegen der Haie, wegen der Quallen, weil das Wasser ›dort‹ so unglaublich schlecht war, die Autofahrer samt und sonders wie die Irren rasten und alle drei Minuten irgendwo ein neuer Streik ausbrach. Nur die gefährlichen italienischen Männer (die mit den dunklen Augen und dem Goldkettchen auf der eingeölten Brust), die hatten sie nicht erwähnt, außer Ev – aber die natürlich nicht warnenderweise.

Italien ... Ach Gott, konnte das Leben schön sein!

Mit Schwung nahm Saskia die Einfahrt, winkte den Zwillingen und Simon zu, die auf der Treppe des Gutshauses standen, ließ den Wagen ausrollen (was drückte Julian denn da gegen sein Gesicht?), blieb stehen (du lieber Himmel, die *Hose*!) und (Fips, was ...), verlor ihr Grinsen. Wie der Blitz war sie aus dem Auto.

Alle drei hatten ernste Gesichter. Die der Jungen waren zudem noch verkratzt und verpflastert, Fips hatte eine geschwollene Nase, und das Blaue, was Julian da gegen seine linke Gesichtshälfte drückte (o Gott – das Auge?), war Simons Eisbeutel. Und er war der Einzige, dessen Kleidung man noch als menschenwürdig bezeichnen konnte.

»Großer Gott, wie seht ihr denn aus? Was ist denn passiert?!«

»Ach – gar nichts«, sagte Simon entschlossen. Die Jungen nickten nur. Saskia roch Desinfektionsmittel. Ihr entsetzter Blick flog von einem zum anderen – und prallte an einer Mauer von Schulterschluss ab. Misch dich nicht ein, Frau, dies hier ist reine Männersache.

In den Augen der Jungen schimmerte unbeugsame Entschlossenheit, unterlegt mit Trotz. Simons Blick war ein bisschen reichhaltiger, aber auch mehrschichtig: Warnung, Betroffenheit und ... war das Rührung? Seine schlanken, feingliedrigen Hände lagen ruhig um die schmutzigen Schultern der Zwillinge und sahen aus, als gehörten sie da hin. Irgendetwas an diesem Bild traf Saskia mitten ins Herz, und flüchtig fragte sie sich, ob dieser Schmerz eher süß oder eher bitter war.

Aber für solche Überlegungen war jetzt wirklich nicht die Zeit.

Julian hatte das Gefühl, ihr wenigstens einen Knochen hinwerfen zu müssen. »Wir sind bloß hingefallen, Fips und ich«, meinte er mit einer zweifelhaften Unschuldsmiene.

»In den Dreck«, ergänzte seine Zweitausgabe.

Simon sagte gar nichts, der schwieg verstockt.

Saskia schwieg auch. Was ging hier vor, wie weit konnte sie sich tatsächlich raushalten, war etwas Ernstliches geschehen, etwas, das sie wissen sollte? Die zwei sahen aus wie drei Mal durch die Dreschmaschine gezogen. (O Gott, konnte das sein, ein Unfall mit diesen landwirtschaftlichen Höllenmaschinen? Nein – noch war ja gar nicht Erntezeit, jedenfalls nicht für diese Dinger.) Was um alles in der Welt hatten die zwei nur angestellt – mit Dynamit gespielt? Nach Rauch und Ruß sahen sie nicht aus, Gott sei Dank, das wenigstens ... Und gebrochen schien auch nichts zu sein. Der erste Schreck ließ nach.

Noch ein Blick, einer pro Augenpaar. Irgendwo ein schwaches Glied in der Kette? Nein. Sie würden es ihr nicht sagen, jedenfalls ganz bestimmt nicht jetzt. Also nahm sie den Knochen am besten mit Anstand hin.

»Na, prächtig«, sagte sie trocken. »Dann kommt mal mit, damit ich eure Wunden verarzten kann.«

»Nicht nötig. Hat Simon schon getan.«

Aha. Ja, sah ganz danach aus, wenn man die Pflaster betrachtete. (Seine Hausapotheke musste jetzt gähnend leer sein: Der Menge der Pflaster nach zu urteilen, war keine Dreschmaschine, sondern ein Häcksler mit von der Partie gewesen!)

Medizinalrat Kröger räusperte sich. »Es ist nicht so schlimm, wie es aussieht«, sagte er und klang nach Stolz und schlechtem Gewissen. »Das Auge, meine ich.«

Jetzt konnte sie sogar lächeln. Mühelos.

»Und das ist nicht zum ersten Male blau, nicht wahr, Julian? Das letzte Mal war er knapp sechs. Da hat er seinen Bruder verteidigt, der sich mit einem Achtklässler angelegt hatte ...«

Nanu – was war denn jetzt kaputt? Sie hatte das als Scherz gemeint, bloß so, zum Auflockern der Stimmung – wieso verfärbten sich die drei denn auf einmal? Was ...

»Ich hab' so 'n Durst«, maulte Fips, löste sich von Simon und kam die Treppe herunter zu ihr. »Hast du was zu trinken mitgebracht?«

»Hab' ich, aber es ist auch noch was da. Im Kühlschrank.«

Auch Julian drängelte, hatte auch ›so 'n Durst‹, konnte es kaum noch aushalten. Saskia, durch jahrelanges Training gewohnt die seltene Gunst gewisser Minuten auszunutzen, lud beiden je zwei Einkaufstüten auf, griff sich die letzten drei – und schob samt ihrer Brut ab zum Verwalterhaus.

Simon sah ihnen nach. Und dankte der Gunst der Minute, dass Saskia nicht im letzten Moment doch noch die Wahrheit herausgefunden hatte.

Er war heute Vormittag unterwegs gewesen, in der Kreisstadt, wo es ein recht annehmbares Geschäft für Zeichenbedarf gab. Dort hatte er eingekauft und sich in einem Straßencafé einen Cappuccino gegönnt. Kurz nach eins war er wieder heimgefahren – und wäre am Dorfeingang, an der Schulbus-Haltestelle direkt nach einer scharfen Kurve, beinahe in einen kunterbunten Haufen sich prügelnder Jungen hineingefahren. Er wusste nicht, woran er erkannt hatte, dass es keine Balgerei war, sondern Ernst. Die zwei dunkelblonden, immer wieder untergehenden Köpfe in der Menge dagegen waren ihm längst vertraut ...

Er war wütend geworden, vor Schreck und überhaupt, richtig wütend. Kaum stand der Wagen, sprang er auch schon wie ein Tiger in die Meute – und bekam prompt einen harten Kopf in den Magen gerammt, dass er keuchte. Jetzt war er nicht mehr nur wütend – jetzt war er stinkwütend. Und er brüllte los, mit beidseitigem Lungenflügel-Einsatz. Daraufhin waren die kleinen Idioten auseinandergestoben, als hätte er sie weggepustet. Nur Fips und Julian blieben da, blass und blutig und zerfetzt. Die hatte er – nicht sonderlich zartfühlend – an je einem Arm gepackt, ins Auto gezerrt und angeschnallt. Glühend vor Zorn hatte er sich wieder hinters Lenkrad geschwungen – und sich dabei ertappt, genau das zu tun, was ihm in seiner Kindheit immer so ganz besonders widerwärtig gewesen war: Ohne nach dem ›Warum‹ zu fragen, hatte er eine echt Krögersche Gardinenpredigt vom Stapel gelassen – Originalton Mutter.

Da war's dann aus gewesen mit der Wut. Ziemlich belämmert hatte er mitten im Satz den Mund wieder zugeklappt und den Rest des Heimwegs in Schweigen und mit gemischten Gefühlen zurückgelegt. Die Jungs waren auch still gewesen, mucksmäuschenstill. Erst daheim, beim Aussteigen, hatte er sie richtig angesehen, die dreckigen Kleider bemerkt, die Kratzer und Flecken, Fips' Nase, Julians Auge. Er hatte den Eisbeutel geholt, die Nase untersucht, Blut weggewischt, desinfiziert, gesalbt, verpflastert, nachgedacht. Alles in dreifachem Schweigen.

Aber danach war Schluss gewesen mit Schweigen. Dann hatte er es wissen wollen. Alles. Genau. »Und kommt mir ja nicht mit ›bloß so‹!«, hatte er die Jungen gewarnt. (Das kannte er noch aus seiner eigenen Kindheit, das zog nicht.)

War ein hartes Stück Arbeit gewesen, ihnen die Würmer aus der Nase zu ziehen. Anfangs wollten sie beide nicht mit der Sprache heraus. Aber er hatte nicht locker gelassen – und schließlich erfahren, dass es um ihn gegangen war. Und um Vermutungen über sein Verhältnis zu Saskia. Aber in der Hauptsache um ihn.

Ihr widerwilliges Geständnis traf ihn völlig unvorbereitet, sowohl faktisch als auch gefühlsmäßig. Hatte er wirklich nichts geahnt? Er kannte doch das Dorf, wusste, wie und was die Leute redeten. Konnte er tatsächlich so naiv gewesen sein, zu glauben, sie würden *nicht* darüber reden, wenn er – als Junggeselle – eine hübsche junge Haushälterin einstellte? Die Wahrheit war: Er hatte nie darüber nachgedacht, was für ein Bild die Leute hier wohl von ihm hatten. Es war ihm gleichgültig gewesen, was die von ihm dachten; er hatte hier nur seine Malereinsamkeit gesucht. Erst jetzt, wo ihn das Problem sozusagen in den Hintern biss – jetzt hatte er plötzlich eine unangenehme genaue Vorstellung von dem, was an Gerüchten über ihn so die Runde machte ... Aber das war noch nicht mal das Verblüffendste an diesem Tag. Noch weit mehr als das hatte ihn die Tatsache berührt, dass diese beiden zerrupften Kampfhähne da sich seinetwegen in die Schlacht geworfen und ihn verteidigt hatten, ungeachtet des blauen Auges, der blutenden Nase, all der Kratzer und Abschürfungen. (Und dieses Anpfiffs, den sie für die zerrissenen Kleider kriegen würden.)

Das war eine ganz neue Erfahrung für ihn. Er war eigentlich immer auf sich selbst gestellt gewesen; nie zuvor hatte ihn jemand derart vehement verteidigt, nicht einmal Marcus. Der half ihm zwar gern, mit Geschäftssinn und Schläue und notfalls sicher auch mit Geld – aber geprügelt hätte der sich nie für ihn, im Leben nicht!

Einen Moment lang hatte Simon sich gefragt, ob es wohl das Fischen war, das ihm diese ›Ehre‹ eingetragen hatten, um sich sofort gründlich für diesen Gedanken zu schämen. Die zwei da waren nicht käuflich; die zwei ... hatten ihn gern. Die waren seine Freunde!

Komische Idee, Kinder als Freunde zu haben. Aber sie

waren es. Wirklich. Was ihnen an Körpergröße abging, machten sie locker durch Loyalität wett. Sie akzeptierten ihn, schauten zu ihm auf, mochten ihn. Und er … mochte sie auch. Ganz gewaltig sogar.

Butterweich und gefühlsdurchwallt sah er ihnen nach, wie sie neben ihrer Mutter den Hofplatz durchquerten. Selbst ihre Rücken drückten noch trotzige Entschlossenheit aus, und auch ohne jede Kinder-Erfahrung war Simon klar, dass sich die beiden bei nächster Gelegenheit sofort wieder für ihn in den Kampf stürzen würden.

Aber das ging nicht, das kam gar nicht in Frage, er musste unbedingt was tun. Es konnte nicht angenehm für ihn sein, miese Frechheiten über ihn und ihre Mutter anzuhören und es war verdammt noch mal kein Wunder, dass diese Wirtshaussimpels in Gerüchten schwelgten. Er musste blind gewesen sein. Er, der große Maler, sah es als Letzter: Saskia war nicht hübsch – genauso wenig, wie Malva ›hübsch‹ gewesen war; Saskia war schön …

Simons Augen wanderten langsam über Saskias grazilen Rücken, die sanfte Rundung ihrer Hüften, subtrahierten die Jeans von den schlanken Beinen – und zogen sich wie verbrannt zurück. Es ging ihn nichts an, dass sie schön war, gar nichts. Hier gab es nichts zu subtrahieren für ihn – Saskia Meerwald war nur hier, um ihm den Haushalt zu führen und sonst nichts, ganz egal, was die Dörfler schwatzten.

Und genau deshalb würde er sich künftig öfter mal im Dorf sehen lassen. Vielleicht ganz gut, dass sie nach Italien fuhr; da hatte er gleich eine Erklärung zum Ausstreuen parat, warum er auf einmal ins Gasthaus kam. Und wenn es ihn umbrachte: er würde diese blöden Gerüchte zum Schweigen bringen, notfalls sogar mit der Kellnerin flirten. Falls sie dort eine hatten.

Schon eine Woche nach ihrer Ankunft wusste Saskia genau, was das Gegenteil von ›Alptraum‹ bedeutet: Italien. Das ganze Land die reinste Seligkeit zum Anfassen! Sonnenschein aus blauem Himmel, Glitzermeer – kinderseicht bis weit, weit draußen – Sand für Burgen, Matsch für Tümpel, Einsiedlerkrebse in Mengen. (Bloß Haie und Quallen hatten sie bisher nicht gesichtet.) Die Kinder wurden braun wie die Haselnüsse, und auch sie selbst bekam ordentlich Farbe, ganz ohne Sonnenbrand. Gottes Segen über Suse und Rolf und diesen Knut samt seinem Gartenvater: Der Bungalow war klasse. Drinnen Platz und Kühle und ein Radio, das den ganzen Tag Oldies spielte, italienische natürlich, und amerikanische. Draußen Schatten spendende Bäume um die Terrasse, ein aufblasbares Planschgecken, ein Sonnenschirm und Liegestühle.

Und einen jungen Nachbarn, dem Ev sofort verfallen wäre. Er hieß Giovanni und hatte dunkle Augen und dunkle Haare und ein blitzendes Lächeln, und zutraulich war er auch. Sobald feststand, dass kein Ehemann mit ihr und den Kindern im Bungalow wohnte, verbrachte er ziemlich viel Zeit mit Heckenpflege und leisem Singen. In der Badehose – der Rest des Körpers gut mit Sonnenöl eingerieben.

Saskia blieb bei vorsichtiger Freundlichkeit, sie war schließlich nicht Ev. Aber im Liegestuhl auf der Terrasse musste sie sich eingestehen, dass seine Stimme gut klang, Bilder weckte, die ihren Körper um seine träge Urlaubsruhe brachten. Sie dachte ziemlich viel an Uli, an Uli früher und Uli jetzt oder ›vielleicht jetzt‹. War er wirklich so gut gewesen damals oder vergoldeten das nur die Hormone? Eigentlich hatte sie ihre Ruhe haben wollen, im Kopf und im Herzen und dem ganzen Drumrum, aber dieses Drumrum schien anderer Ansicht zu sein – jedenfalls manchmal. Jetzt, zum Beispiel, wo ihr die Sonne auf den Bikinibauch schien, wo die italienischen Vöglein zwitscherten und der Wind die schlanken Pinien wispern ließ und Giovanni *cara mia* sang mit diesem sexy Flattern in der Stimme …

›Nie mehr‹ war ein hehres Wort – aber leider ein verheerender Zustand … Am besten, man trank noch einen Espresso. Dann konnte man dieses blöde Ziehen im ganzen Leib und dieses grundlose Herzklopfen wenigstens aufs Koffein schieben …

Am Abreisetag brachten ihr die Kinder frühmorgens das Frühstück ans Bett.

»Können wir nicht erst mittags fahren? Oder nachmittags? Es ist so schönes Wetter, und alle sind am Strand … *bitte*!!!«

»Heute? Ihr seid ja verrückt – wir müssen doch heim!«

Sie bettelten auf Teufel komm raus; sie kannten sie genau und wussten von Anfang an, dass sie nachgeben würde. (War im Grunde ja auch ganz vernünftig: Am Nachmittag würde es hoffentlich nicht mehr ganz so heiß im Auto sein; und wenn sich die Kinder noch einmal austobten, gaben sie hoffentlich Ruhe im Auto; außerdem war Abends weniger Verkehr … Ach was, in Wahrheit wollte sie auch noch mal ins Meer springen.)

»Also schön, also schön. *Aua!* Runter da, alle miteinander!«

Um ein Uhr fing sie mit ›wir müssen jetzt‹ an, um drei mit ›jetzt aber los‹, um fünf Uhr war ›jetzt aber endgültig Schluss‹, und Saskia trieb die Kinder mit äußerster Brutalität aus dem Wasser. Bis alle trocken und angezogen und verköstigt waren, der Kontrollgang durch den Bungalow erledigt und schnell noch was zu trinken für die Fahrt besorgt worden war, war es halb acht. Mit Schmerz im Herzen fuhren sie im rotgoldenen Licht der Abendsonne über die endlose lange, schmale Brücke, die Grado mit dem Festland verband, und gegen acht befanden sie sich auf der Autobahn. Sie würden sehr spät heimkommen, gut sechs Stunden musste sie rechnen, also so gegen zwei Uhr früh – aber das war er wert gewesen, dieser gestohlene Extratag. Sissa schlief schon vor der ersten Tankstelle, und auch die Jungen hingen müde in den Ecken, aber Saskia war putzmunter. Ging doch nichts über einen ordentlichen Espresso vor so einer Tour.

Im Radio brachten sie italienische Ohrwürmer vom Feinsten, die ganze Strecke bis hinauf in die Berge, bis zur Grenze. Da war's schon dunkel. *Arrividerci, Italia,* wann würde sie es je wiedersehen? Aber Trauerstimmung kam auch nicht so recht auf – die Kinder schliefen allesamt, und sie war gut erholt und gut gelaunt und freute sich auf zu Hause.

Ehrlich.

Also summte sie weiter die Songs im Radio mit. Und merkte irgendwann verblüfft, dass das Auto auch mitsummte. *Nur* mitsummte: Statt zu ziehen, heulte der Motor bloß ziemlich laut, wenn sie aufs Gas trat.

O Gott, o nein, o *Scheiße* – was war denn nun los? (Und ausgerechnet jetzt, wo die Fahrbahn von einer Baustelle verengt war!) Noch ein Tritt aufs Gas: Der Wagen wollte wirklich nicht. Sie musste rechts ran fahren, auf den Pannenstreifen – aber da war keiner, jedenfalls kein nennenswerter. Da vorne, die Ausfahrt, die packte sie gut noch, sie hatte genug Schwung. *Warnblinker an!*

Er reichte wirklich, der Schwung, bis weit in die Ausfahrt hinein, bis nach der Kurve dort – und hier gab's auch eine Standspur. Stehen bleiben, Motor aus, Handbremse ziehen – hier ging's bergauf.

»Is'n los?« Fips richtete sich verschlafen auf der Rückbank auf. Auch Julian regte sich.

»Weiß ich nicht, irgendwas stimmt nicht mit dem Auto.«

»Und jetzt?«

Ja – und jetzt?

»Gar nichts jetzt. Ich muss nur schnell zur nächsten Notrufsäule laufen, den Pannendienst anrufen. Ihr bleibt im Auto, klar? Fenster und Türen geschlossen!«

»Okay ...«

Sie klangen verunsichert, die beiden. Konnte man ihnen nicht übel nehmen, ihr war auch nicht so ganz wohl in ihrer Haut, nachts mit kaputtem Auto irgendwo in Österreich ... Saskia stieg aus, sperrte die Tür ab (waren die Nächte immer so schwarz in Österreich?), schlug sich ans Hirn. Hatte sich was mit Notrufsäule – sie stand in einer Ausfahrt.

Und jetzt? Sie würde ein Auto anhalten müssen.

Warum, oh, warum nur hatte sie kein Handy?! Suse und Ev hatten sich 'nen Wolf geredet, wie nützlich diese kleinen Dinger wären, aber *sie* hatte es ja besser gewusst, *sie* brauchte so was nicht, *sie* konnte sich das Geld dafür sparen. *Verdammter Mist!*

Im Wagen war nun auch Sissa aufgewacht und weinte vor Angst. Eilig stieg Saskia wieder ein.

»Alles okay, Sissa, alles in Ordnung!«

Wenn es nur so wäre ...

Die Süße ließ sich beruhigen – zu glauben, egal was, war eben weniger beängstigend, als *nicht* zu glauben. Auch die Zwillinge hingen an ihren Lippen, als ob die reine Wahrheit davon herunter tropfte.

Da – Scheinwerferlicht! Ein Auto näherte sich. Saskia sprang aus dem Wagen und winkte wie wild. Das Auto verlangsamte das Tempo, fuhr an ihr vorbei, blieb aber dann doch stehen. Die Angst kroch auf Spinnenbeinen über Saskias Rücken, als sie darauf zu lief – wer saß da drin, würde er ihr helfen oder ...? *(Die Kinder!)* Aber sie hatte keine Wahl.

»Danke, dass Sie gehalten haben. Ich habe eine Panne – mein Auto will nicht mehr, und ich weiß nicht genau, wo ich hier bin. Haben Sie vielleicht ein Handy dabei? Um den Pannendienst anzurufen?«

Er hatte. Er stieg aus, er rief an, er beschrieb, wo Saskia stand. Und er trat ihr nicht einen Schritt zu nahe. Er war ein Goldschatz, ein österreichischer.

»Danke, vielen Dank. Und noch gute Fahrt.«

Sissa weinte schon wieder, und die Jungen waren auch nicht mehr weit weg davon. Zwölf war eben nur zwölf, jedenfalls nachts.

»Der Pannendienst kommt gleich, dann schleppt er uns ab.«

»Nach Hause?«

Schön wär's, war aber leider nicht drin: Sie war bei keinem Autoclub Mitglied. (Ja, Suse, ja – ich höre dich, bis hier! Und sowie ich wegen dieser Sache hier wieder aus dem Schuldturm komme, führt mein erster Weg zum Automobilclub. Und der zweite zum Handy-Shop. Ich schwör's.)

»Nein, bis zur nächsten Ortschaft. Da werden wir dann übernachten, und Morgen sehen wir weiter.«

»Wo übernachten – in einem Hotel?«

Ein Hauch von angenehmer Überraschung durchzog Julians Stimme. Er hatte noch nie in einem Hotel geschlafen.

»Eher in einem Gasthaus.«

»Gasthaus, pöh ...«

»Für euch wird's gut genug sein, ich bin schließlich nicht Krösus.«

Schon gar nicht jetzt, nach dem Urlaub. Sie hatte gerade noch genug Geld für die Autobahngebühren und den Sprit gehabt – die paar Mark, die jetzt noch auf dem Grunde ihres Portemonnaies silbern schimmerten, würden vermutlich gerade mal zum Telefonieren reichen. Und ihre Bankkarte lag wohlverwahrt zu Hause in ihrem Schreibtisch ... (Bitte, lieber Gott, lass Suse zu Hause sein, oder Ev. Und ans Telefon gehen!)

Die Aussicht auf eine Nacht im Gasthaus reichte knapp für zehn Minuten; als dann der Pannendienst noch immer nicht da war, gewann die Angst wieder Oberhand. Saskia zwang ihre eigenen Nerven unter Kontrolle, holte Sissa zu sich nach vorn auf den Schoß und redete mit den Zwillingen, als sei alles paletti.

Weitere zehn Minuten später half das auch nichts mehr: Mehrere Autos fuhren vorbei, aber keiner blinkte gelb. (Wo blieb dieser Pannendienstler bloß, Herrgott noch mal, lackierte der sich erst noch die Fingernägel oder was?!)

Dicht an dicht starrten Fips und Julian mit großen Augen und platten Nasen in die Nacht.

»Vielleicht kann er uns nicht finden ...?«

(War der Goldschatz überhaupt ein Österreicher gewesen? Und wenn ja – von wo?!)

»Klar findet der uns«, behauptete Saskia – und griff in die Vollen: »Wisst ihr was? Wir zählen jetzt die Autos, die vorbeifahren. Und nach jedem zehnten ohne Pannendienst ... fluchen wir.«

Die Zwillinge ploppten die Nasen vom Fenster.

»Wir *fluchen*?!«

»Jawohl, wir fluchen. Aber erst nach jedem zehnten Auto!«

»Da kommt schon eines – *eins*!«

Das zehnte Auto war ein Sportwagen. Die Zwillinge zögerten erwartungsvoll, und Saskia legte gehorsam los: »Kreuzbirnbaumhollerstaud'n – du Hinterpimpfinger Moosschneuzer, du! Grasblattfieper, vierrädriger!«

Jubel, Trubel, Heiterkeit. Sogar Sissa kicherte. Jetzt fingen Fips und Julian an, hinter dem Ahnungslosen herzufluchen: »Hallodrianer, damischer! Rasierte Wildsau!«

»Du blöder ... blöder ... Wollsaukopf!«

Sie johlten und lachten so sprudelnd, dass man die Hälfte ihrer Flüche kaum verstehen konnte. Saskia lachte herzhaft mit und war gottfroh, dass es stockfinster war und kein Mensch sie hören konnte. Mochte ja nicht die *school of snobs* sein, durch die sie ihre Kinder da lotste, aber wenn es gegen die Angst half …

Beim zwanzigsten Auto kam sie kaum zum Einsatz, die Jungen hatten Zeit gehabt, sich selbst genügend auszudenken. Sie fluchten und lachten hinter diesem Zehnten her, bis der nächste Dritte in Sicht kam – und der schleuderte kraftvoll orangegelbe Blitze und hielt vor ihnen an.

Saskia sprang aus dem Wagen wie ein Schachtelteufel. Zehn Meter weiter vorn stieg ihr absoluter Traumtyp aus: untersetzt, mit rundem Gesicht, Cowboygang und beinahe einem Lächeln. Ungefähr so musste Zeus persönlich aussehen.

»'n Abend. Wo brennt's denn?«

»Wenn ich das nur wüsste! Der Wagen zieht nicht mehr, wenn ich aufs Gas trete, er heult bloß auf – wie im Leerlauf!«

Der Traumtyp nickte. Haube auf, Braunen runter, da mal tasten, dort mal tasten.. o Gott, das dauerte, bestimmt was Größeres … Jetzt wollte er, dass sie aufs Gas stieg, bei laufendem Motor. Der Wagen heulte stöhnend auf.

»Ist schon gut. Stellen Sie ihn wieder aus.« Er kam um den Wagen herum, schaute ins Fenster. Bube, Bube, Dame, Kind.

»Sieht nach Getriebeschaden aus. Da kann ich leider gar nix machen, der muss in die Werkstatt.«

O nein, o *bitte nein*! (Hatte sie wirklich gedacht, sie dürfte ungestraft die Wochen nach *Italien*?)

»Geben'S mir mal Ihre Wagenpapiere. Haben Sie einen Schutzbrief?«

»Nein. Ich … fahre so selten weite Strecken, da …«

Es klang genauso flügellahm, wie sie sich fühlte. Der Pannenhelfer sagte gar nichts, zumindest nicht mit

Worten. Mit dem Gesicht schon. (O Suse wusste, dass sie einen österreichischen Bruder hatte?) Saskia reichte ihm den Fahrzeugschein. Und räusperte sich.

»Was geschieht jetzt?«

Schulterzucken. Studium des Fahrzeugscheins.

»Ich kann Ihnen einen Pickup aus Villach rufen, der Sie huckepack nimmt und zur nächsten Werkstatt bringt.«

Sie fragte gar nicht erst, was das kostete; dazu reichte ihre Kraft nicht mehr.

Noch ein Blick in Saskias Auto: Bube, Bube, Dame, Kind. Alle mit geknickten Ecken. Gereiztheit versengte Saskia die Adern. Was guckte der denn so blöd, hatte er noch nie jemanden gesehen, der gleichzeitig im Wagen sitzen und am Boden liegen konnte?! Wenn er darauf wartete, dass sie in Tränen ausbrach, dann ... das ... konnte er bald haben.

»Die nächste Werkstatt ist nicht weit weg, zwei Kilometer vielleicht ...«

Mit anderen Worten, der Pickup fuhr gute dreißig, vierzig Kilometer an, um sie zwei Kilometer weiter zu bringen? Schöner Trost. Saskia schwieg und sah diesen gemeinen Vierschrötler nicht an. (Von wegen Zeus – Hephaistos, der bucklige Schmiedegott. Im Höchstfall!)

»Schieben sollte man einen Getriebeschaden nicht ... und Abschleppen ... Es ist ein Risiko, die Lamellen fressen sich fest, wenn die Ölpumpe nicht anspringt ...«

Ihr Kopf fuhr herum. *Abschleppen?* Er – sie? Ohne zusätzliche Anfahrtskosten? O Mann, o Schönster, o bitte *ja*! (Lamellen, was interessierten sie Lamellen, sie hatte einen *Getriebeschaden*!)

»Ein Seil hätte ich dabei ...«

Er wiegte den Kopf, sah reichlich unschlüssig aus.

»Wenn wir mit über fünfzig schleppen, könnt's gut gehen ... Aber ich bin nicht schuld, wenn ...«

Nein, nein, ach iwo!, er und Schuld, wer dachte so was! Saskia beteuerte und schwor und war schon wieder aus dem Wagen, um das Seil aus dem Kofferraum zu holen, damit dieser Engel da keine Zeit hatte, es sich doch noch anders zu überlegen.

»Lassen's nur – ich hab' selber eins.«

Die zwei Kilometer waren die längsten, die sie je im Leben zurückgelegt hatte –trotz des höllischen Tempos. Ob die Lamellen sich nun festgefressen hatten oder nicht, konnte der Traumtyp nicht zweifelsfrei feststellen, aber Saskia war ihm trotzdem überströmend dankbar. *Sehr schnell* überströmend dankbar: Es war kurz nach elf, das Gasthaus schräg gegenüber der Werkstatt, vor der sie nun stand, sah nicht so aus, als hielte es viel von langem Aufbleiben – und sie hatte noch nicht mal ein Trinkgeld für ihn. Also dankte sie mit weit über hundert Stundenkilometern.

»Ist schon gut, ich hab' auch Kinder daheim. Gute Nacht, dann.«

Blitze schleudernd fuhr er davon, dicht gefolgt von Gottes Segen, den Saskia auf ihn herunterrief. (Einmal unvergewaltigt, einmal abgeschleppt. Falls ›nie mehr‹ doch irgendwann vorbei war, verliebte sie sich in einen Österreicher. *Das* waren Typen, auf die konnte man bauen, sogar nachts.)

Das Gasthaus hieß ›Kreinzer‹ und roch gut genug, um Hunger zu bekommen. Aber das war natürlich momentan nicht drin. Die Wirtin, eine Dicke mit Kittelschürze, musterte Saskia und ihre Schar mit flinken Augen.

»Zimmer, ja, ist schon noch was frei. Zweimal Zweibett?«

Sie schnaufte voraus in den zweiten Stock. Telefon hatte keines der beiden Zimmer.

»Telefonieren können'S unten an der Rezeption. Sagen'S es, wenn'S so weit sind, dann schalt ich's frei.«

Danke, danke, vielen Dank. Tür zu, tief ausatmen. Sissas Wange klebte feucht an Saskias Hals.

»Ich hab' Hunger«, jammerte Fips. »Können wir nicht ...«

»Nein. Aber ich hab' noch Kekse in der Kühltruhe, die bringe ich euch, sowie ich telefoniert habe. Lass den Fernseher in Ruhe, Julian. Ausziehen, waschen und ins Bett, aber dalli!«

Sissa sträubte sich, allein im anderen Zimmer zu warten, bis Saskia wiederkam; also ließ sie sie bei ihren Brüdern. »Und seid leise!! Wehe, ich höre auch nur einen Pieps!«

Ein paar schafkopfende Österreicher sahen auf, als sie den Kopf in den Gastraum steckte. Frau Wirtin stellte das Bier ab, das sie gerade zapfte, wischte sich die Hände an der Schürze ab und drückte unter der Theke auf Knöpfe. »Jetzt geht's!«, verkündete sie.

Suse klang verschlafen, aber nur, bis Saskia den ersten Satz losgelassen hatte. Dann war sie ganz Ohr, entsetztes Ohr, und versprach alles, worum Saskia sie bat: Ja, sie würde ihr Geld schicken, telegrafisch. (»Wie heißt die Bank dort?« – »Weiß ich doch nicht! Glaubst du, ich geh' nachts mit Getriebeschaden auf Bankenbummel?« – »Schon gut, schon gut, das find' ich raus. Weiter?«) Sie würde Simon verständigen, dass Saskia frühestens morgen Abend zu Hause sein konnte. (»Mit drei großen Wenns dazwischen und mit tausend Entschuldigungen, hörst du? Ich hab' *versprochen*, dass ich heute wieder daheim bin! Aber ich mach's wieder gut, und ich fahr' nie mehr in Urlaub, sag ihm das!«) Und sie würde Rolf fragen, was Saskia jetzt tun sollte, was die Reparatur kosten durfte, wie lange es wohl dauern würde, was eine Überführung kostete, wenn der Wagen fertig war, wie Saskia feststellen konnte, ob man sie übern Tisch ziehen wollte in der Werkstatt, was ...

»Okay, okay, beruhige dich. Kommt alles ins Lot. Wie geht's den Kindern?«

»Im Moment noch gut, aber wenn die das sind, die so laut sind, nicht mehr lange! Also tschüs, ich muss rauf und Ruhe schaffen! Und – Suse? *Danke.*«

Es waren nicht die Kinder, der Lärm musste von den Schafkopflern gekommen sein, die Kinder schliefen, allesamt. Leise hob Saskia Sissa hoch, löschte das Licht und trug die Kleine ins andere Zimmer hinüber. Sissa blinzelte nur schwach, als Saskia sie auszog und zudeckte, richtig wach wurde sie nicht mehr.

Saskia dagegen *war* richtig wach – ausgepumpt, abgeschlagen und gnadenlos wach. Die ganze, grauenvolle Nacht lang.

Kurz nach sechs Uhr früh verließ sie ganz leise das Bett, zog sich an und ging nach unten. Die Kinder würden so schnell nicht wach werden, darauf war Verlass, und Saskia brauchte Kaffee und Morgenlicht, *dringend.*

Die Wirtin begegnete ihr im Vorraum; sie lächelte wissend, wünschte Guten Morgen und deutete mit dem Daumen auf die Tür zur Gaststube: »Ist schon wer da für Sie!«

Wer da für sie? Der Werkstatt-Mensch! (Die fingen ja früh an hier, ach, und sie hatte so gehofft, *eine* Tasse Kaffee in Ruhe und dann Anweisungen von Rolf ...!)

Eilig riss Saskia die Gaststubentür auf – und klammerte sich an der Klinke fest. Dort, an dem Tisch, wo gestern Karten geklopft worden waren ... Das konnte doch nicht wahr sein!

»Simon ...?«

Er war es wirklich, erhob sich jetzt zu seiner ganzen Übergröße, kam mit diesem halben Lächeln auf sie zu. Ihr Körper prickelte vor Schreck und Überraschung, sie bekam kaum Luft. Übernächtigt sah er aus, mit einem Hauch von Eintagsbart, *o Gott, Suse!, was hast du getan?, deine Leiche wird man nie finden, wenn ich mit dir fertig bin!*

»Morgen. Sie sind ja früh auf. Die Kinder auch?«

Kinder, welche Kinder – ach so, *die.* Sie schüttelte den Kopf, konzentrierte sich mühsam. *(Simon war da!)*

»Nein, die schlafen noch«, brachte sie hervor.

»Ihre Freundin hat mich gestern angerufen und ...«

»Es tut mir furchtbar Leid, Simon, schrecklich leid; ich ... das wollte ich nicht, ganz bestimmt nicht ... ich wollte nur, dass Sie Bescheid wissen, weil ich doch heute hätte zurück sein müssen ... Aber das ist ganz unverzeihlich von Suse, un-ver-zeihlich!«

Saskia rang zittrig nach Luft. Ihre Nerven lagen blank, die ganze schreckliche Nacht stieg in ihr auf, die Angst der Kinder, die Angst vor dem ersten Helfer, die Angst vor dem, was auf sie zukam an Komplikationen und Kosten – der Gehirnmarathon nach Lösungsmöglichkeiten und die ständige Frage: Was tu ich jetzt? Und nun die bodenlose Erleichterung: Simon war da. Ihr Haus- und Hofriese war gekommen – sie würde das alles nicht allein durchstehen müssen. Das war zu viel des Guten, das packte sie nicht, darin hatte sie keine Erfahrung.

Jetzt lächelte er nicht mehr, jetzt guckte er erschrocken. »Ist doch okay – kein Grund zu weinen, wirklich nicht. Ich dachte, Sie würden sich freuen ...«

»Tu' ich ja«, heulte Saskia und wischte fahrig in ihrem Gesicht herum. Simon fummelte ein Taschentuch aus der Hosentasche und reichte es ihr – typisch Simon, wer sonst auf dieser Welt verwendete noch Stofftaschentücher? –, und Saskia schluchzte »Danke!«, und dann lag plötzlich ihr Kopf auf seiner Brust, sie hörte sein Herz schlagen, ruhig und gleichmäßig, und seine Arme hielten sie fest und klopften ihr ein wenig ratlos auf den Rücken, maßlos peinlich alles, aber *Gott!,* tat das gut.

Wie lange sie so da standen, Stunden oder Sekunden, sie wusste es nicht; aber irgendwann sagte Simon »Noch zwei Kaffee – *Kännchen,* bitte!« über ihre Schulter, und Saskia klaute sich noch einen Atemzug lang Trost und Kraft und Erleichterung und rückte dann von Simon ab. Er gab sie sofort frei, die blauen Augen besorgt und forschend auf ihr Gesicht gerichtet. (Kein reiner Genuss, dieser Blick, für beide, sie musste ja furchtbar aussehen, übernächtigt *und* verheult, und das noch vor dem Frühstück – der arme Kerl.)

»Danke«, sagte sie belegt, benützte ausgiebig sein Taschentuch und wusste genau, dass sie diese Dinger künftig viel, viel sorgfältiger bügeln würde als bisher.

Er war großartig. Er sagte weder ›Na, geht's besser?‹ oder sonst was Idiotisches, und den nassen Fleck auf seinem Hemd ignorierte er auch. Er machte einfach einen Schritt in Richtung Tisch, so dass sie bloß mitzugehen und Platz zu nehmen brauchte, und den Stuhl schob er ihr auch noch zurecht. Wahnsinn: Vor einer Minute noch ein hysterisch heulendes Weib am Hals – und schon war er wieder Kavalier, als ob nichts gewesen wäre. Musste echt was dran sein an guter Erziehung …

Er setzte sich ihr gegenüber.

»Ich bin mit dem Wagen von Herrn Polkert hier; wir fanden, es wäre das Beste, wenn ich Sie holen komme, Ihre Freunde und ich«, begann er fast entschuldigend. »Es wäre sonst vielleicht zu umständlich geworden; die Ortschaft hier hat keinen Bahnhof, und wir wussten auch nicht, ob es hier Taxis gibt oder einen Bus. Und Herr Polkert meinte, er könne Ihren Wagen wahrscheinlich viel günstiger reparieren.«

Saskia sah ihn mit großen Augen an. Herr Polkert, das war Rolf, Suses Göttergatte, und der war Automechaniker. Soweit war alles klar. Aber wie wollte der denn in Österreich ihr Auto reparieren – telepathisch? Und wieso …

Die Tür ging auf und Frau Wirtin brachte den Kaffee und keuchte vor unterdrückter Neugier. »Soll ich das Frühstück auch gleich bringen?«, fragte sie.

Simon hob fragend die Braue. Saskia schüttelte den Kopf: Im Augenblick brachte sie bestimmt nichts hinunter.

»Ein bisschen später«, gab er der Wirtin Bescheid und überflog Saskias Kaffeetablett. »Aber noch Sahne, bitte, das hier ist zu wenig.«

Die Wunder hörten nicht mehr auf. Sie hatte wirklich nur eine Minipackung Kaffeesahne auf dem Tablett, und das war ihr tatsächlich zu wenig – aber woher wusste Simon das? Er trank seinen schwarz, und sie hatte doch nie ... Doch, sie hatte mit ihm Kaffee getrunken, jetzt erinnerte sie sich; aber doch nur ein einziges Mal!

Drei weitere Päckchen Kaffeesahne wurden nachgeliefert.

Simon sagte »Danke!« und lächelte die Wirtin krögerisch an. Die reagierte ungern, aber prompt, und gleich darauf waren sie wieder allein in der Gaststube. Saskia nahm einen Schluck brühheißen Kaffee. Neue Lebenskraft durchströmte wohlig ihre Adern.

»Sind Sie sicher, dass die Kinder noch schlafen?«

»Ganz sicher.« Nach *der* Nacht gleich drei Mal, da musste sie sich keine Gedanken machen. Oder ... »Haben Sie es eilig? Ich kann sie natürlich rasch wecken, wir ...«

»Nein, nein, auf keinen Fall, wir haben reichlich Zeit. Ich dachte nur ...«

Lieb von ihm. Überhaupt alles unheimlich lieb von ihm. (Julian bekäme das Zicklein doch nicht, das ihm der Stöcklbauer versprochen hatte, und wenn es irre süß war und später irre viel irre gesunde Ziegenmilch geben würde – und obwohl Saskia längst eine irre gute Ausrede parat hatte. Aber inzwischen hatte Simons geheiligte Seelenruhe enorm an Stellenwert gewonnen. Sorry, Julian. Sorry, Zicklein.)

»Ist Ihr Wagen auch in der Werkstatt?«

»Meiner? Nein ... Ach so – weil ich mit Herrn Polkerts Wagen gekommen bin? Nein, nein, meiner hat nur keine Anhängerkupplung für den Transporter. Herr Polkert hat sich von seinem Chef einen Autotransport-Anhänger ausgeliehen, damit ich Ihren Wagen auch gleich mitnehmen kann.«

Saskia starrte Simon sprachlos an. Der guckte zuerst, erst mit leichtem Argwohn (fing sie jetzt etwa wieder zu heulen an?), dann mit einem Lächeln, das sich rasch zu einem Grinsen auswuchs. Einem selbstgefälligen Grinsen. *Ha!* Nun hatte er es tatsächlich geschafft, sie einmal richtig sprachlos zu machen!

Hatte er. Aber schon total. Dazu fiel ihr nichts mehr ein. Jetzt ging schon wieder die Tür auf, schön langsam wurde die echt lästig, die Frau Wirtin ...

»Simon!!!«

Saskia fuhr herum. Die ganz sicher noch schlafende Sissa – mit falsch herum angezogenem T-Shirt und bloßen Füßen – ließ die Hand des ganz sicher noch schlafenden Julian los und stürzte sich mit einem Jubelschrei auf ihren ganz privaten Rübezahl.

Und schon klebte Simon das nächste Meerwaldsche Weib am Hals ...

Schwer zu sagen, wer sich am meisten über die Rückkehr der Meerwalds freute – Trick und Track, die winselten und bellten und wie die Gummibälle an Saskia und den Kindern hochsprangen und so heftig wedelten, dass man nur staunen konnte? Ev und Suse, die Simon den Zweitschlüssel zum Verwalterhaus abgeschwatzt und dort alles gelüftet und Milch und Eier und Brot besorgt und auch noch ein Begrüßungsmahl gekocht hatten, so reichlich bemessen, dass Simon die beiden sofort zum Mitessen einlud (und dabei tapfer Evs schmachtende Blicke erwiderte)? Oder Leininger, der doch glatt seinen Zigarrenstummel aus dem Mund nahm, Saskia mit deutlich erkennbarem Lächeln direkt in die Augen sah und *fünf ganze, zusammenhängende Sätze* von sich gab: »Is' schon recht, dass's wieder da seid's. War's recht schön dort, wo ihr g'wesen seid's, dass ihr so lang blieben seid's, gell? Dank auch schön für die Kart'n, hab's schon kriegt. Den Garten hab' i g'wässert und a bisserl g'jätet auch. Kommt ja sonst z'viel Unkraut, wenn man sich net kümmern tut so lang.«

Oder Uli? Der kam erst zwei Tage später, hatte sich wohl verrechnet, aber dafür wieder mit Blumen. Die waren diesmal gekauft – offenbar hatte sich der Garten seiner Eltern noch nicht erholt von dem Kahlschlag damals. Für die Kinder brachte er Schokolade, *drei* Tafeln, inzwischen wusste er von Sissa und hatte das offenbar auch verdaut, was da in seinem Blick gewesen war vor gut vier Wochen, als er sie kennen lernte. (Gesagt hatte er natürlich nichts, das wäre ja noch schöner gewesen, mit welchem Recht denn? Nur geschaut, und das auch mit Vorsicht.)

Saskia freute sich auch, ihn zu sehen, wenn auch nicht ganz bis zum Himmel hoch, weil sie das noch nicht richtig sortiert hatte, das mit dem Uli damals und Uli jetzt und dem ›nie mehr‹. Sie mochte ihn immer noch – oder schon wieder –, und der Gedanke, mal wieder was für die Hormone zu tun, war keineswegs unangenehm. Andererseits: War sie bereit, sich wieder auf eine Beziehung einzulassen? War Uli inzwischen zum Österreicher gereift? Oder verdarb ihr die Libido da mal wieder die Optik?

Die Kinder schienen willens zu sein, ihn zu mögen, oder zumindest als Lieferant von Schokolade und Aufmerksamkeit zu akzeptieren. Bei seinem zweiten

Besuch hatten sich die Jungen an den Typ erinnert, der früher mal mit ihnen Ritterkampf und Autocrash gespielt hatte und waren willens, die Bekanntschaft fortzusetzen. Auf Zwölfjährigenbasis allerdings, darunter ging nichts mehr. Sissa dagegen kehrte die Dame raus, blieb freundlich-distanziert. Sie nahm die Schokolade, sie schenkte Uli auch das eine oder andere Lächeln, aber auf den Arm nehmen ließ sie sich nicht von ihm, weder so noch so. Aber das hatte nicht viel zu sagen, das durfte auch sonst niemand. Außer Simon.

Saskia lächelte tief in Gedanken und rührte eine halbe Tasse Wein in den andalusischen Tomatentopf. (Andalusischer Tomatentopf! Wer hätte noch vor einem halben Jahr gedacht, dass sie sich an *so etwas* wagen würde? Aber Simon mochte Tomaten, in jeder Form, und im Grunde war andalusischer Tomatentopf ganz einfach. Viel schief gehen konnte da nicht – es sei denn, sie ließ ihn mal wieder anbrennen.)

Ja, Simon war nach wie vor der Star der Kinder. Wie er das geschafft hatte, war ihr nicht ganz klar, zumal er sich keine besondere Mühe zu geben schien. Er spielte nie mit ihnen – höchstens, dass er mal für fünf Minuten an einem Fußballspiel teilnahm, wenn er zufällig gerade dann aus dem Haus trat und der Ball zufällig gerade dann in seine Richtung flog. Er half ihnen gelegentlich mit den Angeln oder zeigte ihnen eine Stelle, wo es ›früher die dicksten Würmer‹ gegeben hatte – und wie man sie ausbuddelte. Er war gutmütig genug, manche von Sissas Bildern zu rahmen und sie sogar im Haus aufzuhängen, worauf Sissa mächtig stolz war; aber die Kleine erwähnte nie, Simon habe sie für ihre Bilder gelobt. Er, der eigenbrötlerische Kinderfeind, begegnete allen dreien mit gelassen lächelnder Selbstverständlichkeit und hatte weder kumpelhafte noch besonders nette Sprüche für sie auf Lager. Wenn sie ihn suchten, fanden sie ihn immer – ansonsten aber lebte Simon weiterhin sein gewohntes Einsiedler-Leben.

Nein, das stimmte nicht ganz. Es *hatte* sich was geändert seit ihrem österreichischen Waterloo. Versonnen rührte Saskia im Kochtopf. Sie konnte nicht den Finger darauf legen, aber es hatte sich wirklich was verändert. Etwas, das in vielen Kleinigkeiten aufblitzte – zu kurz, um es genau zu erkennen, zu klein, um viel Bedeutung zu tragen, aber unleugbar *da.* Zum Beispiel sprang Simon nicht mehr hektisch zurück, wenn sie um irgendeine Ecke herum beinahe aufeinander prallten. Er hatte ihr die Nutzung seines Autos angeboten, solange Rolf – der Liebe, Gute, der allerbeste aller lebenden Automechaniker und Freunde! – noch an ihrem eigenen herumbastelte. Er hatte beide Male nachgefragt, ob sie etwas brauche, ob er etwas besorgen solle, als er nach München fuhr, war sogar zum Verwalterhaus gekommen, um sie das zu fragen – *ins* Verwalterhaus. Das hatte er bisher immer strikt gemieden, Privatsphäre und so, keinen Schritt weiter als bis zur Dachtraufe war er gegangen, das fiel ihr jetzt plötzlich auf. Aber vorgestern kam er sogar bis in ihre eigene Küche, direkt vom Post-Holen am Briefkasten. Als Ausrede hatte er ihr völlig überflüssig Bescheid gegeben, dass er nachmittags mit Sundance unterwegs sein würde, aber in Wahrheit hatte er gerade eine Abrechnung gekriegt: Porsche-Schorsch hatte auf einen Schlag zwölf Bilder verkauft, nach *Spanien,* für je *zweitausend Mark*! Saskia hatte sich mit ihm gefreut, aus ehrlichem und etwas mitleidigem Herzen – die reine Niedertracht vom Schicksal, dass ein Typ wie Simon niemanden sonst hatte, dem er seine Freude über den Erfolg zeigen konnte als nur seine Haushälterin!

Ob seine Mutter davon wusste? Die glaubte ja nicht daran, dass man auch ohne Beziehungen was werden konnte in der Kunstszene; die nahm ihm nicht das

Malen übel, sondern die Sturheit, mit der er alles verschmähte, was ihm *la famiglia* zur Strickleiter geknüpft hätte. Hätte Simon ihr die Abrechnung auch gezeigt, als Beweis, dass es *eben doch* ging und er eben doch nicht bloß ein Spinner war? Schwer zu sagen.

Aber die Veränderung hatte sie bemerkt, die Krögerin, früher als Saskia. Jedenfalls würde das erklären, warum sie bei ihrem letzten Besuch mal wieder die Eiskönigin gespielt hatte, mit kaltem Blick und klirrender Stimme. Zu den Kindern war sie nett gewesen, hatte Sissa gedrückt und ›Herzchen‹ genannt und den Jungs die Schöpfe gezaust – und dann Saskia angefunkelt: eine Frechheit, so süße Kinder zu haben! Was sie nur immer hatte – inzwischen müsste sie doch gesehen haben, dass ihr kostbarer Sohn nicht vom Fleisch fiel und alle seine Knöpfe an den Hemden saßen!

Ein kochend heißer Spritzer des andalusischen Tomatentopfs holte Saskia in die Gegenwart zurück. Sie nahm eine Gabel, spießte sie in ein Kartoffelwürfelchen. Ging ohne Widerstand durch, die Kartoffeln waren also gar. Zeit zum Essen.

Saskia stellte den Herd aus und füllte den Eintopf in die große Suppenterrine. Die war allein schon ein Grund, möglichst oft Pichelsteiner zu kochen oder süßsaure Linsen – oder eben andalusischen Tomatentopf. Simon holte sich sein Essen auch anstandslos aus dem Kochtopf, in der Beziehung hatte der Krögersche Nobeldrill total versagt. Es war Saskia, die das Ergebnis ihrer kulinarischen Stümperei gern hübsch verpackte. Das half, den Schein zu wahren: Bratkartoffeln mit verbrannten Zwiebelstückchen schmeckten nicht ganz so verräterisch, wenn sie – hübsch dekoriert – auf einem Teller mit Goldrand serviert wurden. Der Tomatentopf hatte die Terrine hoffentlich nicht nötig, aber sicher war sicher, besonders, wenn einem das Tütchen mit gerebeltem Thymian ausgerutscht war …

Ein Blick über den gedeckten Tisch im angrenzenden Esszimmer: alles fertig. Fehlten nur noch die Esser. Den Geräuschen nach schienen die allesamt vorne im Hof zu sein. Sehr praktisch, dann musste man sie nicht einzeln einsammeln.

Sie waren wirklich alle im Gutshof. Die Gerätschaften, die neben Sissa auf der Bank vor dem Stall lagen, verrieten, dass Simon offenbar Sundance gestriegelt hatte. Er schien den Wallach gerade zurück in seine Box gebracht zu haben, tauchte eben in der Stalltür wieder auf (unbegreiflich, wie ein Mensch ein Pferd striegeln und dabei und danach und überhaupt derart ... *tipptopp* aussehen konnte!) und schaute bei Saskias »Essen ist fertig!« zur Gutshaustreppe herüber. Fips und Julian standen neben ihren umgefallenen Schultaschen nahe der Garage und bürsteten eifrig Pferdehaare aus zwei metallenen Striegeln. Auch sie hoben die Köpfe.

Aber noch bevor jemand antworten konnte, knirschte der Kies. Ein todschicker Alfa Romeo glitt durch das Einfahrtstor und ließ Saskias Junghühner flügelschlagend nach allen Seiten stieben. Mitten im Hof blieb der Wagen stehen. Der Schlag öffnete sich, zwei schlanke, glanzumhüllte Beine erschienen, eine Hand mit langen, roten Nägeln, ein blonder Kopf – dann stand eine Vision in Crème und Schwarz im Hof und lächelte strahlend.

Wer zum Teufel ...?

Malva!?

Simons Augen weiteten sich, und ein wildes Gemisch aus Gefühlen durchraste ihn. Er hatte Malva seit dem Tag ihrer Scheidung nie mehr gesehen, nicht in persona, und das war nun gut ein dreiviertel Jahr her. Die ganze Zeit über hatte er mit seinem Groll und Schmerz gelebt, mit all dem, was man eben empfand, wenn man die Scheidung nicht gewollt hatte. Und das hatte er auch nicht; es war *sie* gewesen, die dem öden Leben auf dem Land nichts abgewinnen konnte. Sie war es gewesen, die einerseits dauernd gejammert hatte, wie anstrengend, wie erschöpfend, wie nervtötend *stressig* ihr Beruf als Supermodel sei – und die sich andererseits ständig nach Trubel und Presse und Partys gesehnt hatte. Er hatte das nicht begriffen, weder den Widerspruch noch ihren Entschluss, sich von ihm scheiden zu lassen. Immer wieder hatte er sich gefragt, ob er nicht doch versuchen sollte, sie noch mal zu sehen, ihr das auszureden oder wenigstens mit ihr zu reden, damit er endlich richtig verstehen konnte, was da eigentlich gelaufen war – oder noch lief. Aber sie war ständig beschäftigt, ständig unterwegs, ständig von Fotografen und Verehrern und Gott weiß wem belagert gewesen, und irgendwann hatte er aufgegeben, es zu versuchen. Es sollte eben nicht sein …

Und jetzt, auf einmal stand sie da, zart und schlank und zerbrechlich schön wie eh und je. Und kam offensichtlich blendender Laune auf ihn zu.

»Hallo, mein Schatz«, gurrte sie mit dieser leicht rauchigen Stimme, die so gut zu ihren geschmeidigen Bewegungen passte.

Er räusperte sich nervös, horchte in sich hinein. Freute er sich? (*Musste er sich nicht freuen – hatte er nicht genau das gewollt?*) Aber im Augenblick waren ein bisschen Herzklopfen und ein bisschen Aufregung alles, was er fand.

»Hallo«, sagte er schließlich, trat aus der Stalltür und ging nun ebenfalls auf sie zu.

Sie trafen sich auf halbem Weg. Malva bot Simon eine duftende Wange zum Kuss. Ihre Haut war samtig unter seinen Lippen, so samtig wie überall an ihrem Körper. Gott, war sie schön, unglaublich schön, zum Spüren schön! Warum freute er sich denn nicht, dass sie da war? Zu aufgeregt, vielleicht. Oder weil sie so viele

Zuschauer hatten? Malva sah sie auch, die Zuschauer. Aber es waren die Hühner, die den schräg-ironischen Blick abbekamen, diese blöden Viecher, die ihm seit Monaten jeden Morgen zergackerten und längst nicht mehr ständig in ihrem Scheunenkäfig gehalten wurden, obwohl Saskia ihm doch gesagt hatte ...

»Du lieber Himmel, Simon ...« Malva schüttelte den edel geformten Kopf, dass ihr seidiges, goldenes Haar wogte. »Wie erträgst du diese Biester bloß?! Wecken die dich nicht jeden Morgen?«

Obwohl er so stand, dass sich keines der Kinder in seinem direkten Blickfeld befand, war Simon die kaum merkliche Veränderung in ihren Gesichtern sofort bewusst.

Unwillkürlich lächelte er. Dass man bis über die Schmerzgrenze hinaus loyal zu ihm hielt, mochte ihm neu gewesen sein; aber Treue war kein Fremdwort für ihn.

»Ja, das tun sie«, sagte er. »Und ich genieße es sehr, wenn mein Tag so beginnt. Ich finde ländliche Geräusche friedlich und harmonisch.«

Malva lächelte ebenfalls. Sie war nicht dumm, und Herausforderungen gehörten zu ihrem Metier wie die Butter aufs Brot. Dass es allerdings Simon war, der sie da so plump provozierte, war eine unliebsame Überraschung. Bisher war er angenehm lenkbar gewesen, sowohl in Richtung Hochzeit – als sie noch gehofft hatte, sich durch den dekorativ großen Künstler (der außerdem zu einem Drittel an einer großen Firma für Sanitärbedarf beteiligt war) einen schmückenden Rahmen zu schaffen – als auch in Richtung Scheidung – nachdem sich der dekorative Künstler als sozialer Blindgänger erwiesen hatte, der in puncto Rahmen nichts hergab. Jedenfalls nicht halb so viel wie Jaîme, dessen dunkles, rassiges Gesicht hinter ihrer strahlenden Blondheit auf Pressefotos geradezu Werbequalität hatte. Jaîme war überhaupt wesentlich amüsanter als Simon, viel lockerer und umgänglicher. Nur leider ohne nennenswerte Erbaussichten.

Nun, solange Simon brav auf seinem langweiligen Landgut saß und ihr nachtrauerte ...

Aber Ilse Kröger – die dekorative und zudem sozial versierte, andere Drittel-Beteiligte, mit der Malva nach wie vor Umgang pflegte – hatte offenbar Recht: Der liebe Simon wurde störrisch. Abgesehen von dem ersten Blick war von seiner früheren bewundernden Ergebenheit nicht viel zu merken. Seine Mutter war überzeugt, dass das mit der kleinen Dunkelhaarigen dort drüben zu tun hatte; angeblich hatte deren Tante mit solcher Schnelligkeit und Präzision ihre Krallen in Simons Onkel Roland getrieben, dass sie für ihn schnell zur Besessenheit wurde! Jemand, der sich im rauen Wind des Modelbusiness behauptete, erkannte das als klares Alarmsignal: Falls der Neffe nicht weit vom Onkel fiel – oder die Nichte von der Tante ...

Missvergnügt stellte Malva nun schon zum zweiten Mal fest, dass Simon einen flüchtigen Blick zur Gutshaustreppe warf. So leicht war er früher nicht abzulenken gewesen! Ihr kühles Gehirn klickerte. Scheidung gut und schön; es war unsinnig, die besten Jahre als halbe Bäuerin auf dem Land zu versauern, wenn man Nizza haben konnte und die Seychellen und New York – alles in amüsanter Begleitung. Aber ganz vom Bändel ließ man jemanden wie Simon natürlich nicht. Der Tag, an dem Malva aufhören würde, die große Malva zu sein und wieder zu Ingeborg Sandner wurde, lag hoffentlich noch in weiter Ferne – ihn jedoch ganz aus den Augen zu verlieren wäre unklug. Vorerst hatte sie Chancen genug, und vielleicht bot sich ihr bald etwas Besseres als Simon. Falls aber nicht, konnte sie immer noch zu Simon zurückkehren und ihn von seinem Herzschmerz erlösen. Nur – Herzschmerz muss gehätschelt werden, wenn er von Dauer sein soll. Ablenkungen konnten da verheerend wirken. Malvas geübter Blick schwebte flüchtig zur Treppe. Im Moment sah die Kleine da bestenfalls erträglich aus. Gardemaße hatte sie auch nicht. Allerdings stimmten die Proportionen, das Gesicht war apart, eventuell sogar sehr apart, und der Gedanke, was passende Kleider und ein guter Visagist ausmachen würden, war … unangenehm. (Genau genommen würde wahrscheinlich schon ein Visagisten-Lehrling reichen.)

Nicht gut. Gar nicht gut.

Simon war zwar nur ein Mann – aber er wäre keiner, wenn ihm das nicht irgendwann auffallen würde; und *dass* er ein Mann war, trotz aller Künstlerflausen – daran erinnerte sich Malva sehr gut.

Die Strategie war also klar: Herzschmerz lindern, das kleine Biest rausschmeißen lassen, Herzschmerz wiederherstellen.

Entsprechend warm war ihr Lächeln.

»Wirklich? Muss ich ganz vergessen haben in der Hektik; vielleicht sollte ich es mal wieder ausprobieren«, meinte sie, legte sanft die manikürten Hände um seine Mitte und versenkte einen erinnerungsschweren Schleierblick tief in seine Augen.

Damit war auch Saskia endgültig klar, wer dieser blonde Traum da war. Sie musterte Malva mit geübtem Blick und kam zu dem Schluss, dass Simons Ex einen Innenarchitekten mit der Renovierung der Küche beauftragt hatte; nach Kompetenz in diesen Dingen sah die ganz und gar nicht aus. Aber das ging sie nichts an, klar? Und es war ihr *verdammt noch mal* nicht peinlich, hier in Jeans und einem labbrigen T-Shirt zu stehen, während die da sich mit dreitausend Mark Eleganz am Leib vertikal an Simon hochrekelte. Für das Geld, was die in einem Jahr für Kosmetika ausgab, konnte man in einem Entwicklungsland glatt einen neuen Dom bauen lassen! (Kein Wunder, dass Goliath sie wie einen Klumpen Gold ansah. Leid konnte einem dieser blinde Mensch tun, Leid!)

Unauffällig lockerte sie ihre Kiefer wieder, winkte Sissa zu sich und funkelte die Jungs an, während sie die Treppe hinunterging. Sie kamen ohne Widerspruch, alle drei.

»Wer is'n *das*?«, fragte Julian ablehnend, aber wenigstens leise.

Saskia drängte ihre Schar eilig in Richtung Verwalterhaus. Schließlich war sie Haushälterin und daher schon von Berufs wegen diskret.

»Vermutlich Simons geschiedene Frau«, raunte sie zurück, hinderte Fips hastig daran, sich mit Ach-nee-Gesicht nochmals umzudrehen und drückte energisch die Türklinke herunter.

Da wurde sie fast von den beiden Hunden überrannt, die Saskia vormittags eingesperrt hatte, um nicht dauernd über sie zu stolpern. Jetzt priesen Trick und Track sie laut bellend als Befreierin. Aber nur für Sekunden; dann merkten sie, dass Besuch gekommen war und schossen durch die schmale Gasse Richtung Hof.

»Oh, verdammt – Trick! Track!! Wollt ihr wohl …!«, rief Saskia. Keiner der beiden Hunde lieh ihr auch nur ein flatterndes Ohr. An der Hofecke bremste Trick scharf ab und starrte Malva misstrauisch an. Die unerfahrene Track dagegen stürmte bellend und schwanzwedelnd weiter, sprang begeistert an Malva hoch und begrüßte sie mit argloser Freude.

Saskia verzog in böser Vorahnung das Gesicht und biss sich auf die Lippe, als Malva aufschrie. Die dunklen Abdrücke von Tracks Pfoten auf dem zartbeigen Stoff von Malvas engem Rock waren bis zu ihr hin gut erkennbar. (Sehr bedauerlich, natürlich – aber geschah der Schickimaus ganz recht …)

»Nein, o nein – *pfui,* du blödes Vieh! *Hau ab!!*«, kreischte Malva ohne katzenhaften Unterton und wehrte den jungen Hund hysterisch ab. Verdutzt und erschreckt sprang Track einen Schritt zurück.

Simon war ebenfalls erschrocken, als die Hunde so unvermittelt aufgetaucht waren. Er sah, was Track Malvas Designerkostüm angetan hatte, und wollte eben eingreifen. Doch schon hatte Malva ihr glanzbestrumpftes, stöckelschuhbewehrtes rechtes Bein angehoben – und trat der jungen Hündin mit voller Wucht in die Flanke.

Ein schrilles Aufjaulen zerrisse die Luft. Track raste mehrmals wie irr im Kreis um sich selbst und krümmte sich dann auf dem Boden. Ihre Mutter knurrte wütend auf und schoss auf Malva zu. Simon erwischte sie in letzter Sekunde und hielt die geifernde Track krampfhaft am Nackenfell fest.

So viel Kraft hatte Saskia nicht: Mit einem Ruck hatten die Jungen ihre Schultern befreit und stürmten los. Sissa begann zu weinen, und Saskia drückte sie mit vor Schreck zitternden Händen an sich.

»Guter Gott – sie dir bloß an, was dieses widerliche Biest mit meinem Rock angestellt hat!«, zeterte Malva, außer sich vor Wut. »Das ist ein Einzelstück, Teil der Herbstkollektion von Canardi – mir direkt auf den Leib geschneidert! Hast du eine *Ahnung,* was so was kos ...«

»Ich glaube, es ist besser, du gehst jetzt.«

Simons eisiger Ton ließ sie mitten im Satz verstummen. Die beiden schmutzigen Jungen neben ihm dagegen kochten geradezu vor Wut. Beide hockten neben Track, die wimmerte und zitterte und Bauch und Flanken beleckte und fahrig den großen, dunklen Fleck beschnüffelte, der sich unter ihrem Hinterleib bildete.

»Track? Track! *Simon ...!* «

Fips' Stimme klang heiser, drohte umzukippen. Sissa

weinte lauter. Mit fliegendem Herzen nahm Saskia sie auf den Arm und hastete los.

O Gott, o mein Gott, bitte, bitte nicht …

Ohne Tricks Fell auszulassen, ging Simon auch in die Knie. Jetzt nahm er scharf den Kopf hoch, sah Malva an. »Mein Hund ist schwer verletzt, dein Wagen steht im Weg.«

(*Mein Hund?!* Er hatte echt was gelernt in den Streitereien mit ihr – und wenn's nur der kreative Umgang mit der Wahrheit war. ›*Mein* Hund‹ war natürlich sehr viel wirkungsvoller als ›der Haushälterinnen-Hund‹.)

»*Dein* Hund?« Es sollte verächtlich klingen, aber man konnte hören, dass sie eindeutig verunsichert war. »Du willst mir doch wohl nicht einreden wollen, dass diese Töle *dein* Hund ist! Außerdem …«

Julian schoss einen vergifteten Dolchblick auf sie ab und öffnete den Mund, doch Simon kam ihm zuvor.

»Verschwinde. Sofort. Und komm nie wieder.«

Sein ganzes Denken war mit Track ausgefüllt, aber tief in ihm verschob sich etwas, sortierte sich, ordnete sich neu. Auf einer anderen Ebene wusste er plötzlich, warum er sich nicht gefreut hatte, als sie vor ihm stand. Und dass er sich nie mehr über ihren Anblick freuen würde. Auch was an all den Bildern nicht stimmte, die er von ihr gemalt hatte. Und dass er die Scheidung *doch* wollte, nicht nur auf dem Papier – von Tisch und Bett und Hofeinfahrt – sondern von ganzem Herzen. Aber im Moment war das völlig gleichgültig. Im Moment zählte nur die gepeinigte Hündin, der ominöse, feuchte Fleck, die drohende Verzweiflung, die Malvas Tritt wie eine Handgranate in den Hof gerollt hatte und die jeden Augenblick losgehen konnte – losgehen *würde*, wenn das, was er befürchtete, zutraf …

Malva zögerte und musterte die um den Köter gekauerte Gruppe kühl. Der Weg zum Top-Model ist steinig. Um ihn zu schaffen, braucht man mehr als Schönheit –

da muss man auch Ellbogen haben, Durchsetzungsvermögen, Kraft und Härte. Und ein Gefühl dafür, wann etwas gründlich schief gegangen ist. »Deine Mutter hat ganz Recht: Du wirst langsam wunderlich«, sagte sie, warf den fotogenen Kopf in den Nacken und stöckelte zurück zu ihrem Auto.

Keiner sah dem Wagen nach, der nun nach einem letzten, wütenden Blitzen der Bremsleuchten verschwand. Simon ließ Trick los und hob Track vorsichtig auf. Jetzt sah auch Saskia die feuchte Stelle und wurde blass.

»Muss Track jetzt sterben?«, fragte Sissa, streckte die Hand aus, um Track zu streicheln und sah Simon mit schwimmenden Augen an. Alle sahen sie ihn an. Was Saskia in seinem Gesicht las, ließ sie Sissa noch enger an sich drücken. *O Gott ...*

Simon kniff nicht. »Ich weiß nicht. Sie ist sehr schwer verletzt. Ich bringe sie jetzt zum Tierarzt. Wollt ihr mit?«

Letzteres ging an die Jungen. Denen schwammen die Augen auch, aber sie nickten. Saskia unterdrückte den Impuls, das zu verbieten. Wenn es ... wenn es wirklich so war – vielleicht war es zu schwer für sie. Sie waren doch erst zwölf! Aber sie sagte nichts.

»Macht den Wagen auf, schnell. Du sitzt mit ihr hinten, Julian.«

»Ich will nicht, dass sie stirbt! Track! *Track!!* «, schrie Sissa jammernd und strampelte, um freizukommen. Saskia hielt sie fest und drehte sich um.

»Schschsch ...«, raunte sie und küsste immer wieder den warmen, kleinen Kopf ihrer Tochter, während die Tränen das Ufer überschritten, »schschsch ...«

Trick trippelte erregt und unschlüssig mal Richtung Wagen, mal Richtung Saskia. Die rief sie, laut, über die Schulter, ohne anzuhalten. Und schließlich kam Trick ihr nach.

Im Verwalterhaus verkroch sich die Hündin unter

der Küchenbank. Saskia trug Sissa ins Schlafzimmer, legte sich mit ihr aufs Bett. Wiegte sie. Und sich.

Irgendwann war die Kleine so erschöpft, dass sie mitten in einem Aufschluchzen einschlief. Saskia blieb noch eine kleine Weile liegen; dann stand sie auf, wusch sich im Badezimmer das Gesicht und ging hinunter zu Trick. Trotz allem Locken und obwohl sie leicht mit der Rute auf den Boden klopfte, blieb die verstörte Hündin unter der Bank; also kroch Saskia unter den Tisch, zog Trick sanft zu sich heran und nahm sie auf den Schoß. Erst, als sie den Wagen zurückkommen hörte, ging sie hinaus.

Sie waren nur zu dritt. Fips und Julian hatten verquollene Gesichter, Simons Kiefer traten kantig hervor, der Mund ein schmaler, zorniger Strich, in den Augen die blanke Scham.

»Nichts mehr zu machen; die Blase war gerissen ...«, sagte er leise. Es war seine Schuld, alles seine Schuld. Einen jungen Hund zu treten ... Er musste bescheuert sein, total bescheuert. Wie eine Ikone hatte er Malva angesehen, nein, *angebetet* – wirklich *gesehen* hatte er nur das ganze goldene Drumherum, aber nie sie selbst. Es war Malva gewesen auf seinen Laken, Malva im Licht der vielen Flämmchen, immer nur Malva. Nie Ingeborg. Die hatte er nur dem Namen nach geheiratet, kennen gelernt hatte er sie nie. Bis heute.

Er war ein Idiot.

Saskia stand da, neue Tränen auf den Wagen, und sagte nichts. Die Jungen gingen zu ihr, drückten sie stumm, trollten sich schweigend ins Haus. Und Simon wusste, dass auch ihn die Trauer und Verzweiflung jeden Moment überwältigen würde. Mit hängenden Schultern stand er da, einen knappen Schritt vor Saskia, sah die Spritze und Tracks Augen und die Köpfe der Jungen, ihre Gesichter im Fell des sterbenden Hundes – und erwartete sein Urteil.

Und dann war kein Schritt mehr zwischen ihnen. Ohne ein Wort streckte Saskia die Hand aus, strich ihm tröstend über die Wange, drückte ihn an sich, füllte den Abgrund in ihm für eine halbe Sekunde mit Wärme und Verstehen.

»Schon gut. Ist schon gut«, flüsterte sie tonlos. Dann drehte sie sich um und ging ins Haus.

Simon spürte salzige Nässe auf seinem Gesicht. Er hätte sonst was dafür gegeben, mit ihr in das Haus zu gehen, die Kinder in den Arm zu nehmen, *irgendwas* zu tun.

Aber das ging natürlich nicht. Stattdessen setzte er sich in sein eigenes Wohnzimmer. Rief einen Münchner Reitstall an. Und entfernte bedächtig jedes Einzelne Foto seiner Ex-Frau – die großen und die kleinen.

In den nächsten Tagen herrschte auf dem Gutshof am Bachsteig Halbmaststimmung in Tiefschwarz. Track wurde neben dem Holzschuppen begraben, am Rande der Wiese, über die sie so gern getollt war. Leininger zimmerte eine Holzkiste, und Simon selbst hob die Grassoden ab und grub ein tiefes Loch.

»Ist das nicht verboten?«, wandte Saskia zaghaft ein. Sie wollte natürlich auch nicht, dass Tracks lebloser, kleiner Körper von einem Laster für Tiefkadaver abgeholt wurde, aber …

»Das schert mich einen *Scheißdreck*«, antwortete Ilse Krögers Sohn mit einem flammenden Blick und grub weiter. Alle nahmen am Begräbnis teil, sogar Leininger. Trick winselte und schnüffelte und blieb auf dem Grab ihrer Tochter liegen, bis Saskia sie schließlich fast mit Gewalt ins Haus holte. (Es war nachts schon ganz schön kalt – das fehlte noch, dass Trick da draußen erfror!)

Die Jungen schlichen stumm herum und hatten Null Bock auf gar nichts, und Sissa weinte alle paar Augenblicke neu los. Weder Saskia noch Simon konnten ihr über den Berg helfen, was immer sie taten.

Es war Konrad Leininger, der das schaffte. Den ewigen Zigarrenstummel im Mundwinkel, mit einer Gabel Heu umschichtend, erzählte er Sissa, dass es einen eigenen Himmel für Hunde gebe. Einen, wo die Metzgereien keine Mittagspause machten und wo es spezielle Wiesen zum Wühlmaus-Jagen gab. Und viele, viele Hunde zum Spielen. »Da wart's dann auf dich, die Track«, sagte er, »bis du soweit bist. Und dann geht's mit dir in den Himmel. Da hast sie dann wieder, deine Track.«

»Ist das wahr?«, fragte Sissa mit großen Augen.

»Ich weiß nicht genau. Keiner weiß das genau – es war ja noch keiner dort. Aber ich glaube schon, dass das stimmt.«

Simon glaubte es auch; also musste es wohl stimmen. (Simon glaubte außerdem, dass er unbedingt mal mit Leininger einen heben gehen sollte, aber das glaubte Saskia gar nicht, absolut nicht – der arme Konrad, der Schlag würde ihn rühren, wenn er neben ›dem Herrn‹ ein Bier trinken müsste! –, und deshalb schwor Simon diesem Irrglauben ganz schnell wieder ab und beließ es dabei, zu lächeln, wann immer er Leininger sah.)

Ende der Woche kam ein Mann mit einem Pferdetransporter. Simon ärgerte sich maßlos, weil er eigens gebeten hatte, Melisande vormittags abzuholen, wenn die Jungen in der Schule waren. Jetzt standen sie mit großen Augen da, sahen die weiße Stute unruhig tänzeln und den Kopf hochwerfen – und fanden das alles sehr beunruhigend.

»Will sie Melisande zurückhaben, deine ... deine Frau?«, fragte Fips. »Hat sie sie gern? Sie hat sich doch gar nicht um sie gekümmert?«

»Nie!«, bekräftigte Julian. »Die war doch nie da! Die *kann* sie doch gar nicht vermissen!«

Sie ist nicht meine Frau, dachte Simon, nie gewesen. Laut sagte er: »Stimmt, aber darum geht es nicht. Es ist für ein Reitpferd nicht gut, wenn es nie geritten wird. Und ich habe ja Sundance. Deswegen ist sie auch so zickig und bockt herum.« Ihm tat's ja auch Leid, ihm war auch nicht ganz wohl in seiner Haut. Aber es war eben das Beste so. »Melisande braucht jemanden, zu dem sie gehört.«

»Aber sie gehört doch zu Sundance! Der ist dann ganz allein, wenn sie weg ist !«, protestierte Fips. »Du könntest sie ja manchmal reiten, dann wär's doch in Ordnung! Und wir ... kümmern uns viel um sie, Julian und ich, dann weiß sie auch, dass sie zu uns gehört!«

Julian nickte und schob sich ganz automatisch zwischen Melisande und den Anhänger. Der Reitstallbesitzer sah Simon fragend an.

Sie dachten alle dasselbe. Man konnte es beinahe hören, so unisono dachten sie. Simon sah Melisande an, die Jungen ... Würde er es irgendwann schaffen, nicht mehr an Malva zu denken, wenn er Melisande sah? Viel war sie ja nicht geritten ... Sie würden mindestens noch ein Pferd brauchen. Und dann natürlich auch ein Pony. Drei Pferde und ein Pony. (Bis wann könnte Leininger die Boxen fertig haben?) Er seufzte tief.

»Also gut – sie bleibt. Wenn ihr euch wirklich um sie kümmern wollt ... Am Montag fangen wir mit Reitstunden an, also seht zu, dass ...«

Sie schrien so laut los, dass Melisande scheute. Simon zuckte auch zusammen, obwohl ihm das Geschrei der Jungen wie Musik in den Ohren klang: endlich wieder Glücksgeheul!

Leininger brauchte knapp zwei Wochen, um die beiden zusätzlichen Boxen zu zimmern – und teilte auch noch unbeauftragt Lügen aus. Genug Luft für Simon, um gewappnet zu sein, als Saskia ins Atelier stürmte. (Ohne zu klopfen, übrigens.)

»Sagen Sie mal – sind Sie *wahnsinnig*?«

»Ich, wieso?«

»Sie können den Jungen doch nicht einfach ein Pferd kaufen! Und ein Pony für Sissa noch dazu!«

Simon sah sie an und fühlte sich zum ersten Mal seit Tracks Tod wieder so richtig wohl. Ganz verboten wohl. »Aber das ist doch selbstverständlich ...«

»Selbstverständlich?!« Bildschön, wie sie explodierte, die kleine Kampffregatte da – man konnte die Trümmer glatt rauchen sehen! »Daran ist überhaupt nichts selbstverständlich, das kommt ja gar nicht in Frage, ich ...«

»Doch, natürlich ist das selbstverständlich! Sie wollen Melisande doch wohl nicht zumuten, auf Dauer *zwei* Jungen zu tragen – das ist einfach zu viel für sie!«

Das Gesicht! *Das Gesicht!* Unbezahlbar. Jetzt noch ein linker Haken, bevor sie auf die Idee kam, dass die Zwillinge ja auch nacheinander reiten könnten ...

»Und falls *Sie* es verantworten wollen, dass Sissa von einem *großen* Pferd fällt – *ich will es nicht*. Oder ... darf sie nicht mit uns ausreiten? Ich meine, wenn Sie sie mir nicht anvertrauen wollen ...«

»Doch, natürlich, das ... selbstverständlich tue ich das. Aber ...«

»Danke. Nett von Ihnen. Ich werde auch gut auf sie aufpassen. Das Pony wird keinen Schritt von Sundances Seite weichen – aus diesem Grund habe ich mir eigens ein ausgewachsenes gekauft, ein geschultes.«

Sie merkte es. Sie hörte es. Sie schluckte es.

»Es ist ... Ihr Pony? *Sie* haben *sich* ein Pony gekauft?«, fragte sie.

»Ja, natürlich ist es mein Pony. Der Trakehnerhengst ist ja auch mein Pferd, was dachten ... Ach, weil Sissa ›mein Pony‹ sagt? Nein, nein – sie darf natürlich so tun, als wäre es ihres; und die Jungen auch. Aber es sind in Wirklichkeit selbstverständlich *meine* Pferde.«

»Ach so ... Ja, äh, dann ...«

Genau: Was tat sie dann eigentlich hier? Wie kam sie dazu, ihn wegen seiner ureigensten Privatangelegenheiten zur Rede zu stellen – hm, Frau Meerwald ...?

Verlegen und verwirrt und mit dem unangenehmen Gefühl, hereingelegt worden zu sein, wandte sich Saskia zum Gehen. Simon konnte nicht widerstehen: »Wenn Ihnen zwei Pferde mehr auf dem Hof zu viel Trubel sind, sagen Sie es nur. Ich schaffe die beiden sofort wieder ab – wenn Sie es den Kindern erklären wollen ...«

Sie drehte sich nicht um, verharrte nur einen Moment lang regungslos. Dann zog sie ganz leise die Tür hinter sich zu.

Die Tür zur Folterkammer schwang auf. Dahinter warteten schon diabolische Helfershelfer und zwangen Saskia mit brutaler Gewalt, auf die Streckbank zu steigen. Mit hämischer Freude legte man ihr eine Kette um den Hals, deren Glieder sich eisig in ihren Nacken brannten, klirrte bedeutungsvoll mit Folterinstrumenten, grinste höhnisch über ihre blanke Angst.

Und dann erschien *er*, Doktor Mabuse selbst. Die Augen über der Maske funkelten. »Na, Frau Meerwald – lange nicht gesehen, was? Ich habe mich schon gefragt, ob Sie überhaupt wissen, dass wir umgezogen sind!«

Feine Schweißperlen glitzerten an Saskias Haaransatz, als sie widerstrebend ihre zitternde Hand in die herrisch ausgestreckte Pranke legte.

»D ... doch, wusste ich, es ist nur ... ich h ... hatte so viel zu tun ...«

»Ja, ja, das haben wir alle«, meinte der Herr des Schreckens vieldeutig und zog genüsslich dünne Gummihandschuhe an. Dann trat er auf ein Pedal und ließ Saskia hinterrücks umsinken. Deren Hände krallten sich in die Armstützen, dass das Plastik quietschte. »Es ist ein rechts Kreuz mit unserem Lebenstempo. Keiner hat mehr Zeit! Aber früher oder später kommen sie dann doch alle zu uns, nicht war, Birgit?«

Eine der Foltermägde nickte, murmelte irgendwas Boshaftes, knipste die Leuchte schräg über Saskias bleichem Gesicht an und presste eine grausame Hand auf deren Schulter.

»Also, dann wollen wir mal ...«

Doktor Mabuse überflog die reiche Auswahl an metallenen Unsäglichkeiten und griff dann mitten hinein ins kaltschimmernde Vergnügen. Mit einem gebogenen, scharfen Haken begann er, in Saskias Mund herumzustochern. »Wie gefällt Ihnen unser neues Domizil? Sieben links kariös.«

Jeden verfügbaren Muskel angespannt, wartete Saskia auf den unausweichlichen Schmerz und schoss wilde Blicke durch den Raum. Einem Doktor Mabuse verweigerte man nicht die Antwort, nicht, wenn einem das Leben lieb und der Schmerz verhasst war.

»Chön, cher chön«, behauptete sie, den Rachen wehrlos ausgeliefert. »Allech cho weich ...«

Der Haken stand still. Über den Funkelaugen hoben sich erstaunte Brauen.

»So weich?«, wunderte sich Mabuse.

»Weich!«, verbesserte Saskia hilflos und dringlich. »Chau chauber und weich! Machg chich gug mig den Tophphlanken!«

»Ach – so *weiß*! Ja, das stimmt, das macht sich gut mit den Pflanzen. Aber andere Farben haben wir auch, nicht wahr, Birgit? Ziemlich teure Farben, sogar!«

Er lachte dröhnend, deutete mit dem Kinn auf ein großes, gerahmtes Ölbild an der Wand und ließ den Haken wieder wandern. Birgit antwortete nicht, jedenfalls nicht hörbar; die machte sich am Tisch hinter Saskias Kopf zu schaffen.

Was um Himmels willen braute sie da Teuflisches zusammen?

»Man sollte nicht glauben, was Originalgemälde heutzutage kosten – selbst, wenn *nicht* Picasso druntersteht!«

Ein zweiter Lacher. Der Haken wurde weggelegt; tückisch glitzernd schob sich eine gefüllte Spritze in Saskias angstgeweiteten Gesichtskreis. (Wie wurde Alptraum eigentlich gesteigert – Alptraummehr, Alptraumen?)

»Schöööön locker lassen jetzt, Frau Meerwald, ist nur ein kleiner Piekser, gleich vorbei. Wie geht's denn Ihren Kindern?«

Wissend legten sich nun zwei Hände auf Saskias Schultern und erstickten jede Hoffnung auf Flucht im Keim. Ergeben kniff Saskia die Augen zusammen – und schon stach Mabuse zu.

»Schon vorüber. War gar nicht so schlimm, was? Jetzt warten wir fünf Minuten, bis die Injektion wirkt.« Die Hände zogen sich zurück; Mabuse erhob sich von seinem Hocker und verließ den Raum. Unsägliche Erleichterung durchflutete Saskia; sie entspannte die verkrampften Muskeln, spürte wie sich ihr Herzschlag verlangsamte, während die linke Hälfte ihres Mundes langsam pelzig wurde, und ließ den Blick wieder durch den großen Behandlungsraum gleiten. Kam wirklich gut, das klassische Weiß mit dem dunklen, glatten Grün des ... der ... was war das da, neben dem Ficus? Ein Bild mit wuchtigem Rahmen um sommerliche Leichtigkeit. Abstrakt, aber nicht unkenntlich. Irgendwie ...

Saskias Blick wurde schärfer. Sie hob den Kopf und starrte das Gemälde an. Sie wusste genau, sie hatte das Bild noch nie gesehen, aber ... Der seidiggraue Schuppen da – oder war das gar keiner? Doch, das war einer, ein alter Holzschuppen am Wiesenrand. Und dahinter Wald. Wäldchen. Hundertfaches Grün mit weichen Schatten … Unsinn. Das war ja nicht möglich, die Bilder, die Georg verkauft hatte, waren nach Spanien gegangen, sie wusste noch genau, wie stolz Simon darauf gewesen war. Aber …

»Na – alles taub? Oder müssen wir noch warten?«

Der Doktor war zurück, und mit ihm die Angst, unlogisch, unbezwinglich, gehirnfüllend. Mabuse grinste teuflisch, Birgits Harpyie-Krallen rissen Saskias Kopf zurück. Und dann begann der Bohrer sein grausiges Lied. Ewigkeiten später warf der Doktor den Modellierhaken auf das Instrumententablett.

»So, das wär's für diesmal. Auf Wiedersehen in einem halben Jahr!«, sagte er und zwinkerte Saskia zu. Eigentlich hieß er gar nicht Mabuse, fiel ihr jetzt wieder ein, eigentlich hieß er Martin Bohse, und furchtbar war er auch nicht. Die Helferin – eigentlich war sie gar keine Foltermagd, sondern nett und mitfühlend und sanft, diese Hand auf der Schulter, was täte man ohne sie? – befreite Saskia lächelnd von dem angeketteten Lätzchen und begleitete sie aus dem Ordinationszimmer in den Flur.

»Sollen wir gleich einen Termin für nächstes Mal ausmachen, oder …?«

Saskia antwortete nicht. Sie schaute mit großen, begeisterten Augen auf ein weiteres Ölgemälde, ein Bild mit viel Wiese, viel gelbem Löwenzahn und einem fröhlichen Blau darin, einem kleinen Mädchen mit einem Kranz puscheliger gelber Blumen. Rechts unten in der Ecke die Signatur. (Nicht, dass sie die noch gebraucht hätte.)

»Wissen Sie, wer das ist?«, fragte sie Birgit und deutete auf das Blau. »Das ist meine Tochter Sissa.«

»Ehrlich?« Überrascht musterte die Arzthelferin zuerst das Bild und dann Saskia. »Sie kennen den Maler persönlich?«

»Allerdings.« (Hach, tat das gut, sich im Abglanz von

Simons Ruhm zu sonnen!) »Sehr gut, sogar.« Und dann stach Saskia endgültig der Hafer: »Wir ... leben nämlich zusammen.«

Sie ließ Birgits Fantasie genügend Zeit, diesen Satz mit Leben auszufüllen; erst dann schränkte sie ein: »Ich bin nämlich die Haushälterin von Herrn Kröger.«

Drei Sekunden lang waren sie nur zwei Frauen, Birgit und sie – mit allen Konsequenzen. Dann sagte die junge Helferin »Ach ...« und lächelte jene besondere Art von Lächeln, wie es das nur zwischen fantasiebegabten Frauen gibt.

Dr. Bohse, der eben aus dem zweiten Behandlungsraum kam, war vom Verständnis dieses Lächelns ausgeschlossen. Er sah sie einfach nur lächeln und hob in mildem Interesse die Brauen.

»Stellen Sie sich vor, Frau Meerwald kennt den Maler!«, erklärte seine Helferin. »Das hier ist ihre Tochter!«

»Stimmt«, bestätigte Saskia stolz und bedachte ihn mit so viel Freundlichkeit, wie ihre noch pelzigen Lippen zu Stande brachten. Schließlich war er ja nicht nur als Zahnarzt ein As, sondern außerdem Kunstsammler, Sammler *Krögerscher* Kunst – und folglich schön und stark und klug und unheimlich geschmackssicher. Sie freute sich rasend – endlich wurde Simon ›entdeckt‹! Galeristen-Georg musste noch mehr Bilder verkauft haben, *küssen* könnte sie den Widerling dafür – ach, und sie hatte einfach Schmutzwasser über seinen Kühler gegossen! Das nächste Mal würde sie ihm den Wagen aufpolieren, egal, wie blöd seine Sprüche waren! Und Kaffee konnte er kriegen, bis ihn der Blutdruck von selbst aus dem Haus schweben ließ!

»Was es nicht alles gibt ...« Zufrieden betrachtete Bohse das Bild. »Und? Wird der Mann halten, was sein Galerist verspricht – was glauben Sie?«

»Verspricht – wieso?«

»Sein Galerist schwört, dass dieser Kröger ein Geheimtipp ist – seine Bilder sollen *der* Renner sein unter Eingeweihten. Eine solide Wertanlage für die Zukunft. Ich habe sechs Stück gekauft und knappe Siebzigtausend dafür bezahlt.«

Saskias Lächeln erlahmte – was keineswegs an der Spritze lag. Der Boden unter ihren Füßen wurde weich, in ihren Ohren begann es zu rauschen. *Siebzigtausend Mark?*, für sechs Gemälde – wovon redete dieser Irre denn da! Sie konnte noch Simons glückliches Gesicht sehen, als er ihr von dem Verkauf der zehn Bilder erzählt hatte, jedes Bild zweitausend. ›Für einen Anfänger nicht übel, was?‹, hatte er gesagt.

»Sind Sie sicher?«, fragte sie schwach.

Bohse lachte polternd.

»Natürlich bin ich mir sicher, ich kann Ihnen sogar noch die Rechnungen zeigen. War mein erster Kunstkauf, den vergesse ich so schnell nicht! Ehrlich gesagt kam mir die Summe ein bisschen hoch vor, aber ich habe die Bilder von einem anderen Galeristen begutachten lassen, und der sagte, der Preis sei ganz in Ordnung. Er kannte den Namen Kröger von einer Vernissage, sagt, sein Konkurrent habe ganz schön Glück gehabt, sich den zu schnappen, der sei ein echtes Talent und wird es weit bringen. Also denke ich ...« Die weißbekittelten Schultern zuckten, der Blick glitt wieder zu Sissa im Löwenzahn. »Sie sind ja auch wirklich schön, nicht? Man muss auch seine Freude haben an so einem Bild, man darf das nicht nur als Anlage sehen. Aber bei dem Preis spielt das natürlich schon auch eine Rolle.«

Nun streckte er ihr schon wieder die Hand hin. Saskia ergriff sie automatisch.

»Dann grüßen Sie Herrn Kröger mal schön von uns. Und falls er einen Zahnarzt sucht ...« Ein Zwinkern, ein letztes Lachen, dann marschierte er wieder los, seinem nächsten Opf ... Patienten zu.

Leicht überstürzt verließ Saskia die Praxis. In ihrem

Kopf herrschte wildes Durcheinander, aber ihre Füße schlugen ganz automatisch den Weg zu ihrem runderneuerten Auto ein. Jeder Schritt schien den winzigen Funken Wut anzufachen, der in ihr glimmte. Und als sie schließlich in den Wagen stieg, schien sie vom Kopf bis zu den Füßen eine einzige sengende Flamme zu sein und hatte Mühe, Luft zu kriegen.

Es war unglaublich: Galeristen-Georg zog Simon über den Tisch – ungeniert und in ganzer Länge!

Eine andere Erklärung gab es nicht.

Saskia haute den Blinker rein, dass es knackte. Die Überlandstraße war frei, sie konnte ohne zu bremsen einbiegen und Gas geben. Mit etwas Glück konnte sie in knapp zwanzig Minuten daheim sein und Simon alles brühwarm auftischen. Und dann würde der gute Schorsch sein blaues Wunder erleben.

Ein wunderbarer Gedanke – aber irgendwie ... schmeckte er ihr nicht richtig. Simon glaubte fest, dass Georg sein Freund war, nicht nur sein Galerist. Er war fast demütig dankbar, dass dieser ihn bestätigte und lobte und seine Bilder gut fand, auch wenn sie – wie er behauptete – vorerst noch sehr schwer verkäuflich seien.

Angeblich lagerten sie auf seinem Dachboden, von wo aus er die Ausstellung in seiner Galerie regelmäßig neu bestückte. Soweit sie wusste, hatte Simon Georgs Galerie nur zwei Mal besucht, jedes Mal mit Voranmeldung – Gott schütze die Naiven! –, und beide Male war er vor Dankbarkeit fast auf allen Vieren heimgekrochen, so deutlich hatte Georg ihm zu verstehen gegeben, wie aufopfernd und uneigennützig er Simon fördere. Dazu dann die triumphale Verkaufsmeldung ... (Nach Spanien, *natürlich* nach Spanien – das war ja für Simon wahnsinnig leicht zu überprüfen!) Einige hatte er auch selbst gekauft, für sich persönlich, zu einem Freundschaftspreis, höchstwahrscheinlich ...

In brütenden Gedanken lockerte Saskia den Druck aufs Gaspedal und zog die Unterlippe durch die Zähne. Sie konnte das Ganze natürlich leicht auffliegen lassen. Sie brauchte Simon nur zu Dr. Bohse zu schleifen, ihm das Bild und die Rechnungen zeigen lassen – und Georgs Schurkerei wäre nicht mal mehr für Simon zu übersehen.

Das Problem war nur – es würde ihm wehtun. Es würde ihn tief verletzen, besonders jetzt, nach Malvas fatalem Besuch. Sie müsste sich schon sehr täuschen, wenn er sich damals nicht wie ein Idiot vorgekommen war, als sich das, was ihm so glänzend erschienen war, als Katzengold erwiesen hatte. Wenn sie ihm jetzt noch bewies, dass er in puncto Freund auch kein besseres Augenmaß hatte …

Nein.

Nein, das ging nicht, auf keinen Fall, das tat sie ihm nicht an. Aber Georg weitermachen zu lassen …

Direkt vor dem Ortsschild fuhr Saskia rechts ran, stellte den Motor ab und starrte blicklos auf Hellenstein im Sonnenschein. Fünf geschlagene Minuten lang.

Dann startete sie wieder, wendete und fuhr mit grimmiger Entschlossenheit zurück nach München. Sissa war derzeit nachmittags im Kindergarten, das dauerte bis fünf – und die Zwillinge wollten nach der Schule sowieso zum ›Weber-Bastian‹, dem sommersprossigen Neuesten in ihrem Freundes-Potpourri. Sie hatte also genügend Luft, um sich den Mistkerl selbst vorzunehmen, höchstpersönlich und mit Schwung.

Der Eintrag im Branchenbuch war protzig, aber immerhin ausführlich: *Galerie Georg Buchner,* sämtl. Kunstrichtungen, Adresse, Telefon, Fax und Öffnungszeiten. Demzufolge müsste dieses Kameradenschwein eigentlich jetzt dort sein. Saskia schlug das Branchenbuch zu – und zögerte. Sie war so ein Winzling … sollte sie vielleicht besser Uli mitnehmen? Er käme sofort, ein

Anruf würde genügen, im Moment täte er so ziemlich alles, einfach nur dafür, dass sie ihn darum bat ... Seine Eltern mussten ganz überwältigt sein von so viel Sohnesliebe, alle zwei Tage kam er sie besuchen, allerdings jedes Mal nur sehr kurz – sein eigentliches Ziel war der Gutshof. Und sie. Aber je öfter er kam, desto klarer wurde ihr, dass sie doch lieber ihre Hormonschwankungen behielt. So verlockend der Gedanke war, sie war einfach nicht für One-night-stands gebaut; sie brauchte was, worauf man stehen, woran man sich lehnen konnte. Das hatte Uli einfach nicht zu bieten – ihr nicht und den Kindern auch nicht. Beim Angeln hatte er sich als totaler Versager erwiesen, sich – vor den Jungen, man denke! – den Angelhaken einmal sogar mit Schwung in den eigenen Hintern gehakt. Und Bemerkungen wie ›Na, wie war's denn in der Schule heute?‹ machte er auch. Außerdem begann den Zwillingen aufzufallen, dass er ›um Mutsch herumscharwenzelte‹ – und das passte ihnen gar nicht. Aber Uli hatte ein dickes Fell, er ließ sich wieder durch Anglerpech noch durch Saskias eisgekühlte Schulter oder Fips' Beinahe-Frechheiten entmutigen. Und einen direkten Rausschmiss – das brachte sie einfach nicht. Dafür gab er ihr keinen Grund.

Warum ihn also nicht noch mal nutzbringend einsetzen? Unschlüssig schürzte Saskia die Lippen. N ... nein. Lieber doch nicht. Kleine Dienste erhielten die Freundschaft womöglich noch länger. Sie würde mit Georg schon auch allein fertig werden, *pah, no problem* bei der Wut im Bauch ...

Die Galerie war leicht zu finden und mindestens so protzig wie ihr Brancheneintrag. Fürnehm ergänzten sich Glas und Gold und Bronze vor dem edlen Eierschale der bilderstarrenden Wände. ›Geld spielt keine Rolle‹, brauchte hier niemand mehr auszusprechen, das schallte stumm aus jedem Eck. Keine Kunst bei einem Profit von Achtundfünfzigtausend für sechs Bilder ... Saskia fühlte einen frischen Schub Wut und sah sich mordlüstern nach Georg um.

Und da war er auch schon, kam verbindlich lächelnd aus dem dämmrigen Hintergrund der ineinander verschachtelten Räume, Aufmachung und Gehabe elegant mit einem schwachen Touch Freigeist. Er erkannte Saskia sofort, und einen Herzschlag lang wurden seine Augen schmal. Dann erinnerte er sich, dass ja Frieden herrschte zwischen ihnen, dass sie keinen Eimer dabeihatte und er auf eigenem Terrain stand. Und schon wurde das Lächeln wieder deutlicher.

»Das nenne ich eine Überraschung – Frau Meerwald!« Artig streckte er die Hand aus, die Saskia jedoch mit Wonne übersah. Prompt schaltete er das Galeristengrinsen wieder eine Stufe zurück. »Was kann ich für Sie tun?«

»Eine ganze Menge«, erklärte Saskia unumwunden. »Ich komme eben von einem Besuch bei meinem Zahnarzt, Dr. Bohse. Sie kennen ihn?«

Nun war sein Lächeln auf der Hut, beinahe erschrocken, wie Saskia befriedigt bemerkte. Sofort verstärkte sie ihr eigenes. »Wollen wir das Weitere hier besprechen oder lieber in Ihrem Büro?«

Eine kleine Pause entstand. Sie sahen sich direkt in die Augen, schweigend, aber keineswegs stumm. Dann zuckte der Galerist fast unmerklich mit den Schultern und deutete in einen schmalen Gang.

»Hier entlang, bitte.«

Mit einem winzigen Neigen des Kopfes setzte sich Saskia in Bewegung. (Na, bitte. Wer brauchte Uli – dem da das Hemd aufzublasen schaffte sie locker allein!)

Georg Buchners Büro war nicht ganz so golden wie der Laden, aber auch hier war die Noblesse dick aufgetragen. Ein mit Papieren überhäufter Schreibtisch nahm fast zur Gänze zwei Seiten des Raumes in Anspruch; überall lehnten, standen, hingen Gemälde, Drucke und Kunstfotografien. Ein kleiner, ovaler Glastisch mit drei Stühlen war offensichtlich für Besucher gedacht. Ohne weitere Umstände nahm Saskia Platz. Schräg gegenüber öffnete Georg eine schwarze Konsole. Gläser funkelten im plötzlichen Licht auf.

»Einen Cognac?«

»Für mich nicht, danke. Aber Sie werden, glaube ich, einen gebrauchen können«, sagte Saskia mütterlich.

Der Wurm entschloss sich zum Aufbäumen: »Ich verstehe nicht ganz ...«

»Ts, ts, ts – schon wieder daneben!« Saskia schüttelte leicht den Kopf. »*Ich* verstehe nicht ganz. Das Verhältnis achtundfünfzigtausend zu zwo, Galerist gegen Maler, Spanien: Deutschland. Verstehen wir uns jetzt?«

Erneute Musterung – Augen-Blicke. Georg wandte seinen als Erster ab und befolgte stumm Saskias Rat: Er goss sich einen Cognac ein. Großzügig bemessen. Aus sehr teurer Flasche. Entspannt zurückgelehnt, sah Saskia ihm zu. Trink du nur – solange du noch kannst ...

»Bei allem Respekt vor der Leistung des Vermittlers, ich halte das doch für ein bisschen ... stark. Ich glaube fast, ein Staatsanwalt hielte es sogar für Betrug«, sinnierte sie leidenschaftslos.

Ihr Gegenüber setzte auf einschüchternde Lautstärke. »Was fällt Ihnen ein?!«, donnerte er und knallte den unschuldigen Cognacschwenker mit Nachdruck auf den Tisch. Blitzschnell saß Saskia aufrecht.

»Oh, jede Menge!«, donnerte sie zurück, mindestens so laut wie er – und mindestens bis zur Eingangstür dieses miesen Ladens hörbar. »Im Moment hauptsächlich Stichwörter: Finanzamt, Polizei, Betrugsdezernat, Buchprüfung ...« Vielsagend schweifte ihr Blick durch den Raum, strich über Bilder und Fotografien. »Und je länger ich darüber nachdenke, desto mehr fällt mir ein – dass Sim ... Herr Kröger vermutlich nicht der einzige Gimpel in Ihrem Netz ist, zum Beispiel.«

Ihre unbeeindruckte Gegen-Lautstärke hatte Georg allen Wind aus den Segeln genommen, und die Erwähnung des Finanzamtes machte ihm heftig zu schaffen, das hatte sie deutlich sehen können. Wenn ihr dieser blöde Schnitzer nicht passiert wäre, oder wenn er ihn überhört hätte ...

Aber Wut und Schreck hatten ihn hellhörig gemacht. Punktgenau stach er zu: »*Simon?!* Sieh an, sieh an – ist das Putzfrauenschwärmerei, dass Sie sich so sehr für seine Angelegenheiten interessieren – oder mehr?«

»Das geht Sie einen feuch ...« Saskia schnappte nach Luft, als hätte man sie mit kaltem Wasser begossen. Unter ihren Füßen schwankte der Boden, wie abgesaugt zog sich die ganze Welt unter ihr zurück, ihr Herz begann zu rasen wie gehetzt: *der Kerl da ... hatte Recht!* Nicht mit der Putzfrauen-Schwärmerei, Blödsinn, das war reine Bosheit und nicht mal besonders originell – aber damit, dass Simons Angelegenheiten tatsächlich zu ihren eigenen geworden waren. Weil ... sie ihn liebte.

Die Erkenntnis traf sie so unvermittelt, mit solcher Wucht, dass Saskia für einen Augenblick alle Selbstsicherheit verlor. (Großer Gott – wann?, wo?, wie?)

Das Aufblitzen in Georg Buchners Augen entging ihr völlig. Auch er war überrascht; er hatte ja keine Ahnung gehabt ...! Aber mitten ins Schwarze getroffen, das sah man dem kleinen Biest mühelos an. Er grinste breit und lehnte sich zurück. »Und weiß *Simon* davon ...?«

Wusste Simon davon? Nein – bestimmt nicht, nein, nein, sie hatte es ja bis eben selbst nicht gewusst, wie sollte da er ... Sein Gesicht tauchte vor Saskia auf, die Augen, die Wangen, der Mund. Die Hände, *seine* Hände. Purzelbilder in Dur und Moll, hundert Winzigkeiten, alle mit neuen Untertiteln. Ihr Herz wollte explodieren in dieser unerträglichen Süße, wie ein Feuerwerk, bis in die Fingerspitzen. *Simon ...*

Saskia schluckte. *Später. Alles später. Reiß dich zusammen, jetzt sofort. Konzentrier' dich. Komm schon, Stehaufmädchen – hoch mit dir!*

Sie holte tief Luft. Und verstand absichtlich falsch. »Von Ihrem Betrug, meinen Sie? Das bezweifle ich. Es wird ihm wohl jemand stecken müssen. Aber das könnte zu Knochenbrüchen und sehr hässlichen Blutergüssen führen, vielleicht auch zu Gehirnerschütterung. Letzteres natürlich nur bei Leuten *mit* Gehirn.«

Blick auf kalt stellen, langsam abwärts gleiten lassen an dem Kerl da, Verachtung rein – *langsam.* Bloß keinen Schnitzer mehr! Sieh an, es wirkt – ist schon eine Schattierung weniger selbstsicher, sein Grinsen. Er denkt nach. Ob er wohl wirklich rabiat würde, der große, trottelig gutmütige Simon Kröger, wenn er die Wahrheit erführe? Schon möglich; nicht so sehr wegen des Geldes vielleicht, aber ... ja, durchaus möglich. Wie wär's mit ›sehr wahrscheinlich‹, Kleiner?

Jetzt sah er sie an, nachdenklich, abwägend. Bluffte sie? Oder würde sie tatsächlich tun, was sie da androhte? Wenn ja – warum war sie dann überhaupt zu ihm gekommen? Warum war sie nicht schnurstracks zu ihrem Oversize-Lover gerannt und hatte ihm alles erzählt? Wenn sie nicht bluffte – warum scharrte dann hier nicht schon Simon Kröger mit den Hufen? Hm. Sie wirkte ziemlich ruhig. *Unverschämt* ruhig. Vorhin nicht, da hatte er sie unten gehabt, aber jetzt ...

»Sie wissen, das war es nicht, was ich meinte«, tastete er sich vor.

»Weiß ich, ja. Aber ich bin weder hier, um ausgerechnet mit Ihnen mein Privatleben zu erörtern, noch die Mängel in Ihrer Erziehung zu beheben. Also denke ich, es ist das Beste, wir lassen Ihre ... unpassende Bemerkung einfach unbeachtet, ja?«

Georg lehnte sich zurück, verschränkte die Arme vor der Brust. (Diese Einfalt – irgendwer sollte ihn mal über Körpersprache aufklären!)

»Warum sind Sie *dann* gekommen?«, erkundigte er sich höflich. »Zu mir – und nicht zu ... unserem gemeinsamen Freund, meine ich.«

Heikler Punkt. *(Simon, Simon Simon ...)*

»Ich glaube nicht, dass Sie in der Position sind, Fragen zu stellen«, konterte Saskia ruhig. Kein Grund zur Aufregung – er konnte den Singsang ihres Herzens unmöglich hören.

Wieder Schweigen. Scharfe Blicke. Vorsichtiges Abschätzen. Von ihr aus – das hielt sie Jahre durch, kostete sie keinen Tropfen Schweiß. Diese Anfängertricks der psychologischen Kriegführung hatten sogar schon Fips und Julian besser drauf als der da.

Er stand es noch nicht mal lange genug durch, um das Schweigen lastend zu machen.

»Was *wollen* Sie denn eigentlich«, platzte er ungeduldig heraus.

Saskia ließ sich Zeit. Tja – was wollte sie eigentlich? Simon jeden Schmerz ersparen, das vor allem. Ihn glücklich wissen, seinen ruhigen sommerblauen Blick spüren, die Farbflecken an seinem Hemd belächeln ... Grundgütiger, wo kamen nur all die Schmetterlinge her, die da wie wild in ihrem Bauch flatterten?! *(Konzentrier' dich!!)*

»Gegenfrage.« Gegenfrage war immer gut. »Wie lange, dachten Sie eigentlich, dieses Spielchen treiben zu können? Simon ist in Geschäftsdingen nicht unbedingt versiert – und wahrscheinlich geht das vielen seiner Kollegen ebenso. Aber irgendwann ... Und was dann?«

Georg schnaubte trotzig.

»Sie glauben doch wohl nicht im Ernst, dass ich das ausgerechnet Ihnen sage?!«

»Eigentlich schon. Mit ein wenig Überlegung sogar ganz bestimmt«, meinte Saskia freundlich. »Ich in Ihrer Lage wäre ganz wild darauf, diese und jede andere Frage zu beantworten. Ich würde auf keinen Fall riskieren wollen, dass Sie verärgert aufstünden und gingen ...« Das leuchtete ihm ein.

»Ich habe meine Zukunft – jedenfalls die fernere Zukunft – nie in Deutschland gesehen«, sagte Georg. »Ich habe gute Verbindungen in ... andere Länder; ich hatte immer schon vor, mal von hier weg zu gehen.«

Saskia nickte verständnisvoll. »Der ewige Regen ...« stimmte sie ihm zu.

»Zum Beispiel. So in etwa ... zwei Jahren wollte ich mich nach sonnigeren Gefilden umschauen.«

Aha. So lief der Hase also. Man baute irgendwo eine Galerie auf, zockte junge Künstler ab – und wenn's brenzlig wurde, verschob man das Ganze in sonnigere Gefilde. Wo sich die Schlange vermutlich in den Schwanz biss.

Moralisch gesehen hatte sie hier eigentlich gar nichts zu suchen. Moralisch gesehen müsste sie längst im Betrugsdezernat sitzen und dem Kerl für alle Zeiten das Handwerk legen. Moralisch gesehen müssten Simons Gefühle dran glauben ...

Nö. Kam nicht in Frage, war sie Jesus? Sie konnte das Kreuz der Welt nicht auf sich nehmen, die anderen mussten selbst sehen, wie sie zu Potte kamen – sie würde Simon nicht leiden lassen. *No way.*

Sie nickte langsam und sah Georg genau in die Pupille. »Schön. Ich werde Ihnen ein Angebot machen: Sie werden Simon Kröger – und jedem anderen Ihrer ... Klienten! – jede Mark ersetzen, um die Sie sie betrogen haben.« So viel Moral konnte sie sich leisten, so viel Moral musste denn schon sein. »Wie Sie das deichseln, interessiert mich nicht die Bohne. Von mir aus wird Simon über Nacht zum Verkaufsschlager, oder mein Zahnarzt hatte eine äußerst schwache Stunde oder war sturzbetrunken – was auch immer. Auf jeden Fall werden Sie sich anschließend langsam und unauffällig aus seinem Leben zurückziehen, sagen wir ... bis Dezember. Vielleicht bekommen Sie ein verlockendes Angebot aus Australien? Soll sehr sonnig sein, dort, *besonders* im Dezember. Oder wären Ihnen die Fidschis lieber? Mir egal – Hauptsache, Sie verschwinden gründlich.«

»Auch als Galerist?«

»*Besonders* als Galerist«, nickte Saskia und hatte einen Geistesblitz. »Kurz vor Ihrem Abgang richten Sie noch eine schöne Vernissage für Simon aus. Schauen Sie doch nicht so sauer drein – mich brauchen Sie dazu nicht einzuladen! Aber ich werde Ihnen die Adresse eines Galeristen schicken, der unbedingt auf Ihrer Gästeliste stehen sollte. Kümmern Sie sich gut um ihn; er könnte Ihr Nachfolger werden ...«

Sie würde noch mal beim Zahnarzt vorbeischauen und sich den Namen von dem Galeristen geben lassen, dem Simons Bilder so gut gefallen hatten. Zehn zu eins, dass der daran interessiert war, ein Talent wie Simon unter seine Fittiche zu nehmen, da der gute Georg ja leider, leider ...

»Pünktlich am zweiten Januar komme ich mit ein oder zwei Buchprüfern hierher.« Die stellten Ev und Suse ihr mit Wonne dar! »Wenn dann alles in Ordnung ist ... ist alles in Ordnung.«

Klar würde er die Bücher frisieren, bis ihnen die Haare zu Berge standen. Aber das interessierte sie nicht weiter. Es war ja nicht so sehr das Geld, was zählte.

Der gute Georg knackte mit den Kiefern. Er sah überhaupt nicht mehr verbindlich drein. Flasche. Jedes Wickelkind brachte ein besseres Pokerface zu Stande als er!

»Andernfalls ...?«

»Ganz richtig: andernfalls.« Saskias kühle Sachlichkeit war auch bloß Fassade, aber sie hielt. Unglaublich, was für Bluffs man abziehen konnte, wenn man entschlossen genug war, und solange der andere die Motive nicht durchschaute, natürlich.

Aber in dem Punkt war Ganoven-Georg schwach auf der Brust. Er witterte den Bluff, sie konnte das sehen an der hilflosen, vorsichtigen Wut in seinen funkelnden Augen; er bluffte sich ja selbst durchs Leben. Aber er wagte es nicht, ein ›will ich sehen‹ zu riskieren.

Saskia lächelte milde. Das war zu viel: Mit zornigem Schwung erhob sich Buchner. »Tja, dann – ich denke, damit ist unser Gespräch wohl beendet«, beschloss er.

»Wie Recht Sie haben …!« Auch Saskia erhob sich, entspannt und elastisch. In eisigem Schweigen geleitete Georg sie bis zur Eingangstür und schloss sie hinter ihr mit Betonung.

Verschwendete Liebesmüh: Saskia hörte es nicht einmal. Obwohl sie noch keine zwei Meter trennten, war Georg so vollständig aus ihrem Kopf verschwunden wie das Pfund Aufschnitt, das sie noch besorgen wollte. Zum zweiten Mal an diesem Tag traumwandelte sie in Richtung Auto, bis obenhin angefüllt mit Staunen und Bangen und Irrsinn und Vogelsang. *Sie liebte Simon!* Ihr war nach Lachen und Weinen und In-den-Boden-versinken, das Herz pulsierte in ihren Lippen, sie liebte Simon! O Gott, was sollte daraus bloß werden? Gar nichts, natürlich gar nichts, Simon Kröger und sie! Der reine Lachkrampf – das sollte sie lieber ganz schnell wieder vergessen! (Aber gleich morgen lernte sie ernstlich kochen, *richtig* kochen, nicht bloß Pizza und Tomatentopf – er aß doch so gern gut!)

Trotz goldenem Herbst war der Fahrersitz höllisch heiß, aber wen kümmerte das? Es kostete viel Kraft, sich auf den Verkehr zu konzentrieren. Überall saß, stand, ging, lachte, redete Simon – Simon mit den Jungen am Fischteich, neben der Scheune, am Stall, ernst in Männergespräche übers Pferdestriegeln vertief; Simon mit Sissa, draußen beim Malen, jeden Tupfer abwägend, studierend; Simon lächelnd bei Tisch, im Flur, im Eingang, neben ihr im Auto ... diese unwahrscheinlichen Augen auf sie selbst gerichtet, das dunkle Timbre seiner Stimme ...

Sie hatte nie was gemerkt, sie hatte sich bloß gefreut an der Wärme, an der Freundschaft, die sich entwickelt hatte zwischen ihnen, der langsam wachsenden Zutraulichkeit, der Vertrautheit ... o Mann. *(Mann. Simon, der Mann. Simon als Mann.)*

Schluss. Schluss jetzt! Das gab bloß Herzschmerz, das war alles Unsinn, Simon Kröger und sie – idiotisch! Mal ganz davon abgesehen, auf welchen Typ Frau er flog – siehe Malva –, sie passten doch auch gar nicht zusammen, nirgends, in keiner Weise; schon allein die Größe ... o je, das gab schon wieder Bilder ... Und jetzt schmuste in diesem blöden Radio auch noch Roland Kaiser los – zum Ausrasten!

...dich zu lieben, dich berühren, mein Verlangen, dich zu spüren ...

O Gott. Was für eine schreckliche Schnulze – und wie furchtbar wahr! (Wie schafften es diese verdammten DJ's bloß immer wieder, die wehrlosen Seelen ihrer Hörer mit so unfehlbarer Präzision an die Wand zu nageln?) Sie musste das Radio abstellen, jetzt sofort!

...weckt die Sehnsucht in mir auf ein Leben mit dir ...

Okay. Okay, sie würde sich zusammenreißen, klar, gleich – nur eine Minute noch, nur bis der Song zu Ende war, nur einmal träumen, ein einziges Mal davon träumen, wie es wäre, wenn ...

Sie träumte bis Hellenstein. Es war nicht ihre Schuld, dieser Roland Kaiser schrieb einfach viel zu kurze Songs. Und diese superklugen Psychologen sagten ja auch bei jeder Gelegenheit, um ein Gefühl loszuwerden, müsse man es erst einmal zulassen. Bis jetzt hatte das noch nicht so recht gewirkt, aber vielleicht war die Zulassungszeit zu kurz gewesen. (Ganz sicher, sogar. Sie hätte stundenlang weitermachen können mit dem Zulassen, *tagelang ...*)

Aber jetzt musste erst einmal Schluss damit sein. Jetzt fuhr sie in die Gutseinfahrt und war sehr vernünftig und ganz unbewegt, so richtig normal. Denn jetzt würde sie Simon gleich wiedersehen – spätestens beim Essen. *(Filet Arlésienne? Avec pommes dauphionois* vielleicht? Und hinterher *démoulé acarons* – was immer das war? Wozu um alles in der Welt hatten sie ihr *Französisch* beigebracht statt Kochen?!)

Da war er auch schon. Riss die Tür zum Verwalterhaus auf, nahm die Treppe mit zwei Sprüngen und war schon am Wagen, ehe sie noch ganz aussteigen konnte.

»Endlich! Wo waren Sie denn bloß so lang!?«

Er hatte sie vermisst!

(Vielleicht wusste er alles, vielleicht war bloß sie blind gewesen, vielleicht war er in Wirklichkeit schon vom ersten Augenblick an wie verrückt verliebt in sie gewesen! ... Wenn sie nur wüsste, wie sich akuter Irrsinn anfühlte!)

»Beim Zahnarzt«, sagte sie und konnte beim besten Willen nicht verhindern, bis in die Socken hinunter zu strahlen. Egal, was daraus wurde, sie liebte ...

Moment mal – wieso Verwalterhaus?!

»Das hat ja verdammt lang gedauert«, sagte Simon (den sie liebte) mit deutlich gefurchter Stirn (die sie auch liebte) vorwurfsvoll. »Sissa ist krank! Sie hat im Kindergarten erbrochen. Und im Auto auch.«

»Im Auto!?«

»Na, ich hab' sie natürlich sofort abgeholt und in ihr Bett gepackt. Der Arzt war auch schon da, Dr. Begener – der Dorfarzt, ich wusste ja nicht ... und in der Eile ... Es ist ein Virusinfekt, nichts Ernstes, sagt er. Ich hab' ihr Kamillentee gekocht, aber sie behält ihn nicht. Und wo zum Teufel haben Sie die verdammte Wärmflasche versteckt?!«

Die geliebten Augen blickten sie streng an. Nichts als helle Aufregung und Angst und Ärger darin zu entdecken. (Wie konnte diese Rabenmutter sich nur in aller Gemütsruhe beim Zahnarzt verlustieren, während ihr armes zartes Töchterchen so entsetzlich krank wurde und so schrecklich leiden musste?)

Saskia unterdrückte einen Seufzer. Der Song war aus – der Alltag hatte sie wieder. Und Simon hatte von allem, was die Welt bewegte, mal wieder keinen blassen Schimmer ...

Sissa hatte eine ganz normale Feld-Wald-und-Wiesen-Infektion, mit Durchfall und Erbrechen und anfänglich hohem Fieber. Nichts Ernstes. Allerdings war es aussichtslos, Simon klar zu machen, dass seine leidende Kollegin zwar ziemlich mitgenommen war, aber bestimmt nicht in ein kleines Grab sinken würde. Ihr blasses Gesicht rief in ihm wieder die schaurige Version einer ausgemergelten, in graue Wolldecken gewickelten Gestalt wach, die mit fadendünnem Stimmchen »Danke, Mami!« hauchte. Folglich stand er alle zwei, drei Stunden auf der Schwelle, brachte Bilderbücher und echte und gemalte Blumensträuße und ging Saskia bei aller Liebe beinahe auf die Nerven, weil er immer wieder darauf drängte, einen besseren Arzt zu Rate zu ziehen.

»Nächstens fliegt er noch Dr. Barnard ein, um das Herzchen abzuhorchen«, beklagte sie sich bei Ev, die täglich anrief, aber nie vorbeikam. Ev hatte einen neuen Irre-süß am Herzen und daher wenig Zeit – ganz davon abgesehen, dass Sissas Magen-Darmgrippe nicht die erste war, die sie miterlebt hatte. Sie wusste also genau, wie störend Besuch im Moment wäre.

Als es Sissa nach einigen Tagen – selbst für Simon erkennbar – wieder besser ging, war er grenzenlos erleichtert und gab bei Saskia leicht verlegen einen alten Teddybären ab.

»Der ist noch von mir – und vermutlich ein bisschen staubig. Glauben Sie, dass man ihn waschen kann? Sissa spielt manchmal mit ihm, wenn sie oben bei mir im Atelier sitzt. Vielleicht möchte sie ihn jetzt gern bei sich haben.«

Tags darauf erreichte ihn Sissas Gegengeschenk …

Saskia rannte und brachte Tee und kalte Wickel und kochte schließlich dünne Süppchen, die keinen französischen Namen hatten, aber dafür in Simons Magen blieben. Sie war von einer so herzzerfressenden Zärtlichkeit erfüllt, dass sie auf seine Bitte hin sogar die vermaledeite Wärmflasche suchte. Typisch Mann: eine Wärmflasche bei Fieber! Aber wenn er sie gern haben wollte …

Trick schlich mit eingeklemmter Rute durchs Haus – und die Zwillinge heimlich an Simons Schlafzimmertür. Davon erfuhr Saskia erst am Tag danach, als die Nächsten grün im Gesicht wurden. Simultan natürlich, wie immer.

Und Saskia rannte …

Sie war beinahe dankbar, als die Welt begann, sich Sonntagmorgen wirbelig und heiß um sie zu drehen und sie endlich selbst über der Schüssel hing. Ganz so scheußlich hatte sie sich diesen Infekt nicht vorgestellt, aber jetzt durfte sie wenigstens ins Bett. Sie schaffte es gerade noch, den Kindern Frühstück zu machen; dann fiel sie stöhnend in die Kissen.

»Nur eine Stunde … seid brav, ja? Mittags bin ich … wieder … auch …«

Fünf Minuten später öffnete sich leise die Schlafzimmertür: Simon stand da. Ein bisschen blass noch, aber riesengroß, riesensüß und richtig beruhigend.

»Sie Ärmste«, sagte er verlegen. »Kann ich irgendetwas für Sie tun? Ihre Mutter verständigen, oder vielleicht Ihre Freundinnen?«

Saskia schloss die Augen und wünschte ihn zum Mond. *Jetzt* musste er diesen Blick in den Augen haben, *jetzt,* wo sie fiebrig und verstrubbelt in einem unordentlichen Zimmer lag, mit Magenschmerzen bis zum Hals? Männer – null Sinn für Romantik, null Gespür für den richtigen Zeitpunkt!

»Nein«, stöhnte sie und drehte sich böse um. »Lassen Sie mich nur in Ruhe sterben; das ist alles, was ich noch will.«

Eine Viertelstunde später wünschte sie, sie hätte den Mund gehalten – da kam nämlich der Notarzt an, mit Blaulicht und Sirene. Es kostete entsetzlich viel Kraft, die Tränen zu unterdrücken und zu lächeln und ›alles nicht so schlimm‹ zu sagen – und sich gegen dieses brennende Ziehen in ihr zu wehren, den hartnäckigen Wunschtraum, den Fieberkopf an Simons breite Brust zu kuscheln, nur für fünf Minuten, für eine ...

Stattdessen schlürfte sie den scheußlichen Kamillentee, den er für sie braute, und schwor, dass sie schon spüre, wie er wirke – sonst wären wahrscheinlich auch noch Polizei und Feuerwehr hier aufgetaucht.

»Um die Kinder machen Sie sich keine Sorgen«, sagte Simon, als er die Tasse des Grauens endlich für genügend gewürdigt erachtete, »und auch sonst um nichts. Wir kommen schon zurecht, wir vier!«

Wir vier ...

Wir ...

Die Kinder wären vermutlich restlos begeistert, wenn ... wenn Simon eine Ahnung hätte. Bisher hatten sich Fips und Julians Gesichter stets sofort verfinstert, wenn irgendein männliches Wesen es wagte, Mutsch auch nur einen Zentimeter zu nahe zu kommen – siehe Uli. Aber jetzt würden sie wahrscheinlich noch zur

Seite rücken, damit Goliath auch ja genug Platz zum Zu-nahe-kommen hatte. Sissa sowieso. *Wir vier* waren ja jetzt schon eine verschworene Gemeinschaft.

Mama und Paps dagegen ... und Ilse Kröger erst – o Gott. Aber Gott sei Dank waren das bloß müßige, fiebrige Gedanken, schließlich hatte Simon ja gar keine Ahnung. (Und wenn er sie hätte, wäre es noch schlimmer.) Nur sie selbst hatte Ahnung, ganz gewaltig sogar, kribbelige, prickelnde, ziehende Ahnung im ganzen Körper, trotz aller derzeitig dort ansässigen Schmerzen!

Sie musste beides loswerden, die Schmerzen und die Ahnung, unbedingt.

...deine Wärme, deine Nähe ...

Gequält krümmte sich Saskia noch enger zusammen. Hoffentlich kam Roland Kaiser bald in den Stimmbruch – wenigstens in ihrem Kopf!

Offenbar hatte sich der Virus an all den Teechen und Süppchen und Vitaminchen, die Saskia zubereitet und eingeflößt hatte, gemästet; denn bei ihr wütete er am Schlimmsten. Eine ganze Woche lang schaffte sie es kaum bis zum Klo. Simon riss sich beide Beine für sie aus, kümmerte sich rührend um die Kinder, aß mit ihnen im Gasthaus – was bei Saskia für zusätzliche Schweißausbrüche sorgte – und ließ dort auch die Grieß- und Reis- und Haferflockensüppchen für Saskia kochen. Sie hasste jeden Löffel davon, wartete aber trotzdem sehnsüchtig auf die nächste Portion, weil es Simon war, der sie ihr ans Bett brachte.

Simon Simon Simon ...

Immerhin – wenigstens bei der Bekämpfung der Infektion hatte sie schließlich Erfolg. In der dritten Novemberwoche konnte sie endlich wieder aufstehen und musste feststellen, dass Simons krankenpflegerische Bravour auf täglichen Telefonaten mit Suse und Ev beruht hatte. Mit denen verstand er sich seit dem

Getriebeschaden-Kontakt prächtig, fast schon *zu* prächtig für Saskias Geschmack. Selbst Evs ungenierte Art schien ihn überhaupt nicht mehr zu verunsichern. Und mit Rolf hatte er auch schon ein angenehmes Männerstündchen unter seinem blauen Flitzer zelebriert. Aber dass er von sich aus bei Suse anrufen würde, hätte Saskia nie gedacht.

Hatte er aber. Gleich am ersten Tag ihrer Erkrankung, erzählte Suse, die Saskias Genesung mit einem Besuch feierte. Ev war natürlich auch dabei, sogar ohne ihr neuestes Schnucki. Beide begrüßten Simon im Gutshof wie einen alten Freund, Ev sogar mit Küsschen (was in Saskia den dringenden Wunsch weckte, das falsche Biest auf der Koppel zu begraben).

»Er ist wirklich ein Süßer«, meinte Suse auf dem Weg zu Saskias Haus mit Überzeugung. »Jeden Tag rief er an und fragte mich: ›Was ist jetzt das Beste für Saskia? Ist der Kamillentee aus der Apotheke qualitativ besser als der, den sie im Haus hat? Soll er nicht doch lieber den Arzt nochmals kommen lassen?‹ Du hast Recht: Der Mann hat einen ausgewachsenen Arztfimmel, aber sonst ist er zum Küssen!«

Sie lächelte Saskia an. Die schwieg, sagte kein einziges Wort – aber der Blick der Freundin zeigte plötzlich erstauntes Verstehen. Suse blieb so abrupt stehen, dass Ev, die hinter ihr ging, sie anrempelte. Und ebenso prompt auch Bescheid wusste.

»Du bist verliebt!«, stellte Suse begeistert fest und fing an zu glucksen.

Ev schickte einen triumphalen Jubeljuchzer um die Welt. »Hab ich's nicht gesagt: Mann auf Pferd – Feuer im Herd!«

Verdammt, verdammt, verdammt. Leugnen war zwecklos, sie kannten sich, die Kleeblatt-Blätter, bis in die innersten Winkel. (Ab ins Haus mit ihnen, möglichst in den innersten Winkel. Oder den Keller.)

»Seid doch leise!«, flehte Saskia tödlich verlegen und zerrte je einen Angora- und Baumwollärmel vorwärts. Bloß raus aus der Gefahrenzone mit den beiden! »Wenn er euch hört ...!«

»Wenn er uns hört, geht's schneller«, meinte Ev, wie immer praktisch. »Oder weiß er es schon? Ihr Heimlichtuer!«

Endlich – sie waren drin. Tür zu, herumgewirbelt. Ev angefunkelt.

»Natürlich *nicht.* Wovon denn? Ihr spinnt ja alle beide. Simon Kröger und ich ...« Sie tippte sich beredt an die Stirn. »Da läuft gar nichts, das ist ja wohl klar. Und Gott gnade euch, wenn ihr da irgendwas dran dreht! Wirklich – ich schwör's! Simon ist gerade erst über diese Malva weg, der kann jetzt ... da braucht er auf gar keinen Fall noch eine verrückte Haushälterin am Hals! Es ist ja auch nichts, gar nichts! Ich mag ihn nur, das ist alles. Also – wehe!!«

»Natürlich«, sagte Suse in einem Ton, der einen wahnsinnig machen konnte.

»Klar doch«, meinte Ev haargenau in demselben Ton und ließ sich aufs Sofa plumpsen. »Also ich denke, als erstes solltet ihr endlich mal beim Du landen ...«

Freundschaften, die länger als ein halbes Jahr dauerten, sollten gesetzlich verboten werden. Fand jedenfalls Saskia. Danach wurden sie gefährlich. Gut zwei Stunden lang hatte sie sich einen Wolf geredet, um Suse und Ev von deren hirnrissigen Meinungen und Überzeugungen abzubringen. Sie hatte sie als unverbesserliche Romantiker beschimpft, hatte an ihre Vernunft appelliert, ihnen mit perfekter Logik erklärt, warum all das, was sie mit träumerischem Glanz in den Augen als ›himmlisch!‹ begrüßten, keine Chance hatte, gar nicht sein durfte, nicht *existierte.* Sie hatte mit den Mitteln der Drohung, Einschüchterung und Erpressung gearbeitet und sie mit dem bösesten Gesicht, das sie aufbringen konnte, wieder in ihr Auto verfrachtet. Und trotzdem war es jetzt sie, die fand, dass Ev zwar *absolut un-mög-lich* war, aber irgendwie vielleicht doch nicht ganz und gar im Unrecht. Zumindest das ›Du‹ konnte man versuchen – und sei es auch nur, um sich selbst zu beweisen, wie Recht man leider hatte und dass man sich jetzt wirklich endgültig daran machen sollte, dieses unerträgliche Herzbrennen mit einem Eimer kalter Vernunft zu löschen.

Die Frage war bloß: Wie konnte man Simon unauffällig auf den richtigen Pfad bringen – ohne seine Ahnungslosigkeit zu zerstören, für den Fall, dass er tatsächlich unter keinen Umständen ahnen *wollte.* (Woran sie sterben würde, jedenfalls, wenn er dann doch eine Ahnung bekäme und ... o Gott, war das kompliziert.)

Saskia dachte eine ganze Weile lang intensiv nach. Dann unterhielt sie sich harmlos und raffiniert verschlüsselt mit Sissa.

Töchterchen reagierte auch brav nach Plan: Mit baumelnden Beinen und unschuldiger Neugier fragte sie Simon eines Tages beim Mittagessen: »Warum sagst du zu Mami immer ›Sie‹?«

Simons Löffel stand genauso still wie Saskias Herz. Aber nicht lange. Er blinzelte nicht einmal in ihre Richtung, sondern lächelte Sissa an und fragte zurück: »Wieso interessiert dich das?«

»Mama hat gesagt, ich soll dich fragen«, teilte ihm das brave Töchterchen unumwunden mit.

Die Blutwelle, die Saskia ins Gesicht schoss, hatte Hochwasser-Qualität. Warum, ach warum hatte sie Sissa mit ihrer verflixten Wahrheitsliebe nicht längst der Kirche gestiftet? Warum vergaß sie bloß immer wieder, dass Simon nicht mehr das übergroße Lämmchen war, das sich am Anfang so mühelos einwickeln ließ? (Und warum hatte er das einzige Mauseloch weit und breit mit Gipsbrei und Glassplittern zugemörtelt?!)

Bloß nichts anmerken lassen.

»Da musst du was falsch verstanden haben«, sagte sie hohl und zwang den Löffel hoch. Sissa schüttelte den Kopf, dass die Locken flogen.

»Nein, du hast gesagt ...«

»Mit vollem Munde spricht man nicht!! Also halt die Klappe und iss!«

Sie streifte Simon wirklich nur mit dem flüchtigsten aller Blicke, aber die leise Nachdenklichkeit hinter dem Glitzern in seinen Augen entging ihr nicht: Sie hatte es vermasselt. Gott sei Dank mischten sich wenigstens die Zwillinge nicht ein. In sehr stummem Schweigen – interpunktiert von Sissas bösen Blicken, die *genau* wusste, dass sie *nichts* falsch verstanden hatte und *zu Unrecht* den Mund halten musste – beendeten sie ihr Mahl. Saskia räumte den Tisch ab und verbot der Verräterin noch, Simon ins Atelier zu folgen (wo er unweigerlich die raffiniert verschlüsselte Unterhaltung aus ihr herausgeholt hätte). Das Protestgemaule ertrug sie mit Fassung; aber Simons Blick in ihrem Nacken ...

Nachmittags erschien ein munter strahlender junger Mann auf dem Gutshof, und Saskia biss die Zähne zusammen. Uli auf Besuchspfad – das hatte ihr heute gerade noch gefehlt! Sie öffnete gerade den Mund, um ihm nun eben doch endgültig und in plumper Deutlichkeit Bescheid zu sagen, als sie halb aus den Augenwinkeln, Simon sah, der Richtung Garage ging. Oder besser: marschierte. Er stampfte dahin, als wolle er den Hofkies meucheln, und er schaute mindestens so hölzern drein wie die Stallwand ...

Und schon kam Saskia die zweite glorreiche Idee des Tages. Ein freudiges Aufstrahlen breitete sich wie ein Schleier über ihr Gesicht.

»Uli! Wie schön! Ich habe mich schon gefragt, wann

du dich endlich mal wieder sehen lässt!«, freute sie sich laut, eilte auf ihren Möchtegern-Lover zu und hielt ihm sogar die Wange für ein Küsschen hin. Uli – dem sie in den letzten Wochen ziemlich barsch von Besuchen abgeraten hatte (wobei natürlich die Krankheitsfälle als Grund herhalten mussten) – zögerte keine Sekunde. Und ließ sich willig ins Haus ziehen.

Dort war Saskia dann nicht mehr ganz so freundlich, aber Uli war ja ein erfahrener Mann und kannte sich aus dem der Wankelmütigkeit der Frauen. Er war fest entschlossen, sein Vorhaben weiter zu verfolgen und beschwor mit jedem Wort die Vergangenheit herauf, insbesondere die gemeinsame.

War doch sehr schön mit ihnen gewesen, nicht? War ja eigentlich kein Leben für eine Frau, eine Traumfrau wie Saskia noch dazu – immer so allein. Und dann auch noch auf dem Land. *Konnte* sie hier überhaupt glücklich sein? Sie war doch eigentlich eher ein Stadtmensch wie er auch, immer gewesen; vermisste sie denn nichts hier draußen, das Kino, das Theater, den Cappuccino im Café Glockenspiel, die netten Bekanntschaften ...?

»Nein, keinen Deut«, schwor Saskia entnervt. »Früher war früher, Uli; heute steh' ich mehr auf Hühner.«

Bevor Uli darauf antworten konnte, kam Fips herein. Mit Stallstiefeln. Saskia begrüßte ihn trotzdem wie einen verlorenen Sohn. Fips ging nicht darauf ein, sondern musterte Uli mit einem dunklen Blick.

»Hallo Fips«, begrüßte der ihn wohlwollend.

»Ich heiße Philipp«, korrigierte Fips. »Hab' ich dir schon mal gesagt. Was willst du denn hier?«

Saskia biss sich auf die Lippen. Aber Uli fand offenbar, sein Ziel sei alle Opfer wert.

»Euch besuchen«, antwortete er munter. »Übrigens, ich hab' in München tolle Angeln gesehen. Hättest du Lust, mal mit mir hinzufahren?«

»Nein«, sagte Philipp unzweideutig, sah dann flüchtig zu seiner Mutter und setzte brummig hinzu: »Vielen Dank, aber wir haben schon gute Angeln, Julian und ich.« Ende der Diskussion. Jetzt drehte er sich voll zu Mutsch und warf den Philipp über Bord.

»Wo ist denn Simon?«

»Weiß ich nicht. Ach doch – weggefahren. Wahrscheinlich nach München.« (Der gute Georg zog. Offenbar hatte er entschieden, es nicht darauf ankommen zu lassen.)

Fips wandte sich wieder um. »Tschüs dann«, sagte er bedeutungsvoll zu Uli und zischte aus der Tür.

Uli lächelte milde hinter ihm her.

»In dem Alter sind sie am schwierigsten«, behauptete er väterlich. »Und ohne männliche Leitfigur im Haus ... Aber das legt sich schon. Ich glaube, er ist ein bisschen eifersüchtig auf mich.«

Das glaubte Saskia auch, zumindest den letzten Teil des Statements. Aber das war nicht der Zweck der Übung. Leider ...

Sie verabschiedete Uli, sobald sie konnte. Ohne Küsschen, diesmal. Simon war ja nirgends in Sicht.

Drei Stunden später klopfte Simon hochkorrekt an die Eingangstür des Verwalterhauses – obwohl die wieder mal sperrangelweit offen stand. Saskia steckte erstaunt den Kopf aus der Küche.

»Ist Ihr Freund weg oder störe ich?«, erkundigte sich Simon unterkühlt.

»Mein Freund? Ach, Sie meinen Uli? Den würde ich nicht gerade ›meinen Freund‹ nennen«, sagte Saskia schnell. »Aber – ja, er ist weg.«

»Gut«, knurrte Simon *(Er knurrte! Hat wahrscheinlich gar nichts zu bedeuten – halt dein Herz fest, Mädchen!)* Und dann funkelten seine Augen los, aber wie.

»Ich habe nämlich interessante Neuigkeiten – *privater* Natur ...«

Privat? Sie hatte gedacht, er wäre bei Georg gewesen!

»Halten Sie sich fest: Ihre Tante und mein Onkel wollen sich verloben!«

»Was«, kiekste Saskia – und prustete los.

Auch Simon lachte, warm und dunkel, mit halb zurückgelegtem Kopf, aus vollem Herzen. (Wie sich das anhörte, wenn man mit dem Ohr ...) Saskia krallte die Hände in ihre Schürze.

»Ich hab's mir schon lange gedacht«, gluckste Simon. »War ja nicht mehr zu übersehen: Onkel Roland ständig auf Tour, kaum noch in der Firma – nicht mal zur Geburtstagsfeier meiner Mutter ist er gekommen ...!«

Ja, da roch er den Braten, da, wo es nicht zählte, dachte Saskia entnervt und zärtlich und zwanzig Zentimeter über dem Erdboden schwebend.

»Ihre Mutter ... ist wohl nicht sehr begeistert davon?«

Simon zuckte die breiten Schultern. »Würde ihr nicht viel nützen, Onkel Roland ist volljährig.« Er blinzelte ihr mutwillig zu. »Genau wie ... gewisse andere Leute. Aber ich glaube, sie wird Mia schließlich doch ganz gut leiden können. Sie steht auf Exzentriker. Es passt ihr nur nicht, dass nicht sie es war, die Roland mit ihr bekannt gemacht hat. Sie liebt es, Leute zu verkuppeln – und sie hat gern das Sagen, meine liebe Frau Mama.«

»Nicht nur Ihre ...«

Einen Moment lang war nur das Lächeln zwischen ihnen, warm und vertraut. Einen Moment lang gab es nur sie beide auf der Welt.

»Wann soll denn die Verlobung gefeiert werden?«, fragte Saskia ein wenig atemlos.

»Zu Silvester«, antwortete Simon. (Täuschte sie sich – oder klang seine Stimme auch nicht ganz eben?) »Hier bei uns auf dem Hof, mit einem Riesen-Feuerwerk und allem Drum und Dran. Große Familienfeiern werden immer hier abgehalten. Ist am bequemsten so.«

Denkst du, dachte Saskia und fragte sich erschrocken,

wie sie die Kocherei schaffen sollte. Silvester!, das war in knapp drei Wochen! Sie hatte zwar weiter Fortschritte gemacht, ehrlich, aber sie war trotzdem ganz froh darüber, dass Simon Heiligabend bei seiner Mutter speisen würde ... (Hier *bei uns* auf dem Hof ...)

»Um die Verpflegung müssen Sie sich keine Gedanken machen; das übernimmt ein Party-Service. Auch den Abwasch. An dem Tag sind wir alle Gäste. Apropos: Lassen Sie mich bitte möglichst bald wissen, wen Ihre Tante – und natürlich Sie – einladen wollen, wegen der Tischkarten und so.«

Der kurze, grimmige Blick über ihre Schulter hinweg in den Flur suchte deutlich Ulis unerwünschten Geist – und flößte Saskia die dritte gloriose Idee des Tages ein.

»Natürlich, machen wir. Übrigens hat Fips vorhin nach Ihnen gefragt. Was er wollte, weiß ich nicht; klang jedenfalls dringend. Wie immer eben.«

Simons Gesicht entspannte sich. »Ist wahrscheinlich wegen des Heus. Ich muss Heu nachkaufen, da wollte er gern mit. Aber heute ging's nicht – ich musste ja in die Galerie.« Jetzt strahlte er wieder. Wie ein voll erblühter Christbaum. »Sie raten nie, was passiert ist: Georg hat weitere sechs Bilder verkauft, zu einem Preis ... Was sagen Sie zu *sieb-zig-tausend deutschen Mark*?!«

Jubeldidi, jubeldido – so ist's Recht, Schorschi, *do it again,* dann lass ich dich auch mit Kusshand vom Haken! »Nicht möglich!«

»Doch. Davon geht natürlich noch die Provision ab, aber ... Ich wollte es erst gar nicht glauben, aber er hat mir eine Rechnung gezeigt. Sind an einen Münchner Zahnarzt gegangen. Der muss auf der Vernissage gewesen sein vor zwei Wochen. Zwei Bilder musste Georg sogar aus Spanien zurückkaufen, eines davon mit Sissa, der Mann hat die Katalogfotos gesehen und wollte sie, unbedingt.«

»Ach was ... Na, ich gratuliere!« Ein kurzes, ironisches Aufblitzen. »Ich habe es natürlich schon immer gewusst – schließlich bin ich die Mutter des Modells ...!« O Gott, wie kann ein einziges Glucksen eine solche Aufruhr verursachen!?

»Allerdings! Es lag mit Sicherheit am Modell. An den *Modellen* – das mit den Jungen an der Koppel war auch darunter.« Er legte den Kopf schräg und sah sie schlau an. »Ich werde mich natürlich erkenntlich zeigen, gute Modelle sind eine teure Angelegenheit ...«

Oh, hoppla, so hatte sie das nicht gemeint, sie ...

»Also, dachte ich, vielleicht könnte ich Melisande, Tolstoi und Snicker jetzt ganz den Kindern schenken, wirklich als ihre eigenen ...«

»Unsinn, das ist doch ganz ...«

»Oh, keine Sorge – bei *dem* Preis sind die Futterkosten natürlich lebenslang mit drin.«

Jetzt zwinkerte ihr dieser Frechling auch noch zu!

»Es sind eben doch zu viele für einen Einzelnen, wissen Sie – ich müsste die Überzähligen sonst ersäufen ...« Und damit ging er. Ließ sie einfach stehen, sprachlos, mit halb offenem Mund.

Sie sah ihm nach, wie er mit langen, elastischen Schritten Richtung Hof ging. Und knirschte mit den Zähnen. Es war natürlich ein Opfer, aber ... ja, sie würde es tun. Sie würde Uli zu dieser Verlobungsfeier einladen. Als ihren Begleiter. Jetzt erst recht.

Weihnachten kam und ging in einer Wolke reger Betriebsamkeit. Trotz Matschwetter und Nebel erschien Ilse Kröger fast jeden Tag auf dem Gut, um die Vorbereitungen für die Verlobungsfeier zu überwachen. Die Kinder waren natürlich begeistert, Saskia dagegen kosteten die Besuche noch mehr Nerven als sonst. Bei aller Vernunft und allem Am-Riemen-Reißen konnte sie nicht verhindern, Ilse Kröger nun in ganz anderem Licht zu sehen – und versuchte nervös, sich ihr von ihrer besten Seite zu präsentieren. Nur für den Fall der Fälle.

Ob Simons Mutter das bemerkte oder nicht, jedenfalls stand sie eines Tages plötzlich neben Saskia in der Küche. »Das Rezept für die Jägersauce ... Bei meiner Köchin kam die ganz anders heraus als bei Ihnen«, meinte sie sachlich und sah Saskia aufmerksam an. Die spürte, wie ihr heiß wurde und verwünschte Simon mal wieder wegen des verbauten Mauselochs.

»Es ... war nicht *genau* dasselbe Saucenrezept ...«

»Weil Ihre aus der Packung kam?«

Saskia schluckte. Und nickte. »Sim ... Herr Kröger mag sie so«, verteidigte sie sich lahm.

Jetzt nickte auch Ilse Kröger. Und – o Wunder – sie lächelte. »Ja, das glaube ich aufs Wort. Als Kind war er ganz verrückt nach den ›Spaghetti mit der roten Sauce‹ – wie er das nannte. Er weiß bis heute nicht, was das war ...« Sie zwinkerte Saskia zu. Die wagte kaum zu atmen. »Aufgekochtes Ketchup ...«

Und jetzt lachte sie richtig, vergnügt, den Kopf leicht im Nacken, man sah sofort, wer Simon das Lachen vererbt hatte.

Saskia lachte auch. Und wurde sich voller Angst klar darüber, dass Ilse Kröger mehr ahnte als ihr Sohn. Sie irrte sich nicht. Ilse Kröger wusste längst, dass sie von Anfang an Recht gehabt hatte: Für eine Haushälterin war Saskia bei weitem zu hübsch. Sie glaubte nicht, dass ihr Sohn diese Tatsache bis jetzt mehr als nur registriert hatte; aber sie glaubte auch nicht, dass er wusste, mit welchem Ausdruck er Saskia ansah, wenn er sich unbeobachtet fühlte.

Sie war nicht unbedingt begeistert davon. Malva wäre ihr lieber gewesen – vielmehr: Ihr wäre lieber gewesen, die Ehe zwischen Malva und ihrem Sohn hätte funktioniert. Sie liebte Eleganz, große Mode, glanzvolle Ereignisse – ganz abgesehen davon, dass Malva sich auf Firmenfotos unwahrscheinlich gut machte. Hinter der schönen Fassade hatte Ilse Wesenszüge geahnt, die ihren eigenen ähnlich waren: Willenskraft, Durchhaltevermögen, Haltung. Und Malva kannte die Regeln; sie wusste wie man sich wann und wo zu verhalten hatte, wie man auf dem glatten Parkett der High Society eine gute Figur machte.

Auch diese Saskia besaß einen starken Willen, auch sie hatte Zähigkeit und Kraft. Vom Äußerlichen her konnte sie mit Malva nicht mithalten; sie taugte nicht zum schillernden Schmetterling. Aber im Gegensatz zu Malva war Saskia eine Persönlichkeit. Und Ilse hatte von Anfang an befürchtet, dass genau das den Ausschlag geben könnte – falls Simon je begriff, dass er wählen konnte.

Inzwischen gab es nichts mehr zu wählen, nicht einmal für Ilse selbst. Sie hatte erfahren, wie Malvas Besuch hier auf dem Gutshof verlaufen war, und damit war Malva vollkommen indiskutabel geworden: Was auch immer im Geschäftsleben geschah, wie hart die Bandagen auch sein mochten, mit denen man kämpfte – *einen jungen Hund trat man nicht, Punkt.* Weder als Mensch noch als Geschäftsfrau wollte Ilse je wieder etwas mit ihrer früheren Schwiegertochter zu tun haben. Malva war endgültig vom Tisch.

Es hatte natürlich noch Plan B gegeben: Sollte Malva nicht wieder zu Simon zurückkehren, hatte Ilse gehofft, ihm irgendwann eine andere, passende junge Frau vorstellen zu können ... Heute wusste sie, dass Plan B ebenfalls vom Tisch war. Den hatte Saskia vom Tisch gefegt, und noch nicht einmal mit Absicht. Selbst wenn nie etwas wurde aus diesen beiden – im vergangenen Jahr war aus Simon ein Mann geworden, endgültig. Er trotzte nicht mehr, er war nicht mehr widerspenstig – er hatte Verantwortung übernommen, traf gelassen seine eigenen Entscheidungen. Er konnte sogar Hilfe annehmen: Vor einer knappen Woche war er von sich aus zu Marcus gekommen und hatte ihm um Rat beim Anlegen von Geld gebeten. Man brauchte kein Hellseher zu sein, um zu wissen, wer das geschafft hatte ...

Sie würde keine Macht über die junge Frau haben. Ihr ursprünglicher Verdacht war falsch: Saskia waren die Badewannen völlig egal. Ihr waren auch die Krögers schnurz; sie hatte keine Verwendung für Verbindungen, kein Interesse daran, ihren Platz in der Welt gegen einen anderen einzutauschen, nicht die geringste Intention, ›eine Rolle zu spielen‹. Saskia war Saskia – und das genügte ihr. Sehr bedauerlich, natürlich, aber auch irgendwie ... sehr beeindruckend.

Eine Sekunde lang legte sich eine sorgfältig manikürte Hand auf Saskias Arm. »Ich glaube, wir beide werden recht gut miteinander auskommen«, sagte Ilse Kröger mit einem Lächeln. Und glitt aus der Küche, elegant und kühl wie eh und je ...

Mias großer Tag dämmerte in ungemütlichem Grau herauf. Schon vor dem Weckerklingeln war Saskia auf den Beinen, faltete kunstvolle Gebilde aus Servietten und legte letzte Hand an die große Tafel im fast ausgeräumten Wohnzimmer. Sie war rundum zufrieden mit ihrem Werk. Tische dekorieren lag ihr, das konnte sie gut – viel besser als der Party-Service. Tischtuch, Servietten, Kerzen, Bänder, Blumen, alles in Elfenbein und Gold und weichem Rosé, auf das Meißner Porzellan abgestimmt, das aus der Münchner Residenz der Krögers geliefert worden war. Sah wirklich gut aus. Die Tischkärtchen hatte Simon aufgestellt, in typisch männlicher Unbekümmertheit. Saskia hatte versucht, ihm klar zu machen, dass nicht sie, sondern seine Mutter ihm gegenüber am schmalen Ende der Tafel sitzen sollte. »Das ist der Platz der Hausherrin, der Gastgeberin!«

»Stimmt. Und meine Mutter ist nicht die Hausherrin – nicht in diesem Haus.«

Sie hatte nicht den Nerv gehabt, ›Na, ich etwa?‹, zu fragen. Streitereien mit Simon waren keine Zwischendurch-Angelegenheit mehr; die mussten vorbereitete werden, und dafür hatte sie keine Zeit. (Außerdem war's echt nett von ihm. Der reine Trotz gegen seine Mutter, wahrscheinlich, aber nett. Und er sah so *verdammt* gut aus in dem blauen Jackett, da konnte sowieso kein Mensch einen klaren Gedanken fassen!)

Ilse Kröger traf als Erste ein, dicht gefolgt von Mama und Paps. Saskia machte die drei miteinander bekannt und hoffte das Beste. Was sich hinter der glatten Stirn von Simons Mutter abspielte, war unmöglich zu erraten. Aber Mama sah man deutlich an, dass auch sie inzwischen an Ahnungen litt. Ziemlich steif schüttelte sie der gegnerischen Mutter die Hand und wusste nicht recht, was sie von künstlich grauem Haar hielt. Aber wer hier ältere Großmutterrechte hatte, wusste sie sehr wohl – und legte sofort beide Arme besitzergreifend um die Schultern der Zwillinge. Paps dagegen strahlte mit Wohlgefallen aus allen Knopflöchern, schließlich war Ilse Kröger schon ein Anblick. Den Knurrigen sparte er sich für den Junggesellen auf, der sich allerdings davon nicht übermäßig beeindruckt zeigte, sondern Paps sofort an die Bar abschleppte, als wäre das völlig normal. Saskia überlief es heiß und kalt, *Simon und Paps!*, o Gott, worüber würden die beiden miteinander reden? Und Paps mit seiner entsetzlich direkten Art! Sie musste was tun – was konnte sie bloß tun?

Aber gerade da kam der nächste Schwung Gäste, und dann Uli, im Anzug, strahlend, mit Blumen für die Braut und die Vielleicht-Braut. Saskia schielte zur Bar, wo Simon die Stirn runzelte und seinen Cognac hinuntergoss. (Hatte er was *gesehen* oder was *gehört*, das ihm nicht gefiel? Sie hätte Uli doch nicht einladen sollen, es war ja so schon alles kompliziert genug. Herrgott noch mal, immer sie und ihre gloriosen Einfälle mit R!)

»Hallo, mein Liebling! Na, was sagst du – ist das nicht toll?« Tante Mia, überdreht wie ein Aufziehclown. Und genauso bunt. Aber es stand ihr gut, dieses Flatterkleid in Regenbogenfarben, sie sah fantastisch aus. Die passende Wolke aus Parfum trug sie auch und hüllte Saskia gleich mit ein, als sie ihr triumphierend ins Ohr flüsterte: »Und das auf meine alten Tage ...!«

Neben ihr Onkel Roland, jovial bis an die Augenbrauen, im Frack aus edelstem Seidengrau, das lebende Titelbild für ›Herr und Welt‹, nur die roten Wangen hätte man retuschieren müssen. Saskias Hand schmerzte von stiefonkeligem Wohlgefallen, und Rettung war nicht in Sicht, denn die Kinder stürzten sich natürlich auf die Regenbogentante.

»Na, klar hab' ich euch was mitgebracht. Es ist im Kofferraum. Hier – aber sperrt den Schlüssel bloß nicht ein!«

Die Rolle des Retterritters blieb für Uli. Er stellte sich selbst vor, so dass Roland Saskias Hand loslassen musste, um seine zu schütteln.

Jetzt kam auch Simon an und begrüßte die Verlobten, richtig herzlich sogar. Tante Mia bekam sogar einen Kuss auf die Wange. (Bunter anziehen hätte man sich sollen ...)

Simon Simon Simon ...

Mit einer gemurmelten Entschuldigung eilte Saskia weiter, redete ein, zwei Worte mit Mama, lächelte Paps nervös zu, überflog die Tafel – und stellte fest, dass Simon die Sitzordnung geändert hatte: Ulis Name stand nun nicht mehr neben ihrem eigenen, sondern ziemlich in der Mitte der Tafel. O nein. Kam nicht in Frage. Wenn schon, denn schon! Unauffällig arrangierte sie wieder um. Und als man schließlich zur Tafel schritt, saß Uli direkt neben ihr, Ellbogen an Ellbogen. Simon bemerkte es, das konnte sie sehen, zuckte aber mit keiner Wimper.

Das Essen war köstlich, die Trinksprüche reichlich, und Onkel Roland sprach lange und bewegt vom Schicksal, das ihm ›ein herbstliches Feuerwerk‹ beschert hatte. Saskia hörte kaum zu, sie hatte andere Sorgen. Immer wieder fand Ulis Fuß unter dem Tisch den ihren, und oberhalb derselben trug er den Charme so dick auf, dass sie kaum Luft bekam. Von Diskretion hielt er überhaupt nichts, dauernd deckte er ihre Hand vertraulich mit seiner ab, streichelte sacht mit einem nachlässigen Finger über ihren Oberarm oder den Handrücken – es war abgrundtief peinlich. Und sie konnte nichts dagegen tun, nur lächeln, so artig man das mit zusammengebissenen Zähnen schaffte.

Natürlich bemerkten es alle. Paps warf ihr einen strafenden Blick zu, Mama guckte starr in ihren Teller, Simon sah aus wie geschnitzt, nur Onkel Roland merkte gar nichts und Tante Mia glitzerte amüsiert. (Welch ein Trost!) Am schlimmsten waren die Zwillinge, die machten sich nicht die Mühe, unbeteiligt zu tun, sondern fixierten Uli mit finsterer Miene – und dann fing Fips auch noch lautstark mit: »Weißt du noch, wie du deinen eigenen Hintern gefangen hast im Sommer, Uli?« an.

Das dreimal vergipste Mauseloch war und blieb unbenutzbar und der Boden im Wohnzimmer viel zu solide zum Versinken; also floh Saskia in die Küche, kaum dass das Champagnersorbet gegessen war. Um ... das Portionieren der Linsenmakrönchen zum Mocca zu überwachen, auf drei Atemzüge hinaus auf den Hof gehen und nach dem Wetter schauen, nur für eine Minute.

Es war mild, viel zu mild für Silvester, und zu schwarz. Nirgends ein Fleckchen Schnee. Aber wenigstens regnete es nicht mehr – wäre schade gewesen,

Simon hatte ein tolles Feuerwerk aufbauen lassen. Man konnte sogar ein paar Sterne sehen; nicht gerade viele, schon gar nicht hier, vor dem hell erleuchteten Haus, aber genug, um besänftigend zu wirken.

Leicht fröstelnd schlang Saskia die Arme um sich. Ob sie mal nach Trick sehen sollte? Die hatte sie im Verwalterhaus eingesperrt – zu viele Fremde, zu viel Aufregung. Trick war nicht mehr so gut zu sprechen auf Fremde. Konnte man ihr nicht verdenken, aber das Anknabbern der Braut sollte doch lieber Onkel Roland vorbehalten bleiben. Und Pfotenabdrücke auf Ilse Krögers ...

»Ist dir kalt? Warte, ich wärme dich.«

Sie hatte Uli nicht mal kommen hören. Und schon hatte er sie umschlungen, seine Arme über den ihren. Saskia sträubte sich, aber sie kam nicht los.

»Lass das, Uli – mir ist nicht kalt. *Hör auf!*«

Nicht ums liebe Leben.

»Das glaube ich dir nicht. Du siehst sogar richtig verfroren aus!«

Sein Mund an ihrem Ohr – hatte sie gerade was mit ›anknabbern‹ gedacht? –, warmer Atem, Haut auf Haut. Genau das, wovon sie träumte. Aber grundfalsch. Sie bog den Kopf zur Seite, so weit es ging, zappelte wütend, *dieser verdammte Idiot!*

Dann gab es plötzlich einen heftigen Ruck, Ulis Hände streiften ihre Brust – und sie war frei. Sah die Verblüffung in seinen hervorquellenden Augen, gut zehn Zentimeter höher als gewöhnlich; der Kragen spannte sich um seinen Hals, ein Arm war nach hinten gebogen, wo Simon Kröger stand, der ihn wie einen jungen Hand am Nacken gepackt hielt und schüttelte.

»Und Sie sehen richtig unverfroren aus ...«

Sein Gesicht hatte absolut nichts Hölzernes mehr, auch nichts Ruhiges, war eine wütende Fratze mit funkelnden Augen und geblähten Nüstern und jagte

Saskia einen gehörigen Schrecken ein: Du lieber Gott, Mord und Totschlag – *jetzt? Mit all den Gästen im Wohnzimmer?!*

»Simon …«

Hörte er sie überhaupt? Jetzt ließ er Uli wie einen Sack auf die Füße fallen, sah verächtlich zu, wie der schwankte, stürzte, sich aufrappelte mit dunklen Schmutzflecken an seiner schicken Hose.

»Was … soll denn das?«, keuchte Uli, gleichfalls wütend.

In Simons Augen explodierte ein Blitz. *»Das fragen Sie noch?!«*

Er ballte die Fäuste, trat einen Schritt vor – einen Viertelschritt nur, für mehr war nicht Platz, obwohl Uli entsetzt zurückzuckte. Saskia schloss die Augen. Sie konnte Ilse Kröger schon auf der Treppe sehen, jeden Moment würde sie aus dem Haus kommen, um nachzusehen, was die Brüllerei hier sollte. Dann war's vorbei mit dem Zwei-Frauen-und-ein-Mann-Gelächle; mit einer, die ordinäre Prügeleien auslöste, lächelte eine Kröger nicht!

Jetzt schlug auch noch der Hund an, bellte wie verrückt und kratzte an der Tür – oh, was hatte sie bloß angestellt, warum hinderte sie bloß keiner am Ausbrüten ihrer Wahnsinns-Ideen? Aber das war's, diesmal war Schluss – wenn das hier gut ging, versuchte sie ihr ganzes Leben lang keine dummen Tricks mehr, großes Ehrenwort und alles!

»Bitte, Simon – *bitte* …!«

Sein Blick flatterte zu ihr herüber, eine Sekunde lang. Er senkte die Fäuste, maß Uli nochmals mit hassvoller Verachtung. *Gott sei Dank, Gott sei Dank …*

Schon kamen die Fäuste wieder hoch, blitzschnell. Packten Ulis Jackettaufschläge. Rissen ihn herum. Ohne sich um dessen gestammelte Proteste zu kümmern, schleifte Simon Uli mühelos quer über den Hof, bis zu seinem Wagen. Nasser Dreck sprühte auf, Ulis Hacken gruben tiefe Furchen in den Kies.

Saskia presste ihre eigenen Fäuste vor den Mund.

»Hau ab, du Laus«, hörte sie Simon heiser sagen. »Saskia wünscht die Bekanntschaft mit dir nicht fortzusetzen. Also lass dich hier nie wieder blicken. Denn falls ich deine blöde Visage je wieder zu Gesicht kriege, drehe ich dir deinen dürren Hals um – klar?«

Uli schwieg. Seine Blicke schossen unsicher mal hierhin, mal dahin, nur nicht zu Simon. Eingeschüchtert wühlte er in seinen Hosentaschen nach dem Wagenschlüssel, fummelte ihn ins Schloss, stieg hastig ein. Der Motor sprang ein, Saskia sah Uli hektisch am Lenkrad kurbeln, stückchenweise vor- und zurückstoßen, bis er aus dem Kreuz und Quer der anderen Autos heraus und um Simon herum war. Der stand da, hochaufgerichtet, mit kantigen Kiefern und dramatisch vor der Brust gekreuzten Arme – als zöge er jeden Moment sein Flammenschwert.

Hysterisches Gelächter stieg in Saskia auf. Sie musste sich in die Knöchel beißen, um nicht die Beherrschung zu verlieren, trotz aller Angst und Peinlichkeit.

Uli schoss aus der Einfahrt, bog in die Straße ein, ohne auch nur zu verlangsamen, und verschwand. Simon kam auf Saskia zu; der Lachreiz verebbte, vertrieben von dem wilden Schlagen ihres Herzens. In Simons Augen verlosch die Wut. Dicht vor ihr blieb er stehen. Bergseen und Waldteiche vereinigten sich. Jetzt gab es kein Ausweichen mehr.

»Ich hoffe, es war ... dir recht so ...?«

Das Du klang völlig normal, als hätte er es schon tausend Mal gesagt.

»Das kommt darauf an, warum du das getan hast ...«

Einen Moment lang konnte sie die Unsicherheit in den Bergseeaugen aufglänzen sehen: *Warum?* Na, das war doch wohl völlig klar! Oder ... oder nicht?

»Weil … weil er dich … Weil du zu mir gehörst«, sagte Simon staunend. Endlose Sekunden lang sahen sie sich an. Dann nickte er kaum merklich. »Zu mir. Weil du zu mir gehörst, und nicht zu diesem Fatzke. Oder sonst einem«, wiederholte er, mit jedem Wort sicherer. »Weil ich dich liebe. Und ich kann dir leider schon heute versprechen, dass ich jeden Kerl zu Mus schlagen werde, der etwas tut, was du nicht willst – ohne Ansehen der Person und egal, wie du dreinschaust.«

Saskia lachte zittrig auf.

»Das sind ja schöne Aussichten. Simon, der Prügelprinz von Badewannien … Was wird nur deine Mutter dazu sagen?!«

»Ist mir völlig schnurz«, gestand Simon herzlich, und mit so viel überraschter Zärtlichkeit im Blick, dass Saskias Knie noch weicher wurden. Geradezu glibberig. Aber das war kein Problem, denn jetzt, endlich, schlossen sich seine Arme um sie, und ihr Ohr lag genau da, wo sie hören konnte, wie es klang, wenn er leise lachte. Und dann küsste er sie, mit einer Intensität, dass es sie mehr als nur zehn Zentimeter vom Boden hob, dass es beinahe schon nachwirkend gelten konnte für all die Monate, in denen er sie nicht geküsst, sondern mit ihr gestritten hatte, der Schuft!

Sie küsste zurück, mit Zinsen.

Hinter ihnen kicherte es.

»Knutscht ihr?«

Nur zögernd lösten sich Simons Lippen von Saskias. Ohne sie loszulassen, drehte er den Kopf und sah hinunter in Sissas neugierig erhobenes Gesicht.

»Ja, wir knutschen«, sagte er schlicht. »Willst du mitmachen?«

Nun ließ er Saskia doch los, aber nur mit einem Arm und nur einen Augenblick lang – gerade lang genug, um Sissa mit Schwung hochzuheben.

Und dann knutschten sie zu dritt, bis ihnen die

Backen glühten. Bis *wir drei* nicht mehr *wir vier* bedeutete und auch nicht *wir fünf,* sondern einfach nur *wir.* Erst dann schlenderten sie langsam zum Haus zurück, Sissa auf und Saskia in Simons Arm gekuschelt, direkt unter den Sternen durch.

Hatte sie wirklich geglaubt, das Gegenteil von Alptraum hieße Italien? Gott, was sie naiv gewesen ...!